Fantasy Library XXII

영웅열전

英雄列傳

Eiyuretsuden

by Kagami Takako

Copyright ⓒ 1992 by Kagami Takako

All rights reserved

Korean Translation Copyright ⓒ 2001

by Dulnyouk Publishing Co.

Original Japanese edition published by Shinkigensha

Korean Translation rights arranged with Shinkigensha

through Best Agency, Seoul

———— 영웅열전 ⓒ 들녘 2001 ————

지은이 · 가가미 다카코/옮긴이 · 최수진/펴낸이 · 이정원/펴낸곳 · 도서출판 들
녘/초판 1쇄 발행일 · 2001년 9월 15일/등록일자 · 1987년 12월 12일/등록번
호 · 10-156/주소 · 서울 마포구 합정동 366-2 삼주빌딩 3층/ 전화 · (영업) 02-
323-7849, (편집) 02-323-7366/ 팩시밀리 · 02-338-9640/값은 뒤표지에 있습니다.
잘못된 책은 구입하신 곳에서 바꿔드립니다.

ISBN 89-7527-193-5 (04830)

영웅열전

가가미 다카코 지음

최수진 옮김

들녘

들어가는 말

멋 옛날 바다 너머 서쪽 저편에 영웅들의 나라가 있었다.

보는 사람을 돌로 변하게 만드는 괴물을 퇴치한 영웅, 황금양피를 찾아 여러 바다를 건넌 영웅, 거대한 용을 퇴치한 영웅들, 대해를 자신들의 정원삼아 활약한 바이킹의 왕들, 붉은 가지 기사단, 피아나 전사, 그리고 아더 왕과 원탁의 기사들⋯⋯.

이 용사들은 한 줄기 바람처럼 각자의 시대를 스쳐지나갔으나, 그들의 모험과 무훈, 아름다운 여인들과의 사랑 이야기는 그들을 사랑하는 사람들의 입에서 입으로 전해져 시가 되고, 노래가 되고, 이야기가 되어 지금도 우리의 마음속에 살아숨쉬고 있다.

이 책은 영웅들의 이야기를 전해주며 그들이 풍미했던 시대를 독자가 실감나게 느껴볼 수 있게 하려는 의도에서 기획되었다. 차례차례 등장하는 영웅들의 자취를 좇으며 그 주변의 춤추는 요정과 난쟁이들의 소란스러운 말소리를 듣기도 하고 모험이 기다리고 있는 대해원의 파도내음도 맡아보기 바란다.

그러면 과연 어떤 영웅들을 만나게 될 것인지, 먼 옛날을 향해 부는 바람에 돛을 맡기고 출범해보자.

가가미 다카코

차례

Contents

Ⅰ

유럽의 영웅들

시구르드

SIGURÕR

시구르드는 북유럽(게르만 민족) 전설 속에 등장하는 영웅이다. 바그너의 가극에 등장하는 지크프리트의 원형이 된 인물로, 일반적으로 지크프리트라는 이름으로 널리 알려져 있다.

시구르드가 활약하는 이야기는 몇몇 에다와 『뵐숭 그 일족의 사가』라는 영웅전설을 다룬 사가에 언급되어 있다.

구전된 북유럽의 신화와 전설을 두운시(頭韻詩) 형식으로 기술한 것을 '에다', 산문 형식으로 기술한 것을 '사가'라고 한다. 이러한 북유럽의 신화와 전설은 북해의 고도(孤島) 아이슬란드에서 만들어졌다.

■ 아이슬란드의 위치

『뵐숭 그 일족의 사가』는 시기(북유럽 신화의 주신 오딘의 아들)의 이야기로 시작하여 뵐숭 일족의 영웅적인 여섯 명의 왕에 대한 이야기를 다루고 있다.

이들 중 가장 강하고 용감한 왕은 시구르드다. 시구르드는 뵐숭 왕가의 지그문트와 에이리미 왕의 딸 효르디스의 아들이다. 그러나 아버지 지그문트는 시구르드가 태어나기 전에 전사하고 만다. 남편을 잃은 효르디스는 전장에 찾아온 덴마크왕의 아들 아르브를 따라 덴마크로 건너간다. 이때 효르디스는 이미 시구르드를 임신한 몸이었다. 이리하여 시구르드는 덴마크왕 햐르프레크 밑에서 성장하게 된다.

양부 레긴과 명검 그람

햐르프레크 왕은 시구르드의 양육을 레긴이라는 남자에게 맡기기로 했다.

레긴은 후레이즈말이라는 부유한 남자의 셋째 아들로, 두 형은 파프니르와 오토였다. 어느 날 오토가 아스 신들에게 살해되자 아버지 후레이즈말은 그 배상금으로 황금을 손에 넣게 된다. 파프니르는 아버지를 죽이고 황금을 독차지한 후 용으로 변신하여 보물을 지키고 있었다. 레긴은 황금을 어떻게든 손에 넣고 싶어 용사 지그문트의 아들 시구르드의 양부가 되기를 자청했던 것이다. 햐르프레크 왕은 레긴의 지식과 기술을 높이 사 그를 시구르드의 양부로 선택한다.

레긴은 시구르드에게 여러 가지를 가르쳤고 명검 그람을 만들어주었다. 이 검은 시구르드의 아버지 지그문트의 부러진 검으로 만든 것이었다. 이전에도 레긴은 몇 개의 검을 시구르드에게 선사했으나, 시구르드가 시험삼아 모루

(대장간에서 불린 쇠를 올려놓고 두드릴 때 받침으로 쓰는 쇳덩이)를 내리치면 모두 부러지고 말았다. 초조해진 시구르드는 어머니가 두 동강 난 아버지의 명검을 간직하고 있다는 사실을 떠올렸고, 레긴은 이 부러진 검을 가지고 명검 그람을 만들어낸다.

이번에도 시구르드는 시험삼아 그람으로 모루를 내리쳤다. 그런데 칼이 멀쩡한 것이 아닌가. 모루는 깨끗이 두 동강이 나 있었다. 시구르드는 그람이 무척 마음에 들어 또 다른 시험을 해보려고 라인 강 상류로 갔다. 시구르드가 털실 뭉치를 강물에 띄우고 그람을 살짝 갖다대자 이번엔 털실이 두 뭉치로 갈라졌다.

양부 레긴은 악당이긴 했지만, 시구르드를 당당한 용사로 길러낸 점과 명검

그람을 선사한 점에서 후세의 영웅 아더 왕을 보좌한 예언자 멀린에 비견할 수 있다.

시구르드는 용감하고 늠름한 청년으로 성장하여 남녀노소를 불문하고 온 백성의 사랑을 받게 된다.

어느 날 레긴은 오래된 숙원을 풀기 위해 시구르드를 부추겨 파프니르를 퇴치하겠다는 약속을 받아낸다.

시구르드의 이름을 드높인 계기는 파프니르 퇴치한 모험과 관련이 있다. 그는 용기와 힘만 갖춘 영웅도, 정정당당한 싸움만을 고집하는 완고한 영웅도 아니었다. 그의 지혜와 합리적 사고방식은 기습전법이라는 형태로 발휘된다.

파프니르는 구니타 황야에 살고 있었다. 시구르드는 파프니르가 물을 마시러 기어가는 길에 구멍을 판 다음 몸을 숨기고 기다렸다. 얼마 후 갑자기 대지가 격렬하게 진동하기 시작했다. 파프니르가 나타난 것이다. 파프니르는 독을 뿜으며 황금이 있는 굴에서 기어나왔다. 파프니르가 구멍 바로 위에 왔을 때 시구르드는 명검 그람을 용의 가슴을 향해 힘차게 찔렀다. 검은 파프니르의 몸 속 깊숙이 파고들었다. 시구르드는 구멍에서 뛰어나와 파프니르의 몸에서 검을 빼냈다. 그러자 시구르드의 양팔은 파프니르의 피로 어깨까지 시뻘겋게 물들었다. 파프니르는 거대한 몸을 비틀며 괴로워했다. 주위의 바위는 파프니르의 꼬리에 맞아 산산히 부서졌고 나무는 뿌리째 뽑혔다. 파프니르가 치명상을 입은 것이다.

파프니르를 퇴치한 이 무용담 때문에 시구르드는 '용 사냥꾼 시구르드' 또는 '파프니르를 죽인 시구르드'라고 불리게 된다.

14

처절한 몸부림 끝에 파프니르는 숨을 거뒀다. 그러자 시구르드가 싸우는 동안 비겁하게도 몸을 감추고 있던 레긴이 나타나 "파프니르의 심장을 먹기 좋게 구워주게"라고 말했다. 시구르드는 레긴의 말대로 파프니르의 심장을 도려내 불에 구웠다. 잘 구워졌는지 심장의 맛을 본 시구르드의 귀에 갑자기 새들의 말소리가 들리기 시작했다.

근처 수풀에서 울고 있던 박새들이 이렇게 말했다.

"그냥 먹어버리면 좋을 텐데. 그러면 누구보다도 현명해질 텐데."

"레긴은 저 젊은이를 배신하려 하고 있어."

"레긴의 목을 베어버리면 보물을 차지할 수 있을 텐데."

시구르드는 새들의 말이 끝나기가 무섭게 명검 그람을 들어 레긴의 목을 내리쳤다. 이 단호하고도 날렵한 행동에서 영웅으로서의 자질을 엿볼 수 있다. 오늘날의 기준으로 생각하면 신중하지 못하다고 생각할지도 모르겠으나, 당시의 사람들이 숭배하던 영웅상은 이처럼 직선적이고 행동력이 넘치는 것이었다.

시구르드는 파프니르의 심장을 먹은 후 황금을 애마 그라니에 싣고 길을 떠났다.

그라니는 신들의 왕 오딘이 기르던 명마 슬레이프니르의 아들이었다. 시구르드가 자신이 탈 말을 구하고 있을 때 숲에서 낯선 노인이 나타나 좋은 말 고르는 방법을 가르쳐주었다. 그 방법이란 말들을 깊은 강으로 몰고가 반대편 강가로 헤엄쳐나온 말을 고르는 것이었다. 이 말을 들은 시구르드가 노인과 함께 말들을 강으로 몰자 단 한 마리만 반대편 강가로 헤엄쳐나오고 나머지 말들은 모두 다시 돌아가버렸다. 시구르드는 이 뛰어난 말에 그라니라는 이름을 붙여주고 자신의 애마로 삼았다. 이 낯선 노인은 바로 신들의 왕 오딘이었다.

브룬힐트와의 비련

파프니르의 퇴치와 함께 시구르드 이야기의 중심을 이루는 것이 바로 브룬
힐트와의 사랑과 파국이다.

시구르드의 이야기는 브룬힐트와의 비련 이야기로 끝을 맺게 된다.

파프니르를 퇴치한 후 시구르드는 긴 여행을 계속했다. 그러던 어느 날 시
구르드는 힌달휘요르 산 정상에서 완전 무장을 한 채 잠들어 있는 사람을 발
견한다. 시구르드가 다가가 투구를 벗기자 아름다운 여인의 얼굴이 드러났다.
그러나 여인은 좀처럼 잠에서 깨어나지 못했다. 갑옷이 여인의 몸을 옥죄고
있었던 것이다. 시구르드는 갑옷을 머리 쪽에서 양팔을 향해 사선으로 절단
했다. 그러자 여인이 살며시 눈을 떴다. 그녀의 이름은 브룬힐트였다. 그녀는
오딘이 자신을 잠재웠다고 말했다. 브룬힐트는 시구르드에게 자신이 알고 있
는 주문과 룬 문자[1] 등 여러 가지 지식을 전수해주었고, 두 사람은 결혼을 약
속한다.

여행을 계속하던 시구르드는 라인 강 남쪽에 있는 왕국에 도착했다. 이 나
라는 규키 왕이 다스리고 있었다. 그의 왕비 그림힐드는 마술을 부릴 줄 알았
으며 비뚤어진 마음을 가진 여자였다. 그림힐드는 누구에게도 지지 않는 용

---

1) 룬 문자는 북유럽에 전해지는 특수한 알파벳이다. '룬'은 '비밀' '신비'라는 뜻. 룬 문자
는 그 자체가 신비한 힘을 갖고 있어 이 문자를 새김으로써 주문을 걸거나 마술을 사용할 수
있다.

사 시구르드를 자신의 딸 구즐룬의 배필로 삼아 그의 황금을 차지할 생각이었다. 그림힐드는 시구르드에게 약을 탄 술[2]을 마시게 했다. 술을 마신 시구르드는 브룬힐트와의 일은 까맣게 잊은 채 구즐룬과 결혼하게 된다.

한편 브룬힐트는 시구르드와 헤어진 후 아버지 부즈리 왕에게로 돌아갔다. 왕은 왕가의 딸답게 남편을 맞아 아이를 기르며 살아야 한다고 타일렀으나, 전쟁을 좋아하는 브룬힐트는 그런 생활보다 전사로 지내는 쪽이 자신에게 더어울린다고 우겼다. 왕은 분노하여 끝까지 고집을 부린다면 부녀의 인연을 끊겠다고 으름장을 놓았다. 이에 브룬힐트는 하는 수 없이 "말씀에는 따르겠으나, 제 남편이 될 사람은 두려움을 모르는 세계 제일의 용사여야만 합니다"라고 말한 후 산속에 성을 짓고 그 주위에 불을 피워 넘을 수 없게 했다. 브룬힐트도 "이 불길을 넘어오는 남자와 결혼하겠습니다"라고 선언하여 시구르드와의 약속을 깨고 만다.

그곳에 시구르드가 어떤 남자와 함께 찾아왔다. 시구르드는 동행한 남자가 브룬힐트와 결혼할 수 있도록 돕기 위해 온 것이었다. 이 남자의 이름은 군나르. 그림힐드의 아들이다. 며느리감을 물색하던 그림힐드는 부즈리 왕의 딸 브룬힐트가 아름답고 현명하다는 소문을 듣고 그녀를 아내로 맞으라고 아들을 부추겼다. 군나르도 이에 동의하여 시구르드와 함께 구혼여행에 나서게 되었다.

군나르는 브룬힐트에게 구혼하기 위해 성을 에워싸고 있는 불길을 뛰어넘으려고 했다. 그러나 군나르가 탄 말은 불길을 뛰어넘지 못했다. 그러자

---

2) 약이 들어간 술은 그 유명한 『트리스탄과 이졸데』에서도 사용된다. 이 이야기에서는 술을 마신 왕비 이졸데와 왕의 조카 트리스탄이 사랑에 빠지게 된다.

시구르드는 그림힐드에게 배운 마술로 군나르의 모습으로 둔갑하여 불길을 뛰어넘은 다음 브룬힐트에게 구혼한다. 불길을 뛰어넘는 두려움 모르는 용사와 결혼하겠다고 맹세했기에 브룬힐트는 마지못해 군나르의 구혼을 받아들인다.

마침내 시구르드와 브룬힐트는 파멸을 맞이하게 된다. 구즐룬이 브룬힐트와 말다툼을 벌이다가 엉겁결에 불길을 뛰어넘은 사람은 군나르가 아니라 자신의 남편 시구르드라고 말해버린 것이다. 브룬힐트는 시구르드에게 속은 것을 한탄하며 복수를 다짐한다. 브룬힐트가 시구르드를 살해하도록 남편 군나르를 사주하자, 그는 자신의 남동생을 시켜 시구르드를 습격하게 한다. 잠들어 있던 시구르드는 암살자의 칼에 찔려죽고, 암살자 또한 명검 그람에 의해 몸이 두 동강 나고 만다.

높게 쌓아올린 장작 위에 놓인 시구르드의 시신이 불길에 휩싸이기 시작했다. 복수를 이룬 브룬힐트는 죽음을 결의하고 사랑하는 시구르드가 타고 있는 불길 속으로 자신의 몸을 내던진다.

[시구르드 가이드]

1 뵐숭 족의 왕들

『뵐숭 그 일족의 사가』는 뵐숭 족의 이야기다. 여기서 잠깐 시구르드 이외의 왕들에 관해 살펴보자.

1. 시기

시기는 신들의 왕 오딘의 아들이다. 어느 날 브레지라는 노예를 사냥에 데리고 간 시기는 브레지가 자신의 포획물보다 큰 동물을 사냥하자 화가 나 그를 살해한다. 이 사실이 사람들 입에 오르내리게 되자 오딘은 어쩔 수 없이 시기를 국외로 추방한다. 그후 시기는 바이킹 일행에 합류하여 수많은 승리를 거두고 자신의 왕국을 세웠다.

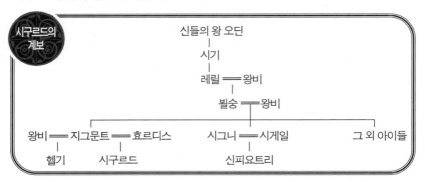

2. 레릴

시기의 아들 레릴은 아버지를 능가하는 권력과 재물을 손에 넣게 된다. 그러나 그에게는 왕위를 물려줄 자식이 없었다. 레릴과 아내는 자식을 보내달라고 정성을 다해 오딘에게 빌었다. 그들의 소원은 오딘에 의해 이루어졌으나, 왕비가 아이를 임신하고 있을 때 레릴은 전사하고 만다. 왕비의 배는 날이 갈수록 엄청나게 불러와 도저히 아이를 낳을 수 없을 지경이었다. 그런 상태로 6년의 세월이 흘러간다. 자신의 생명이 얼마 남지 않았음을 깨달은 왕비는 배를 절개하여 아이를 낳는다. 왕비는 숨을 거두었고 아기에게는 뵐숭이라는 이름이 지어졌다.

3. 뵐숭

몸집이 크고 힘이 센 뵐숭은 용감한 왕이 되었다. 그는 결혼하여 열 명의 아들과 한 명의 딸을 두었으며 웅장한 궁전을 지었다. 이 궁전의 홀에는 커다란 나무를 심었는데, 나무가 궁전의 지붕을 뚫고 나와 매년 아름다운 꽃을 피웠다.

4. 지그문트

뵐숭 왕에게는 지그문트와 시그니라는 쌍둥이 남매가 있었다. 시그니는 시게일이라는 왕과 결혼한다. 그런데 어느 날 시게일의 성으로 초대된 뵐숭 왕과 열 명의 왕자는 불시의 습격을 당하게 되고, 혼자 살아남은 지그문트는 시그니의 도움으로 숲에 은신한다. 세월이 흘러 지그문트는 시그니의 아들 신피요트리와 함께 원수를 갚기 위해 시게일의 성에 잠입한다. 습격은 실패로 돌아갔으나 도망치면서 지른 불로 시게일과 누이 시그니마저 죽고 만다. 지그문트는 신피요트리를 데리고 고국으로 돌아가 빼앗긴 왕위를 되찾는다.

5. 헬기

지그문트에게 헬기라는 왕자가 태어난다. 헬기는 모든 방면에 뛰어난 훌륭한 청년으로 성장한다. 그는 바이킹과 함께 수많은 무훈을 세웠으며 정복한 국가의 왕이 되어 선정을 베풀었다.

6. 지그문트 왕의 만년

지그문트 왕은 죽은 누이 시그니의 아들 신피요트리를 자신의 아들로 삼았다. 그런데 신피요트리가 왕비의 남동생과 한 여자를 두고 싸움을 벌이다 그만 그를 죽이고 만다. 왕비는 이에 앙심을 품고 신피요트리를 독살한다. 지그문트 왕은 왕비를 추방하고 에이리미라는 명망 있는 왕의 딸 효르디스를 아내로 맞는다. 두 사람 사이에서 태어난 아기가 시구르드이다.

2 북유럽 신화 속의 신들

시구르드의 이야기에는 북유럽 신화의 주신 오딘이 등장했다. 여기서는 북유럽 신화에 등장하는 주요 신들을 소개하겠다.

●오딘

북유럽 신화에서 신들은 아스가르드라는 세계의 중심에 위치하는 곳에 살고 있다. 이 아스가르드에 사는 신들의 왕이 바로 오딘이다. 오딘은 외눈박이로 긴 잿빛 수염을 기르고 있다. 그는 전쟁터에 나갈 때 황금투구와 갑옷을 걸치고 궁니르라는 창을 가지고 다녔다. 시와 지혜의 신이기도 한 오딘은 룬 문자에 통달하여 마술을 부리기도 했다. 오딘의 궁전 바르하라에서 시중을 드는 처녀들은 발키리아라고 불렸는데, 이 발키리아들은 완전 무장을 하고 전장을 누비며 승리자와 전사자를 결정했다. 시구르드를 사랑한 브룬힐트도 이 발키리아였다.

● 토르

오딘의 아들로 최강의 신이라 불린다. 토르는 두 마리의 산양이 끄는 마차를 타고 하늘을 날아다녔는데, 이때 발생하는 굉음이 천둥이라고 한다. 토르는 손에 묠니르라는 해머를 들고 거인족으로부터 신들과 인간을 지켰다. 토르는 묠니르 외에도 조이면 힘이 두 배로 세지는 '힘의 띠' 와 해머를 사용하기 위해 꼭 필요한 '철장갑' 을 가지고 다녔다.

● 프레이

기품 있고 아름다운 신으로 굴린부르스티('강한 황금털' 이라는 뜻)라는 멧돼지가 끄는 마차를 타고 하늘과 물 속을 자유자재로 누비고 다녔다. 굴린부르스티는 온몸에서 빛을 발산했으며 어떤 말보다 빨리 달릴 수 있었다고 한다. 프레이는 햇빛과 비를 다스려 대지에 풍요로운 결실을 맺게 했다.

● 로키

로키는 원래 거인족의 아들이지만, 오딘의 의형제이기도 하다. 로키는 선악의 양면을 갖춘 매력적인 신으로 무엇으로든 변신할 수 있었다. 로키는 암말로 변신하여 명마 스바딜페리와의 사이에 슬레이프니르를 낳았다. 오딘에게 헌상된 슬레이프니르는 시구르드의 애마 그라니를 낳았다.

3 에다와 사가의 성립

에다와 사가는 북해의 고도 아이슬란드의 문학이다. 옛날에 아이슬란드는 거의 사람이 살지 않는 섬이었으나, 870년대에 노르웨이의 식민지가 되었다. 당시 노르웨이는 독재 군주인 하랄드 왕이 다스리고 있었다. 그의 압정에서 벗어나기 위해 4백 가구가 아이슬란드로 건너왔던 것이다.

사람들은 아이슬란드에 정착한 후 재물을 약탈하기 위해 해외로 진출했는데, 이들을 바이킹이라고 부른다.

세월이 흘러 12세기경에는 아이슬란드에도 '아이슬란드의 르네상스' 라 불리는 태평시대가 찾아온다. 바로 이 시기에 수많은 에다와 사가가 지어졌다.

에다는 먼 선조 때부터 구전되어온 신화와 영웅전설을 시로 만든 것으로, 다른 게르만 민족의 신화나 전설과 공통되는 부분이 있다.

이에 대해 사가는 식민 전후의 상황, 아이슬란드에서의 생활, 바이킹 활동, 왕족들의 싸움 등을 시대에 따라 묶은 아이슬란드만의 역사적 산문작품이다. 대표적 사가로는 다음과 같은 것들이 있다.

『식민의 서』 – 아이슬란드의 식민 기록.
『빨간 털 에리크의 사가』 – 노르웨이 왕후의 이야기.
『에기르의 사가』 – 거인 에기르의 바이킹 체험과 노르웨이 왕가와의 불화를 그린 이야기.
『그레틸의 사가』 – 바이킹의 호걸 그레틸의 일생을 그린 이야기.
『락크사르 계곡 사람들의 사가』 – 아름답고 자존심 강한 여주인공 구즐룬의 이야기.

『에이르 사람들의 사가』 – 스네펠스네스 반도 사람들의 식민과 그후의 분
쟁 이야기.
『냐르의 사가』 – 군나르와 친우 냐르의 이야기.
『뵐숭 그 일족의 사가』 – 뵐숭 왕가의 영웅들의 이야기.

4 영웅 서사시 『니벨룽겐의 노래』

독일의 유명한 영웅 서사시 『니벨룽겐의 노래』는 『뵐숭 그 일족의 사가』에
서 시구르드의 이야기를 바탕으로 한 것이다. 시구르드는 지크프리트라는 독
일 이름으로 등장한다.

이 이야기는 2부로 구성되어 있다. 제1부는 부르군트의 군터(군나르) 왕의
여동생 크림힐트(구즐룬) 공주와 니더란트의 왕자 지크프리트의 사랑과 결혼,
크림힐트와 그녀의 올케 브룬힐트의 불화와 지크프리트의 죽음이 그려져 있
다. 제2부는 크림힐트와 에첼(아틸라) 왕의 재혼, 지크프리트의 원수인 군터 왕
일족을 죽인 크림힐트가 살해되기까지의 이야기가 그려져 있다.
『니벨룽겐의 노래』는 『뵐숭 그 일족의 사가』나 에다 등의 게르만 영웅전설
이 그 근저에 깔려 있으며 이 밖에 궁정 기사 이야기, 프랑스 무훈시 등의 영
향을 받았다.

5 가극 『니벨룽겐의 반지』

바그너의 가극 『니벨룽겐의 반지』(4부작)도 지크프리트의 이야기를 바탕으
로 한 작품이다. 하나의 반지를 둘러싸고 벌어지는 사랑과 욕망, 그리고 증오

의 장대한 이야기 『니벨룽겐의 반지』는 『뵐숭 그 일족의 사가』의 시구르드의
이야기와 매우 유사하지만, 등장인물을 신, 반신, 인간, 거인, 소인 종족으로
구분하여 복잡하고 중후하면서도 매혹적인 구성방식을 취하고 있다.

　『니벨룽겐의 반지』의 각 부의 내용은 다음과 같다.

● 제1부 『라인의 황금』

　소인 알베리히는 라인의 세 처녀가 지키고 있던 황금을 빼앗아 반지를 만
든다. 한편 신들의 왕 보탄(북유럽 신화의 오딘)의 명령으로 와르하라 성을 지

은 거인족 파졸트와 파프니르 형제는 보탄에게 대가를 지불해달라고 요구한다. 보탄은 이 반지를 탈취하여 파졸트와 파프니르에게 준다. 보물을 빼앗긴 알베리히는 황금반지를 가진 자에게 파멸이 있으리라는 저주를 건다.

● 제2부 『발퀴레』

보탄과 인간의 여자 사이에 지크문트(북유럽 신화의 지그문트)와 지크린데(북유럽 신화의 시그니)라는 쌍둥이가 태어난다. 이들은 지크린데가 시집간 훈딩 가에서 재회하여 맺어진다. 보탄은 지크문트에게 명검 노퉁크(북유럽 신화의 그람)를 하사한다. 보탄의 아내이자 혼인의 여신인 후리카는 보탄의 부정을 탓하고, 보탄은 하는 수 없이 지크문트가 훈딩과의 결투에서 패하여 죽도록 운명을 변경한다. 보탄의 딸 브룬힐트가 지크문트를 돕지만, 지크문트는 훈딩이 휘두른 칼에 쓰러진다. 브룬힐트는 지크린데를 애마 그라니에 태워 간신히 구출한다. 그러나 딸의 배신에 분노한 보탄은 브룬힐트에게서 신성(神性)을 빼앗고 불타는 벽 속에 잠재운다.

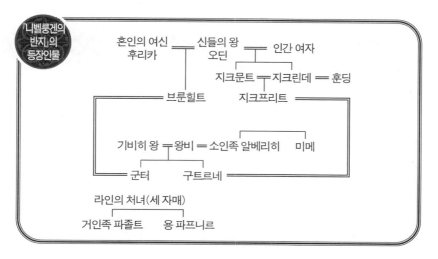

27

● 제3부 『지크프리트』

소인 알베리히의 동생인 대장장이 미메는 지크문트와 지크린데의 아들 지크프리트를 정성껏 기른다. 미메는 지크프리트를 이용하여 용으로 변신한 후 반지를 지키고 있는 거인족 파프니르를 퇴치하고 반지를 차지하려 한다. 지크프리트는 파프니르를 죽이고 반지를 빼앗은 다음 미메 역시 죽여버린다. 새들의 대화를 통해 산속에 잠든 브룬힐트에 관한 전말을 알게 된 지크프리트는 길을 방해하는 보탄과 대결을 벌인다. 보탄의 방패는 지크프리트의 칼에 의해 두 동강 나고 지크프리트는 입맞춤으로 브룬힐트를 긴 잠에서 깨어나게 한다. 두 사람은 영원한 사랑을 맹세하며 사랑의 증표로 지크프리트는 용에게서 빼앗은 반지를 끼워주고 브룬힐트는 애마 그라니를 선물한다.

● 제4부 『신들의 황혼』

여행을 떠난 지크프리트는 기비히 가를 방문하여 영주 군터, 그의 남동생 하겐과 여동생 구트르네를 만난다. 하겐의 생부는 소인 알베리히였다. 지크프리트는 하겐이 준 약 탄 술을 마시고 브룬힐트의 일은 까맣게 잊은 채 구트르네와 결혼하고 만다. 그리고 군터는 브룬힐트를 아내로 맞기 위해 지크프리트와 함께 길을 떠난다. 브룬힐트는 동생인 라인의 처녀들로부터 반지를 돌려주지 않으면 신들이 멸망하고 재앙이 닥칠 것이라는 경고를 듣지만, 지크프리트의 사랑의 증표를 돌려주려 하지 않는다. 마침내 군터와 지크프리트가 그녀를 찾아온다. 브룬힐트는 군터로 변신한 지크프리트에게 반지를 빼앗기고 군터의 아내가 된다. 그후 군터에게 빼앗긴 반지가 지크프리트의 손에 끼워져 있는 것을 발견하고 애인의 배신을 깨달은 브룬힐트는 하겐으로 하여금 지크프리트를 죽이게 한다. 반지를 되찾은 브룬힐트는 애마 그라니를 타고 지크프리트의 시신을 화장하는 불길 속으로 뛰어든다. 불길이 약해지자 갑자기 라인 강의 물이 불어나 높이 쌓아놓은 장작더미를 삼켜버린다. 그리고 라인의 세 처녀가 파도 속에서 모습을 드러낸다. 한 처녀의 손에는 예의 황금반지가 끼워져 있었다. 홍수가 잦아들고 하늘에서는 와르하라 성이 그 모습을 드러냈으나, 다음 순간 와르하라는 불길에 휩싸이고 신들은 멸망하고 만다.

6 시구르드의 복장

『빌숭 그 일족의 사가』에는 시구르드의 복장에 관한 기술은 없지만, 그의 아버지 지그문트의 투구와 갑옷에 관하여 언급하고 있다.

지그문트는 여동생 시그니의 남편 시게일 왕의 성에 잠입할 때 얼굴까지 가리는 투구와 하얗게 빛나는 갑옷을 몸에 걸치고 있었다.

지그문트나 시구르드가 살던 시대는 바이킹이 활약한 시대다. 따라서 이 무렵 바이킹의 복장과 상기의 기술에서 시구르드의 복장을 대략적으로나마 그려볼 수 있다.

● 투구

바이킹이라고 하면 흔히 두 개의 뿔이 달린 투구를 연상하는데, 실은 뿔은 달려 있지 않다.

투구의 모양도 세부적으로 들어가면 여러 가지 차이점이 있으나, 대체적으

로 머리를 모두 감싸고 얼굴
의 일부분을 보호하는 형태
로 되어 있었다.

투구의 앞이 안경처럼 되
어 있어 눈언저리 부분을 보
호하는 형태나 코 부분만을
보호하는 형태도 있었다. 또한 왕족과 같이 상당히 높은 계층의 사람이 쓰는
투구에는 윗부분이나 코 부분에 용이나 새 등의 장식이 달려 있었다. 목의 뒷
부분에는 가는 쇠사슬로 엮어 만든 천을 댔다.

투구를 사용한 것은 어느 정도 신분이 높은 사람들이었고, 낮은 계층의 사
람들은 투구를 쓰지 않았다.

●갑옷

가는 쇠사슬로 엮어만든 소매 달린 옷을 갑옷으로 사용했는데, 무릎까지 덮
는 길이가 일반적이었고 그보다 짧은 것도 있었다.

갑옷도 투구와 마찬가지로 신분이 높은 사람들이 착용했다.

●검

검은 철로 만든 길고 무거운 것이었다. 바이킹 시대 이전
에는 도금한 청동검이 사용되었으나, 전투용으로 적합한
철검 시대가 도래한 것이다.

자루에는 상감 세공법으로 귀금속을 이용하여 바이킹
특유의 문양을 새겼고 칼날은 예리하면서도 유연했다.

●도끼

작은 손도끼, 해전용의 콧수염 모양 도끼, 폭이 넓은 도끼 등의 세 종류가 있었으며 철로 제작되었다.

콧수염 모양 도끼와 폭이 넓은 도끼는 자루가 길었고 폭이 넓은 도끼는 양손으로 사용했다.

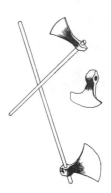

●방패

나무로 만든 방패의 뒤쪽에는 손잡이가 달려 있고 표면에는 바이킹 특유의 문양이 그려져 있었다.

쿠 훌린

CUCHULAIN

쿠 훌린은 아일랜드에 전해지는 켈트 신화[1]에 등장하는 영웅이다. 쿠 훌린은 켈트 신화 중에서도 얼스터 신화(쿠 훌린 가이드 참조)라 불리는 전설군(傳說群)에서 활약한다.

쿠 훌린이 활약한 시대에 아일랜드는 다섯 개의 왕국으로 나뉘어져 있었다. 이 무렵 얼스터의 왕 콘월의 호위를 담당했던 '붉은 가지 기사단(Red Branch Champion)'[2]이라는 전사집단이 있었다. 쿠 훌린은 이 붉은 가지 기사단의 대장이었다.

쿠 훌린의 출생

쿠 훌린은 다나 신족의 태양과 빛의 신인 루의 아들이다. '긴 팔의 루' 라고 불린 루는 긴 창을 휘두르는 괴력의 신이었다. 또한 모든 지식과 기술을 겸비한 전지전능한 신이기도 했다.

쿠 훌린은 어렸을 때 한 번 죽었다 다시 태어난다. 모든 사건은 얼스터의 왕

---

1) 원래 남독일 부근에 거주하던 켈트 족은 기원 전 9세기경부터 이동하기 시작하여 점차 유럽의 중서부로 그 세력을 확장했다. 브리튼 섬으로 건너간 켈트인이 타민족에 의해 스코틀랜드와 아일랜드로 쫓겨났기 때문에 켈트 신화는 이곳에서 전승되었다.
2) 붉은 가지로 만든 저택이 집회장소였기 때문에 이런 호칭이 붙게 되었다.

콘월이 여동생 데히테라 공주를 데리고 외출했을 때 일어난다.

어느 겨울 날 콘월 왕 일행은 밭을 망치는 새를 쫓아버리러 성밖으로 나갔다. 그런데 새를 쫓는 사이 날이 저물고 얼마 안 있어 눈이 내리기 시작한다. 일행은 요정의 언덕이라는 곳에 도착하여 숲 속의 어떤 집에서 묵어가게 되었다. 친절한 주인 부부는 왕과 전사들을 정성껏 대접했다. 그날 밤 데히테라는 헛간에서 주인 여자의 갑작스러운 출산을 돕게 된다. 잠시 후 귀여운 사내아기가 태어났고, 집 밖에서도 전사의 말이 두 마리의 새끼를 낳는다.

다음날 아침 일행이 눈을 뜨자 간밤에 묵었던 집도 주인 부부도 온데간데없고 갓난아기와 망아지 두 마리만이 일행의 곁에 남겨져 있었다.

성으로 돌아온 데히테라는 아기를 정성껏 길렀으나, 불행하게도 이 아기는 얼마 후 병에 걸려 죽고 만다. 아기의 죽음을 슬퍼하며 흐느끼다가 갈증을 느낀 데히테라가 물을 마시는데, 물 속에 들어 있던 작은 벌레가 그녀의 몸 속으로 들어간다.

그날 밤 데히테라의 꿈속에 태양신 루가 나타난다.

"데히테라여, 잘 듣거라. 네가 애지중지한 아기는 내 아들이고, 그 아기는 지금 다시 네 자궁 안에서 자라고 있다. 아기가 태어나면 세탄타라는 이름을 지어주어라. 그리고 나중에 어른이 된 아이의 전차를 끌 수 있도록 망아지 두 마리도 같이 기르도록 해라."

시간이 흘러 사내아기를 낳은 데히테라는 루의 말에 따라 아기에게 세탄타라는 이름을 지어주었다. 세탄타는 왕의 또 다른 여동생인 핀컴이 맡아서 기른다. 어느 날 한 승려가 찾아와 다음과 같은 예언을 한다.

"이 아이는 장차 사람들의 칭송을 받게 될 것입니다. 마부, 전사, 왕, 성자까지도 이 아이의 행동을 이야기하게 될 것입니다. 이 아이는 온갖 악과 싸움, 파괴, 그리고 사람들이 일으키는 모든 분쟁을 해결하게 될 것입니다."

두 번 태어난 이 세탄타가 바로 쿠 훌린이다.

쿠란의 맹견

세탄타는 나중에 쿠 훌린이라고 일컬어지게 된다. 쿠 훌린은 '쿠란의 맹견'이라는 뜻으로 콘월 왕이 세탄타의 용기를 칭찬하여 지어준 이름이다.

어느 날 쿠란이라는 부유한 대장장이의 저택에서 열리는 연회에 참석하기 위해 콘월 왕을 비롯하여 많은 귀족들이 길을 떠난다. 왕은 길가에서 소년들과 공놀이를 하고 있는 세탄타를 발견하고 함께 가자고 하지만, 세탄타는 놀이가 끝나는 대로 서둘러 가겠다고 대답한다. 왕 일행이 쿠란의 저택에 도착하자 성대한 연회가 시작된다.

쿠란의 저택에는 사나운 개 한 마리가 집을 지키고 있었다. 이 개는 1백만 명의 적이 한꺼번에 덤벼도 두려워하지 않을 정도로 용맹스러웠다. 쿠란은 연회가 시작되자 저택의 경비를 위해 개를 묶고 있던 쇠사슬을 풀어주었다.

연회가 무르익어갈 무렵 갑자기 개 짖는 소리가 요란하게 들려왔다. 왕 일행은 불현듯이 나중에 오겠다고 한 세탄타를 떠올리고 서둘러 저택 밖으로 나가보았다. 홀로 서 있는 세탄타의 발 밑에는 죽은 개가 축 늘어져 있었다. 사람들은 세탄타의 용기와 힘을 칭송했으나, 세탄타는 애견을 잃고 슬퍼하는 쿠란에게 "이 개의 새끼가 있다면 어미처럼 강하고 충실한 개로 키워주겠소. 그리고 새끼가 클 때까지는 내가 대신 이 저택을 지켜주겠소"라고 말했다.

사람들은 세탄타의 마음 씀씀이에 감탄했고, 왕은 세탄타의 용기를 기리기 위해 이날부터 '쿠 훌린'이라고 개명하도록 명했다.

그림자 나라에서의 무사수행

쿠 훌린의 무용은 '그림자 나라'에서의 무사수행으로 더욱 유명해지게 된다. 쿠 훌린이 무사수행에 임한 계기는 바로 사랑 때문이었다.

어른이 된 쿠 훌린은 포가르라는 영주의 딸 에마를 사랑하게 된다. 그러나 구혼하는 쿠 훌린에게 에마는 좀더 수행을 쌓아 훌륭한 용사가 되어야 결혼해주겠다고 대답한다.

에마의 아버지 포가르는 쿠 훌린이 마음에 들지 않아 그림자 나라의 여전사 스카자하에게서 무술을 배우면 두려움을 모르는 용사가 될 것이라고 그를 부추긴다. 마술사 스카자하가 장악하고 있는 그림자 나라에 가려면 수많은 난관을 넘어야만 했다. 포가르는 쿠 훌린이 결코 살아서는 돌아오지 못할 것이라고 생각했다.

■불행의 평원

그림자 나라에 가려면 발이 푹푹 빠지는 진창길인 '불행의 평원'을 지나가야만 했다. 쿠 훌린이 방법을 고심하고 있을 때 아버지인 태양신 루가 나타나 그에게 수레바퀴를 건네준다. 그리고 수레바퀴를 굴리며 그 뒤를 따라가라고 말한다. 쿠 훌린이 수레바퀴를 굴리자 바퀴에서 뿜어져나온 불길이 진창길의 물기를 말려주었다. 이리하여 쿠 훌린은 손쉽게 불행의 평원을 통과할 수 있었다.

■ 제자의 다리

쿠 훌린은 '제자의 다리'라 불리는 곳에 도착했다. 이 다리는 가운데 부분에 도착하면 돛대처럼 높이 솟아올라 다리를 건너가려는 사람을 멀리 날려보냈다. 세 번을 내리 실패한 후 네 번째 시도 때 쿠 훌린은 연어처럼 높이 뛰어올라 다리를 건너는 데 성공했다. 쿠 훌린은 이 도전에서 '연어뛰기' 기술을 습득한다.

■ 스카자하의 성

드디어 쿠 훌린은 그림자 나라에 도착한다. 스카자하의 성은 일곱 개의 성벽으로 둘러싸여 있는데다 아홉 개의 목책(木柵)에는 머리가 꽂혀 있었다(켈트에는 베어낸 머리를 나무에 꽂아 성 앞에 세워놓는 풍습이 있었다). 쿠 훌린이 성으로 다가가자 수많은 괴물이 덤벼들었으나 그가 휘두르는 칼에 모두 목이 잘리고 만다.

스카자하는 쿠 훌린의 용맹스러움을 높이 사 제자로 삼고 무술과 마법을 전수한다. 그리고 쿠 훌린이 그림자 나라를 떠날 때 마법의 창 가에보르그를 선사한다. 가에보르그는 적을 향해 던지면 수많은 화살촉이 튀어나오는 마력의 창이었다. 쿠 훌린은 가에보르그를 가지고 되돌아가 또다시 에마에게 구혼했다. 이번에는 에마도 선선히 쿠 훌린의 청혼을 받아들였다.

쿠리의 소싸움

평화로운 나날을 보내던 쿠 훌린이 직접 나서야 할 사건이 벌어진다. 얼스터의 이웃나라 코노트의 군대가 쳐들어온 것이다.

전쟁의 원인은 코노트의 왕과 왕비가 벌인 소의 우열경쟁에 있었다. 왕비 메브는 왕의 소를 물리치기 위해 얼스터의 쿠리에 있는 도운이라는 갈색 소를 노린다. 이 소를 빼앗기 위해 메브는 얼스터에 싸움을 건 것이다.

당시 얼스터의 주민들 대다수는 정체불명의 병에 걸려 신음하고 있었다. 이런 상황에서 설상가상으로 코노트의 군대까지 쳐들어온 것이다. 열세에 몰린 쿠 훌린은 용감하게 싸움을 계속한다. 전쟁은 7년간이나 계속되었고 많은 희생자를 냈다.

메브는 전차를 타고다니며 얼스터 군을 유린했다. 그녀는 긴 창을 움켜쥐고 반짝이는 금발과 황금브로치로 고정시킨 녹색 망토를 휘날리며 전장을 누볐다.

메브는 세 군대의 연합군을 이끌고 있었다. 이들은 우선 메브와 일곱 명의 아들이 이끄는 코노트 군, 그리고 이웃나라 레인스타의 호전적 전사들, 마지막으로 얼스터의 국왕 콘월에 반기를 든 전사들이었다. 여기에 거인들까지 가세했다.

막강한 적군에 비해 여러모로 열세인 군대를 이끄는 쿠 훌린은 투석기를 사용하여 불시에 적을 습격하는 매복작전을 반복했다.

그런데 이러한 게릴라 전투에 의한 코노트 군의 전사자가 매일 1백여 명에 달했다. 어디서 날아올지 모르는 돌팔매에 메브를 비롯한 코노트 군 전체가 동요하기 시작했다. 메브는 쿠 훌린을 만나 회유해보기로 결심했다. 쿠 훌린

을 직접 만난 메브는 이 애송이 열일곱 살 소년이 하루에 1백여 명의 전사를 쓰러뜨린 그 쿠 훌린인가 싶어 깜짝 놀랐다.

쿠 훌린은 재물과 영토를 미끼로 자기편에 가담해 달라고 회유하는 메브의 청을 단호히 거절한다. 그러나 메브가 마지막으로 제안한, 하루에 한 명의 전사하고만 싸우는 1대1 교전방식에는 찬성을 표한다. 메브의 입장에서는 하루에 1백여 명의 전사를 잃는 것보다는 낫다는 판단이 선 것이다. 메브는 쿠 훌린이 싸우고 있는 틈을 타 군대를 얼스터로 진군시키려는 계획을 세운다.

메브의 예상대로 매일 코노트의 전사 한 명만이 쿠 훌린에게 목숨을 잃는다.

서약(겟슈)

쿠 훌린은 막강한 코노트 군의 진군을 조금이라도 늦추기 위해 여러 가지 방법을 취한다.

켈트의 전사들은 모두 '겟슈' 라는 자신만의 서약을 갖고 있었는데, 이 서약을 깨면 재앙이 닥친다고 굳게 믿었다. 쿠 훌린은 '쿠란의 맹견' 이라는 이름 때문에 '개고기를 먹어서는 안 된다' 고 하는 겟슈를 받았다. 전사들의 서약방식에 대해서는 분명히 밝혀진 바가 없다.

다른 사람에게 겟슈를 부과할 수도 있었다. 쿠 훌린은 메브와의 전투에서 몇 가지 겟슈를 적군에게 부과했다.

• 한 쪽 다리와 손과 눈만으로 나뭇가지를 휘어 원을 만들어야 이곳을 통과할 수 있다.

- 말의 머리 네 개가 꿰어져 있는 나뭇가지를 한 쪽 손의 손가락만으로 여울에서 빼낼 수 있어야 이 여울을 통과할 수 있다.

쿠 훌린은 이러한 일들을 아무 어려움 없이 해낼 수 있었다. 그는 위와 같은 겟슈를 통하여 메브의 군대를 저지했다.

전쟁의 여신 모리안
한 무시무시한 여신이 용맹스러운 쿠 훌린에게 마음을 빼앗기게 된다.

죽음과 파괴를 관장하는 전쟁의 여신 모리안이 쿠 훌린의 용맹스러운 모습에 반하여 도와주겠다고 찾아오지만, 쿠 훌린은 이를 거절한다. 이에 앙심을 품은 모리안은 다음과 같이 여러 가지 모습으로 변신하여 적의 용사와 1대1 대결을 벌이고 있는 쿠 훌린을 방해한다.

- 빨간 귀를 가진 소
  쿠 훌린을 향해 돌진했다가 다리가 부러진다.
- 뱀장어
  강바닥에 숨어 있다가 쿠 훌린의 다리를 휘감았다.
- 늑대
  쿠 훌린에게 덤벼들지만 눈을 잃는다.
- 노파
  쿠 훌린이 상처를 치료해준다.

쿠 훌린에게 상처를 치료받은 모리안은 마음을 돌려 이후에 그를 돕게 된다.

쿠 훌린의 죽음

전쟁이 길어지면서 메브의 의도와는 달리 얼스터 군이 서서히 세력을 만회하기 시작한다. 수세에 몰리던 코노트 군은 결국 대치 상태를 깨고 퇴각한다. 쿠 훌린은 부상을 입은 메브를 생포하지만, 차마 여자를 죽일 수 없어 놓아준다. 그후 얼스터와 코노트는 강화조약을 맺는다.

그러나 예전의 치욕을 좀처럼 잊지 못하는 메브는 쿠 훌린을 죽이기로 결심한다. 은혜를 원수로 갚는다는 말이 바로 이러한 경우를 가리키는 말일 것이다. 메브는 쿠 훌린에게 아버지를 잃은 레위를 이용하기로 한다. 결국 쿠 훌린은 레위가 던진 창에 옆구리를 깊게 찔리고 만다.

쿠 훌린의 옆구리에서 떨어진 창자가 전차바퀴 밑에 흩어졌다. 그는 자신의 창자를 손으로 긁어모아 호수로 가서 씻은 후[3] 다시 몸 안에 집어넣었다.

선 채로 죽음을 맞이하고 싶었던 쿠 훌린은 가까이 있는 돌기둥에 자신의 몸을 고정시켰다. 적군의 용사들은 두려운 표정으로 그런 그의 행동을 지켜보았다. 쿠 훌린의 피는 강으로 흘러들어가 강물을 시뻘겋게 물들였고, 수달[4]이 그의 피를 허겁지겁 핥기 시작했다. 그 탐욕스러운 모습을 보고 쿠 훌린은 큰소리로 웃기 시작했다. 이것이 영웅 쿠 훌린의 최후의 웃음이었다.

이윽고 운명의 시간이 다가왔다. 고개를 축 늘어뜨린 쿠 훌린에게 새 한 마리가 날아왔다. 전쟁의 여신 모리안이 새로 변신하여 쿠 훌린에게 이별을 고하러온 것이다.

---

3) 켈트나 북유럽의 전설에는 이처럼 다소 기괴한 장면이 종종 등장한다. 옛날에는 이러한 행위를 영웅다운 용감한 행동으로 받아들였던 듯하다.
4) 까마귀라는 설도 있다.

[쿠 훌린 가이드]

1 아일랜드의 신화와 전설

아일랜드의 신화와 전설에는 쿠 훌린이 활약하는 얼스터 신화 외에도 다누 신족의 신화, 피아나 신화 등이 있다.

● 다누 신족의 신화

다누 신족의 신화는 얼스터 신화보다 이전의 시대를 다루고 있다. 쿠 훌린의 아버지인 태양신 루도 여기에 등장하는데, 루는 목수, 대장장이, 전사, 하프 연주자, 시인, 마술사를 겸한 만능의 신이었다.

다누 신족의 신화 몇 가지를 소개하겠다.

『투렌 삼형제의 모험』

태양신 루의 아버지인 키안을 살해한 투렌 삼형제는 그 벌로 황금사과 세 개와 마법의 돼지가죽 등을 갖고 돌아오기 위해 모험을 떠난다. 마침내 삼형제는 모든 약속을 완수하고 돌아오지만 부상과 피로로 쓰러진 채 일어나지 못한다. 끝내 루의 용서를 받지 못한 삼형제는 모두 죽고 만다.

『다누 신족과 청춘의 나라』

다누 신족은 바다를 건너온 밀레 족에 의해 아일랜드에서 쫓겨나지만, 지하로 도망쳐 청춘의 나라 '티르 나 노이'를 건설한다. 이들은 지금도 언덕 밑에 궁전을 지어 즐겁게 살고 있으며 마법을 사용하여 모습을 감추기도 하고 나비 등으로 변신하여 지상에 나타나기도 한다고 전해진다.

『백조가 된 리르의 자식들』

청춘의 나라에서 새로운 왕으로 보브가 선출되자 왕이 되고 싶었던 리르는 자신의 궁전에 틀어박혀 두문불출한다. 보브는 리르와 화해하기 위해 그를 장녀 에브와 결혼시킨다. 리르와 에브 사이에는 네 명의 자식들이 태어나지만, 에브가 출산 도중 죽고 만다. 보브는 상심한 리르에게 차녀 에바를 후처로 맞게 한다. 그러나 아버지와 남편의 사랑이 온통 아이들에게만 쏠리는 데 소외감을 느낀 에바는 마법을 걸어 리르의 자식들을 백조로 변하게 한다. 9백 년 동안 백조의 모습으로 지낸 네 아이들은 마침내 인간의 모습으로 돌아온다. 그러나 그것은 이미 9백 살도 넘어보이는 노인의 모습이었다. 이들은 성자(聖者)의 보살핌을 받다가 조용히 숨을 거둔다.

● 얼스터 신화

얼스터 신화는 현재의 북아일랜드에 해당하는 얼스터 지방을 무대로 한 영웅전설로, 지금까지 소개한 바와 같이 붉은 가지 기사단의 대장인 쿠 훌린의 이야기가 그 중심을 이루고 있다.

쿠 훌린의 이야기와 더불어 유명한 이야기로 『디아도라의 비극』이 있다.

『디아도라의 비극』

왕에게 신화와 전설을 이야기해주는 이야기꾼의 딸인 디아도라는 태어나기 전에 "이 여자아이 때문에 많은 전사가 목숨을 잃을 것이다"라는 예언을 듣는다. 콘월 왕은 디아도라를 죽이려는 주위 사람들로부터 아이를 숨겨주고 디아도라가 어른이 되면 자신의 아내로 삼으려 한다. 세월이 흘러 아름답게 성장한 디아도라는 노이슈라는 젊은이와 사랑에 빠진다. 두 사람은 노이슈의 형제와 부하들과 함께 다른 지방으로 도망쳐 행복한 나날을 보낸다. 그런데 디아도라의 아름다움에 반한 그 지방의 영주가 노이슈에게 싸움을 걸어온다. 이 소식을 들은 콘월 왕은 그들을 용서하겠다고 속여 되돌아오게 한 후 노이슈와 그 형제들을 죽여버린다. 콘월 왕에게 붙잡힌 디아도라는 슬픔을 견딜 수 없어 스스로 목숨을 끊고 만다. 얼마 후 디아도라와 노이슈의 무덤에서 두 그루의 주목(朱木)이 자라나 서로의 가지를 휘감은 채 떨어지지 않았다고 한다.

● 피아나 신화

피아나 신화는 얼스터 신화 시대로부터 약 3백 년 후 시대의 이야기다. 이 무렵은 쿠 훌린의 붉은 가지 기사단에 대신하여 핀 마쿨의 피아나 기사단의 전사들이 활약한 시기다. 피아나 신화는 핀 마쿨과 그의 아들 오신, 손자인 오스카의 활약상을 그리고 있다.

피아나 신족의 신화 중 핀 마쿨의 이야기는 앞으로 자세히 소개할 예정이므로 그 밖의 유명한 이야기를 살펴보자.

『오신과 청춘의 나라』

피아나 기사단의 대장인 핀 마쿨에게는 오신이라는 아들이 있었다. 어느 날 오신 앞에 금발의 아름다운 처녀가 나타났다. 그녀는 청춘의 나라의 공주 냐브였다. 냐브는 오신에게 사랑을 고백하며 자신과 함께 청춘의 나라로 가자고 말했다. 냐브에게 첫눈에 반한 오신은 그녀와 함께 백마를 타고 바다를 건너 청춘의 나라로 향했다. 3년 동안 청춘의 나라에서 행복한 나날을 보낸 오신은 아버지가 보고 싶어져 냐브에게 한 번만 고향에 다녀오겠다고 말했다. 냐브는 "고향에 도착해도 말에 탄 채, 절대로 두 발을 땅에 대지 마세요"라고 일렀다. 오신이 고향에 돌아와보니 아버지와 친지들은 이미 오래 전에 죽고 궁전도 폐허가 되어 있었다. 실은 오신이 고향을 떠난 후 수백 년의 세월이 흘렀던 것이다. 오신은 말에 탄 채 그리운 고향을 둘러보았으나 갑자기 등자(안장에 달아서 말의 양쪽 옆구리로 늘어뜨리게 되어 있는 제구)가 끊어져 말에서 떨어지고 말았다. 그러자 오신은 눈 깜짝할 사이에 몇 살인지 짐작조차 할 수 없는 노인으로 변하고 말았다.

『딜무트와 그라냐』

핀의 아내가 되기 위해 그의 저택으로 찾아온 그라냐는 피아나 기사단의 아름다운 기사 딜무트를 본 순간 사랑에 빠지고 만다. 두 사람은 10여 년간 핀의 추적을 피해 여기저기로 도망다닌다. 이를 보다못한 요정의 언덕의 왕 오잉스가 나서서 핀과 딜무트를 화해시킨다. 그러나 감정의 앙금이 사라지지 않은 핀은 딜무트를 저주했던 귀와 꼬리가 없는 멧돼지를 이용하여 그를 죽여버린다. 눈물로 세월을 보내던 그라냐는 결국 핀의 간절한 구애에 이끌려 그의 아내가 된다.

2 붉은 가지 기사단

붉은 가지 기사단은 왕의 측근으로서 왕을 보호하고 다른 나라에서 적이 쳐들어오면 항전하는 전사집단이었다. 그들은 모두 선조인 신의 피를 이어받고 있었다.

붉은 가지 기사단의 전사들은 평화시 무예를 연마하고 모험을 즐기는 등 후대 아더 왕의 기사들과 비슷한 생활을 했다.

3 신과 영웅들의 복장

쿠 훌린을 비롯하여 켈트 신화에 등장하는 신과 영웅들은 전장에서 다음과 같은 복장을 하고 있었다.

● 투구
철이나 청동으로 제작되었으며 금 세공, 산호 등으로 장식했다. 모양은 긴 원뿔형이 일반적이었고 뿔이 달린 것도 있었다.

● 망토와 브로치
망토는 빨강, 파랑, 흑색 등의 화려한 색에 체크 같은 무늬가 있는 것이 많았으며 깃부분에 금이나 은으로 된 브로치를 달아 고정시켰다.

쿠 훌린은 새빨간 망토에 금브로치, 숙적인 메브는 녹색 망토에 금브로치, 태양신 루는 녹색 망토에 은브로치를 달고 있는 모습으로 이야기에 등장한다.

● 팔찌
청동으로 된 팔찌를 낀 사람들이 많았다.

● 검
검은 청동이나 철로 제작되었으며 긴 것이 특징이다.

● 창

전사는 검 외에 창도 한두 개씩 지니고 다녔다. 창끝은 길었으며 창폭이 넓고 파도 모양인 것도 있었다.

● 방패

방패는 나무로 만들어졌으며 타원형이나 장방형이 많았고 철로 된 손잡이가 달려 있었다. 붉은색이나 푸른색으로 몸체를 칠한 후 테두리를 녹색으로 칠하기도 했다.

쿠 훌린은 금테두리를 두른 새빨간 방패, 루는 백동테두리를 두른 검은 방패, 모리안은 회색 방패를 들고 다녔다.

● 기치

부족을 나타내는 기치(전쟁터에서 표지로 기에 그렸던 무늬나 글자)에는 멧돼지, 돼지, 늑대 같은 야생동물을 그렸다.

● 전차

이 무렵에는 말을 직접 타지 않고 두 마리의 말이 끄는 이륜전차를 타고 싸웠다. 전차에는 마부와 전사, 두 사람이 탔다.

전차는 튼튼하고 가벼웠으며 매우 빨랐다. 전차를 타고 적을 추격하여 창을 던지기도 하고 뿔피리를 불거나 전차의 측면을 두들김으로써 큰소리를 내 적을 두려움에 떨게 만들기도 했다. 또한 전세가 불리하여 도망칠 때도 전차는 큰 위력을 발휘했다.

핀 마쿨

FINN MAC CUMBAL

핀 마쿨은 켈트 신화 중에서 피아나 신화라 불리는 전설군에 등장하는 영웅이다.

시대는 쿠 훌린의 붉은 가지 기사단이 명성을 날리던 무렵으로부터 3백 년 후, 코맥 마크아트 왕이 아일랜드를 통치하고 있었다. 이때는 붉은 가지 기사단의 뒤를 이어 '피아나 기사단' 이 왕을 지키고 외적에 대항하는 기사단의 역할을 수행하고 있었다. 핀 마쿨은 이 피아나 기사단의 대장이었다. 피아나 기사단은 핀이 대장으로 있을 때 그 전성기를 맞이한다.

핀의 출생

디무나, 즉 핀 마쿨은 다누 신족의 왕인 누아자의 손녀 마나와 바스크 가[1]의 쿨 사이에서 태어났다.

아버지 쿨은 피아나 기사단의 기사였으나 디무나가 태어나기 전에 모나 가와의 전투에서 전사하고 만다. 어머니 마나는 슬리브 블룸의 숲에서 몰래 디무나를 낳아 두 노파에게 아기를 맡긴 후 다른 나라의 왕과 재혼한다.

---

1) 피아나 기사단에는 쿨의 바스크 가와 모나 가라는, 서로를 적대시하는 두 가문이 있었다.

금발에 흰 피부를 가진 디무나는 사냥과 수영을 즐기는 용감한 젊은이로 성장한다. 디무나는 피부가 매우 희고 아름다워 후에 핀('흰' '아름다운' 이라는 의미)이라 불리게 된다.

지혜의 연어

핀은 '지혜의 연어' 를 먹음으로써 무용뿐 아니라 뛰어난 지혜를 지닌 영웅이 된다.

소년 핀은 드루이드인 피네가스의 제자로 들어간다. 드루이드는 점을 치기도 하고 켈트의 신들에게 제사를 드리기도 하는 해박한 지식을 갖춘 신관을 가리킨다.

보인 강에 페크의 웅덩이라 불리는 곳이 있었는데, 주변에서 자라는 개암나무[2])에는 '지혜의 열매' 가 열렸고 물 속에는 '지혜의 연어' 가 살고 있었다. 이 지혜의 연어를 먹는 사람은 세상의 모든 지식을 얻을 수 있었다. 지혜의 연어를 잡기 위해 7년간이나 낚시질을 계속해온 피네가스는 어느 날 드디어 연어를 낚는 데 성공한다.

피네가스는 핀에게 연어를 요리하라고 시키며 절대 고기를 먹어서는 안 된다고 이른다.
연어를 꼬챙이에 꿰어 굽다가 엄지손가락에 화상을 입은 핀은 황급히 손가락을 입안에 집어넣는다. 그러자 핀의 얼굴이 세상의 모든 지혜를 갖춘 현자

---

2) 켈트인은 개암나무를 신성한 나무, 지식과 지혜를 상징하는 나무로 보고 함부로 베지 않았다고 한다.

와 같은 얼굴로 변한다.

연어요리를 가져온 핀의 얼굴을 보고 모든 것을 짐작한 피네가스는 왜 연어를 먹었느냐고 다그친다. 핀이 정직하게 경위를 설명하자 피네가스는 다음과 같이 말한다.

"너는 이 연어를 먹을 만한 자격이 충분히 있다. 더 이상 네게 가르칠 것이 없으니 이 연어를 먹고 지혜를 얻어 여기를 떠나거라."

이리하여 핀은 스승 대신 지혜의 연어를 먹고 세상의 온갖 지혜를 얻게 된다. 이후로 어떤 곤란한 일이 생겼을 때는 엄지손가락을 입에 넣으면 묘안이 떠오르게 된다.

핀은 피네가스의 곁을 떠나 아버지 쿨과 마찬가지로 피아나 기사단에 들어가기로 결심한다. 그는 타라에서 열리는 왕들의 모임에 참석한 코맥 마크아트 왕을 만나기 위해 길을 떠난다. 타라에 도착하여 왕을 만난 핀은 그의 호감을 사 기사로 임명된다.

타라의 요괴 퇴치

핀은 기사가 되고 나서 며칠 후 타라에 출몰하기 시작한 요괴를 퇴치하여 최초의 공적을 세운다.

요괴는 매일 밤 하프를 켜 사람들을 잠재운 후 불을 토해내 아름다운 타라의 도시를 태우고 사람들을 죽였다.

핀은 왕에게 자신이 요괴를 퇴치하면 피아나 기사단의 대장으로 임명해달라고 청한다. 왕이 그 청을 받아들이자 핀은 요괴를 퇴치하기 위해 출발한다.

이때 아버지 쿨의 하인이었던 노인이 핀에게 '마법의 창'을 선사한다. 창끝은 청동으로 만들어져 있고 아라비아의 황금으로 장식되어 있었다. 이 창의 창끝을 이마에 갖다대기만 하면 온몸에 힘이 넘치고 투지가 끓어올랐다.

밤이 되었다.

핀이 서 있는 평원에는 안개가 자욱이 껴 있었다. 그때 갑자기 커다란 검은 그림자가 나타나더니 오묘한 하프 소리가 들려오기 시작했다. 핀은 지체없이 창끝을 이마에 갖다댔다. 요괴는 적에게 하프의 마력이 미치지 않자 서둘러 도망치려 했다. 핀은 기회를 놓치지 않고 요괴의 머리를 단칼에 베어버렸다.

이리하여 핀은 피아나 기사단의 대장이 되었다.

피아나 기사단에는 뛰어난 지혜와 무예실력을 갖춘 용감한 전사들만이 입단할 수 있었다. 모든 전사들은 휘하의 전사들을 관대하고 공평한 태도로 대하는 존경하는 대장 핀의 휘하에서 여러 가지 서약을 지키며 많은 활약을 한다. 이리하여 피아나 기사단은 핀의 시대에 최고의 전성기를 맞게 된다. 또한 핀은 부하들뿐 아니라 일반 사람들에게도 너그러워 자신의 재산을 아낌없이 나눠주었다고 한다.

결혼과 아들 오신

어느 날 핀은 사냥을 나갔다가 돌아오는 길에 발견한 아기사슴을 자신의 집으로 데려온다.

그날 밤 자리에 누워 뒤척이던 핀이 눈을 떴을 때 아름다운 여인이 침대 옆에 서 있었다. 그녀는 자신이 바로 낮에 데려온 아기사슴인데 구애를 거절당

하여 앙심을 품은 요정의 마법에 걸려 있었다고 말했다. 3년 동안이나 숲 속을 정처 없이 헤매다녔는데, 한 요정이 그녀를 불쌍히 여겨 만일 핀의 저택에 들어가게 되면 마법이 풀리도록 해줬다는 것이다.

그녀의 이름은 사바였다. 핀과 사바는 사랑에 빠져 이윽고 결혼을 하게 된다.

그런데 어느 날 비극적 사건이 일어난다. 핀이 전쟁터에 나가 있는 동안 사바가 핀의 모습으로 둔갑한 괴물을 따라나선 것이다. 핀은 미친 듯이 사바를 찾아다녔으나, 사랑하는 아내의 흔적은 어디서도 발견되지 않았다. 그렇게 7년의 세월이 흐르자 마침내 핀도 사바를 찾는 일을 단념하고 만다.

어느 날 핀은 기사들과 사냥을 하다가 일곱 살 정도 된 긴 금발머리 소년이 벌거벗은 채 나무 밑에 서 있는 것을 발견한다. 소년의 신상에 관련된 얘기를 들은 핀은 그 아이의 엄마 사바이고 자신이 아이의 아버지임을 확신하게 된다.

핀은 그 아이에게 오신(아기사슴이라는 의미)이라는 이름을 붙여주고 아들로 삼는다. 오신[3]은 성장하여 훌륭한 기사가 된다. 그는 힘이 세고 용감했으며 뛰어난 시인이기도 했다. 지금도 수많은 피아나 신화가 핀의 아들인 오신의 작품이라고 전해지고 있다.

거인 기라 다카와 요정왕

핀이 활약한 시대는 인간과 신족, 요정들간에 활발한 교류가 이루어졌던 때다.

다음은 핀이 요정왕의 부탁을 받고 전투에 참가하게 된 이야기다.

핀은 기라 다카라는 거인을 1년간 하인으로 부리기로 했다. 기라 다카는 비쩍 마른 털북숭이 말을 타고 다니는 괴상하게 생긴 거인이었다. 그러나 핀은 자신을 섬기고 싶다고 하는 자를 거절해서는 안 된다는 겟슈(서약)를 갖고 있었기 때문에 거인의 청을 들어주었던 것이다.

피아나의 사람들은 괴상한 모습의 거인을 따라다니며 놀리곤 했다. 그러던 어느 날의 일이다.

기사들이 기라 다카의 야윈 말을 움직여 보려고 했으나, 말은 꿈쩍도 하지 않았다. 한 기사가 기라 다카와 같은 무게의 사람이 타면 말이 움직일 것이라는 묘안을 내자 열네 명의 기사가 말 등에 올라탔다. 그러나 말은 여전히 미동도 하지 않았다. 이 광경을 보고 화가 난 기라 다카는 일을 그만두겠다고 소리친 후 서쪽으로 바람처럼 달려갔다. 그러자 말도 주인을 따라 엄청난 속력으로 달리기 시작했다. 열네 명의 기사는 땅에 떨어지지 않기 위해 죽을 힘을 다해 말 등에 매달렸다.

해안에 도착한 기라 다카는 그대로 바다 속으로 뛰어들었다. 그리고 말 등에 탄 열네 명의 기사와 말꼬리를 붙잡고 끌려온 한 명의 기사도 모두 바다 속으로 사라지고 말았다.

핀은 열다섯 명의 기사들을 찾기 위해 남은 기사들을 이끌고 바다로 떠났다.

며칠 후 핀 일행은 험한 기암절벽으로 둘러싸인 섬에 도착했다. 기사들 중에서 선발된 딜무트[4]가 먼저 섬에 가보기로 했다. 바위 절벽을 기어올라간 딜

---

3) 청춘의 나라에 간 오신의 이야기가 유명하다. '쿠 훌린 가이드' 편 참조.
4) 딜무트는 피아나 기사단 제일의 미남으로 그라냐와 비극적 사랑을 한다. '쿠 훌린 가이드' 편 참조.

무트의 눈앞에는 꽃이 만발한 아름다운 대지가 펼쳐져 있었다. 목이 말랐던 딜무트가 시냇물을 마시려고 하는데 갑자기 무장한 기사가 나타났다. 두 기사는 1대1 대결을 벌였지만 좀처럼 승부가 나지 않았다. 이윽고 밤이 되자 기사는 갑자기 시냇물 속으로 뛰어들었다. 다음날도 똑같은 일이 벌어졌다. 그리고 3일째 되던 날 이번에는 기사가 딜무트를 붙잡고 함께 물 속으로 뛰어들었다. 정신을 잃었던 딜무트가 눈을 뜬 곳은 물 속이 아닌 푸른 초원이었다. 그곳은 요정의 나라였고 기사는 요정의 왕 아바타였던 것이다. 아바타는 다른 요정 나라와의 전투에 힘이 되어줄 기사를 찾고 있었던 것이다. 또한 거인 기라 다카도 요정의 왕이 변신한 모습이었으며, 말을 탄 채 바다로 들어간 열다섯 명의 기사도 이미 그곳에 도착해서 융숭한 대접을 받고 있었다.

나중에 도착한 핀과 다른 기사들도 요정왕의 부탁을 받아들여 전투에 가세하기로 한다.

핀이 이끄는 피아나 기사단의 눈부신 활약으로 전투는 승리로 끝난다.

요정왕 아바타는 핀 일행에게 사례를 하고 싶다고 말했다. 그러나 핀은 하인으로 일해준 기라 다카에 대한 보답으로 참전했을 뿐이라고 극구 사양한다. 그러자 말 등에 올라탄 채 요정의 나라로 끌려온 기사들 중 하나가 이곳의 귀족들도 자신들과 똑같은 체험을 해야 마음이 풀리겠다고 농담조로 말한다. 그 말에 따르겠다고 약속하는 아바타를 뒤로 한 채 핀 일행은 요정의 나라를 떠난다.

그로부터 얼마 후 핀과 기사단이 야영을 하고 있는데, 언덕 저편에서 기라 다카가 달려왔다. 그 뒤에서는 예의 비쩍 마른 말이 등에 요정 나라의 귀족들 열네 명을 태우고 달려오고 있었다. 요정 나라의 귀족들은 땅에 떨어지지 않으려고 필사적으로 말 등에 매달려 있었다. 기사들은 그 광경을 보고 한바탕 폭소를 터뜨렸다.

피아나 기사단의 최후

핀의 휘하에서 전성기를 맞았던 피아나 기사단은 코맥 마크아트 왕이 죽은 후 그 아들 케브리 왕의 시대에 벌어진 큰 전쟁으로 인해 그 세력이 약화된다.

핀이 노인이 되었을 무렵 피아나 기사단의 세력은 왕을 능가할 정도로 대단해진다. 이를 못마땅히 여긴 케브리 왕과 피아나 기사단 사이에 분쟁이 일어나고, 핀이 속한 바스크 가와 앙숙인 모나 가가 왕의 군대에 가담하면서 전쟁으로까지 확대된다. 이 전쟁으로 인해 양대 세력은 큰 희생을 치른다. 핀의 손자인 오스카도 어린 나이에 이 전쟁에서 목숨을 잃고 만다. 이리하여 아름답고 용감한 핀 마쿨의 피아나 기사단은 역사 속에서 그 자취를 감추게 된다.

[핀 마쿨 가이드]

1 드루이드

모든 방면에 해박한 지식을 갖춘 드루이드는 왕에게 조언을 할 수 있을 정도로 높은 지위에 있었다. 그들은 종교의식을 주재할 뿐만 아니라 재판관의 역할을 담당하기도 했다. 켈트인은 문자를 쓰지 않았으므로 이러한 드루이드의 지식은 입에서 입으로 후대에 전해졌다.

드루이드 안에도 여러 계급이 있었는데, 그 정점에 위치하는 자가 켈트의 모든 드루이드를 거느렸다.

● 드루이드의 의식

드루이드는 매월 6일에 의식을 행했다. 이날 드루이드는 흰 옷을 걸치고 황금낫으로 떡갈나무에 기생하는 겨우살이를 잘라냈다. 신성한 나무로 여겨졌던 떡갈나무 밑에는 두 마리의 흰 소가 신께 올리는 제물로 바쳐졌다. 또한 흰 천 위에 잘라낸 겨우살이를 조심조심 올려놓고 기도를 드렸다.

켈트인은 1년을 크게 두 계절(따뜻한 계절, 추운 계절)로 나눠 한 계절이 끝날 때마다 성대한 축제를 벌였다. 5월 1일에는 베르티나, 11월 1일에는 사윈이라 불리는 의식을 행했다.

베르티나에서 사윈까지의 기간은 소를 목초지에 풀어놓을 수 있는 따뜻한 계절로, 이를 축하하는 의식으로 베르티나가 행해졌다. 베르티나 축제 때는 큰불을 피우고 소가 병에 걸리지 않기를 바라는 마음에서 불 쪽으로 소를 모는 의식을 행했다. 물론 이러한 의식은 모두 드루이드가 지휘했다.

사윈 축제는 10월 31일 밤부터 시작되었다. 1년의 끝과 다음해의 시작을 나타내는 사윈 축제에서는 다음해 봄과 여름의 행운을 기원하며 신에게 제물과 공물을 바쳤다.

베르티나와 사윈 외에 2월 1일, 8월 1일에도 축제를 벌였다. 2월 1일에는 가축의 보호를 기원하는 축제, 8월 1일에는 풍작을 기원하는 축제가 행해졌다.

이러한 축제는 드루이드가 관장했고 농사를 짓거나 가축을 기르는 사람들이 참가했다. 피아나 기사단과 같은 기사들은 베르티나와 사윈을 경계로 하여 5월 1일부터는 수렵의 계절, 11월 1일부터는 실내에서 연회나 집회를 여는 계절로 분류했다.

3 피아나 기사단

피아나 기사단에 들어가기 위해서는 다음과 같은 엄격한 시험을 거쳐야 했다.

1. 열두 권의 시서(詩書)를 외운다.
2. 뛰어난 시를 짓는다.
3. 땅속에 몸을 허리까지 파묻은 채 개암나무방패와 곤봉만으로 아홉 명의 기사가 던지는 창을 막는다.
4. 머리카락을 끈으로 묶고 뒤에서 쫓아오는 기사에게 잡히지 않도록 숲 속을 달린다. 이때 끈이 풀려져도, 숲 속의 나뭇가지를 부러뜨려도 안 된다.
5. 자신의 이마 높이의 나뭇가지를 뛰어넘는다.
6. 무릎 높이로 몸을 구부리고 전력을 다해 비탈길을 내려가며 발에 박힌 가시를 뽑는다.

이러한 엄격한 시험을 통과한, 지식과 체력을 겸비한 사람만이 피아나 기사단에 입단할 수 있었다.

또한 피아나 기사단의 시대에는 말을 타고 싸웠다. 말이 끄는 전차를 타던 쿠 훌린의 붉은 가지 기사단에 비하면 아더 왕의 원탁의 기사단의 모습에 보다 가까워졌다고 할 수 있다.

베오울프

BEOWULF

베오울프는 영국의 서사시에 등장하는 영웅이다.

베오울프의 활약상을 그린 『베오울프』는 8세기 말에서 11세기 초엽에 앵글로색슨인에 의해 지어졌을 것으로 추정되고 있다. 이 고대영어로 씌어진 3,182행의 두운시는 크게 2부로 그 내용이 나뉘어진다. 제1부에는 북유럽을 무대로 청년 용사 베오울프와 반인반수의 괴물 그렌델의 싸움이 묘사되어 있다. 제2부에는 나이 들어 고국으로 돌아와 왕이 된 베오울프와 화룡과의 싸움, 그리고 베오울프의 죽음이 그려져 있다.

그렌델과의 싸움

옛날에 데네의 나라(덴마크)에 흐로트가르라는 왕이 있었다. 그는 거대한 궁전을 지을 만큼 대단한 권력을 휘두르는 왕이었으며 많은 보물을 백성들에게 나눠주는 너그럽고 현명한 왕이기도 했다.

어느 날부터인가 그렌델이라는 식인괴물이 나타나 매일 밤 궁전을 습격하기 시작했다. 아담과 이브의 아들 카인[1]의 피를 이어받은 그렌델은 포악한 성격에 몸이 매우 날렵했으며 주로 사람을 잡아먹었다. 괴물이 밤마다 궁전을

---

1) 최초의 인간인 아담과 이브 사이에서 태어난 카인은 동생 아벨을 살해하여 신에 의해 에덴의 동쪽에 있는 노드로 추방된다. 악행을 일삼는 괴물, 악령, 거인들은 모두 카인의 후예라고 일컬어진다.

점거하는 사태가 12년간이나 계속되자 데네의 나라는 생지옥으로 변하고 말았다.

한편 게아타스의 나라에 베오울프라는 용감한 전사가 있었다. 그는 데네 나라의 소식을 듣고 존경하는 왕 호로트가르를 돕기 위해 튼튼한 배를 만들고 국내에서 용감한 전사들을 선발하여 데네로 떠났다.

베오울프는 데네의 궁전에서 그렌델을 기다렸다. 그는 갑옷과 투구를 벗고 검까지 부하에게 건네준 후 잠자리에 들었다. 자신의 힘과 신의 가호를 믿고 맨손으로 괴물과 싸울 작정이었던 것이다.

드디어 그렌델이 궁전에 나타났다. 베오울프는 눈을 감고 있는 자신에게 덤벼드는 그렌델의 팔을 억센 팔로 잡아비틀었다. 손이 으깨진 그렌델은 겁에 질려 도망치려 했다. 그러나 베오울프가 괴물의 한 쪽 팔을 더욱 더 세게 비틀자, 뼈가 부러지고 살이 찢어지는 소리가 나며 그렌델의 팔이 쑥 뽑혔다. 몸을 비틀며 괴로워하던 그렌델은 결국 심한 출혈로 죽고 만다.

그렌델의 어미와의 싸움

베오울프가 호로트가르 왕과 축하 파티를 열고 있을 때 그렌델의 어미 요녀는 아들의 복수를 다짐한다.

요녀는 궁전을 습격하여 전사 한 명을 살해했다. 이번에도 직접 보복에 나선 베오울프는 맨손으로 요녀를 집어던졌으나, 요녀도 이에 굴하지 않고 무시무시한 힘으로 그를 덮쳐왔다. 쓰러진 베오울프를 향해 요녀의 마검이 날아왔으나, 가슴에 걸친 갑옷 덕분에 그는 간신히 목숨을 건진다. 다시 일어선 베오울프는 갖고 있던 무기 중에서 거인이 만들어준 거대한 검을 뽑아 요녀에게 일격을 가했다. 요녀가 단말마의 비명을 지르며 죽자 베오울프는 호로트가르 왕의 궁전으로 돌아갔다.

화룡과의 싸움

베오울프는 게아타스의 나라로 돌아가 휴게라크 왕에게 데네에서의 싸움을 보고하고 공물을 헌상한다.

세월이 흘러 휴게라크 왕이 죽고 그 아들도 전사하자 베오울프가 왕위를 잇는다. 그후 베오울프는 50년간 태평성대를 이룩하여 백성들의 칭송을 받는다.

그러던 어느 날 화룡이 나타나 백성들을 죽이고 대지를 유린하기 시작했다. 그러나 이 괴물과 맞서싸우겠다고 나서는 전사는 아무도 없었다. 노왕 베오울프는 이것이 자신의 마지막 싸움이 되리라는 사실을 알면서도 화룡퇴치에 나선다.

투구와 갑옷으로 무장한 베오울프는 방패를 들고 화룡이 사는 절벽 밑에 섰다. 화룡이 내뿜는 독기가 바위 사이에서 새어나오고 있었다. 베오울프는 날카로운 칼을 빼들고 화룡 앞으로 나아갔고 화룡도 몸을 사리며 동굴 속에서 기어나왔다. 얼마간 계속된 격렬한 싸움 끝에 베오울프가 화룡의 머리를 향해 검을 내리치는 순간 칼날이 빗나가고 만다. 이때 곁에서 지켜보던 베오울프의 부하 위그라프가 황금방패를 들고 싸움에 가세한다. 두 사람은 가까스로 화룡을 쓰러뜨리지만, 베오울프는 이미 목덜미에 깊은 상처를 입은 후였다.

베오울프가 숨을 거두자 부하들은 그의 유언대로 시신을 화장했다.

[베오울프 가이드]

1 영국과 앵글로색슨 족

영국의 역사는 다음과 같이 다양한 민족의 유입과 정복으로 이룩된 역사라고 할 수 있다.

기원전 6세기경 ──── 켈트 족의 유입
기원전 1세기경 ──── 로마인의 원정 (로마의 속주가 된다)
2세기경 ──────── 독일에서의 앵글로색슨 족의 유입
8세기경 ──────── 덴 족(바이킹)의 침입
11세기경 ──────── 노르만 족의 정복

앵글로색슨 족은 민족대이동 때 영국으로 건너가 선주민인 브리튼인을 정복하고 일곱 개의 왕국을 건설했다. 기독교의 교화와 로마문화의 영향을 받아 8~10세기경에 앵글로색슨 문화의 전성기를 이룩했는데,『베오울프』도 이 시기에 씌어진 것으로 추정된다.

아더 왕

KING ARTHUR

아더의 출생에서 죽음까지의 이야기를 다루고 있는 이 전설은 가장 유명한 기사 전설이다. 이 전설에는 아더 왕뿐 아니라 마법사 멀린, '원탁의 기사'라 불리는 아더 왕의 부하들, 그리고 이들을 둘러싼 아름다운 여인들의 이야기가 그려져 있다.

아더 왕은 잉글랜드의 왕으로, 원탁의 기사들과 함께 명검 엑스칼리버를 휘두르며 수많은 무훈을 세웠다. 용감하고 위풍당당하며 다른 사람을 배려할 줄 알았던 아더 왕은 부하들뿐 아니라 온 백성의 존경과 사랑을 받았다.

아더 왕의 탄생

아더 왕은 잉글랜드의 왕 우더 펜드라곤과 콘월의 영주 틴타젤 공의 아내 이그레인 사이에서 태어났다.

■ 잉글랜드의 위치

아더는 태어난 지 얼마 되지 않아 예언자 멀린을 통해 엑터 경이라는 기사에게 맡겨져 그의 아들로 성장하게 된다.
어느 해 정월 초하룻날 런던에서 마상시

합이 열린다. 소년으로 성장한 아더는 엑터 경과 그의 아들 케이 경과 함께 시합에 참가하기 위해 런던으로 향한다. 가는 도중에 깜빡 잊고 검을 여관에 두고 온 케이 경을 위해 아더는 여관으로 발길을 되돌린다. 그러나 여관은 문이 잠겨 있고 주인은 외출중이었다. 아더는 할 수 없이 바위에 꽂혀 있는 검을 뽑아가야겠다고 생각한다.

교회의 부지 안에는 대리석처럼 크고 네모난 바위가 놓여 있었는데, 그 위에는 두꺼운 철판이 얹혀 있었다. 이 바위와 철판은 크리스마스 날 갑자기 교회 부지 안에 나타난 것이었다. 그리고 철판의 중앙에는 아름다운 검이 한 자루 꽂혀 있었는데, 이 검에는 '이 검을 뽑는 자야말로 잉글랜드의 왕이다' 라는 글귀가 씌어 있었다.

그때까지 수많은 사람들이 이 검을 뽑기 위해 안간힘을 썼어도 검은 꿈쩍도 하지 않았다. 그런데 검에 얽힌 사연은 전혀 모르는 아더가 칼자루를 잡았더니 검이 쑥 뽑혔다. 이 검도 명검이지만 그 유명한 엑스칼리버는 아니다. 아더는 나중에 이 검을 잃어버리고 엑스칼리버를 손에 넣게 된다.

엑터 경은 케이 경으로부터 아더가 바위에 박힌 검을 뽑았다는 소식을 듣고 아더에게 말한다. "당신은 내 아들이 아니고, 고귀한 피를 이어받은 분입니다." 제후와 귀족들의 인정을 받은 후 아더는 잉글랜드의 국왕이 된다. 드디어 그 유명한 아더 왕이 탄생한 것이다.

원탁의 기사

아더 왕 하면 가장 먼저 떠오르는 것이 캐멀롯과 원탁의 기사다.

아더 왕의 궁전은 왕국의 수도인 캐멀롯에 있었다.

또한 원탁의 기사는 아더 왕과 결혼한 기네비어가 데려온 기사들과 원탁을 중심으로 하여 결성되었다.

어느 날 아더 왕은 북웨일즈의 영주가 카메란드의 영주인 로데그란스에게 싸움을 걸어왔다는 소식을 듣는다. 이 소식을 듣자마자 길을 떠난 아더 왕은 로데그란스를 도와 용감하게 싸운다.

로데그란스의 딸 기네비어 공주는 그가 아더 왕인 줄도 모른 채 용맹스럽게 싸우는 젊은 기사에게 첫눈에 반한다. 사랑에 빠진 두 사람은 전쟁이 끝난 후 성대한 결혼식을 올린다.

로데그란스는 기네비어에게 1백 명의 기사와 원탁을 결혼선물로 하사한다. 아더 왕은 여기에 국내에서 선발한 훌륭한 기사들을 추가하여 원탁의 기사단을 결성한다.

이리하여 아더 왕과 원탁의 기사단의 황금시대가 막을 올리게 된다.

명검 엑스칼리버

아더 왕은 엑스칼리버라는 명검으로 수많은 무훈을 세운다.

아더 왕은 명검 엑스칼리버를 '호수의 요정'으로부터 받는다. 여행 도중 교회의 바위에서 뽑은 기적의 검을 부러뜨린 아더 왕은 멀린의 인도를 받아 호숫가로 간다. 호수에는 검을 쥔 요정의 손이 수면 위로 나와 있었다. 아더 왕은 작은 배를 타고 요정이 있는 쪽으로 다가갔다. 흰 비단 천으로 감긴 요정의 손은 쥐고 있던 칼자루를 아더 왕에게 건네준 후 조용히 호수 속으로 사라진다. 아더 왕은 그렇게 명검 엑스칼리버를 손에 넣게 된다.

엑스칼리버는 검 자체도 명검이지만, 칼집은 검보다 더욱 큰 마력을 지니고 있었다. 이 칼집의 주인은 어떤 상처를 입어도 결코 피를 흘리지 않았다. 나중에 마녀 모건 르 페이[1]가 칼집을 훔쳐간 후 아더 왕은 조카인 모드레드 경에 의해 중상을 입고, 잉글랜드를 떠나 요정의 섬 아발론으로 떠나게 된다.

아더 왕의 무훈

아더 왕은 원탁의 기사를 이끄는 군사 지휘관으로도 이름을 날렸지만, 개인적 무훈도 그에 못지 않게 뛰어났다.

여기서는 아더 왕의 무용담 중 거인과의 싸움과 관련된 이야기 두 가지를 소개하겠다.

■ 리엔스 왕의 거인

기네비어 왕비를 만나게 된 북웨일즈의 영주 리엔스 왕과의 싸움에서 아더 왕은 신장 4.5미터의 거인과 1대1 대결을 벌이게 된다. 격렬한 싸움 끝에 아더 왕의 엑스칼리버가 빛을 발하자 거인의 목이 잘려 머리가 몸에 대롱대롱 매달린 상태가 되었다. 거인의 말은 그런 주인을 태운 채 싸움터 여기저기를 날뛰어다녔다고 한다.

■ 성 미카엘 산의 거인

아더 왕의 군대가 로마군과 싸우러 가는 도중에 일어난 일이다.

아더 왕의 배가 프란다스의 발프리트에 도착하자 한 농부가 그에게 달려와 다음과 같이 호소했다.

---

1) '마녀 모건 르 페이' 항목 참조

"7년 전 브리타니아의 이웃나라인 콘스탄틴에 엄청난 거인이 나타나 그 동안 아이들을 모두 잡아먹었습니다. 그리고 이번에는 브리타니아의 영주 하우엘님의 부인까지 처참하게 살해했습니다. 하우엘님은 우리 영주님의 사촌형제십니다. 부디 이 원수를 갚아주십시오."

거인을 처치하기로 결심한 아더 왕은 성 미카엘 산에 올라갔다. 거인은 사람의 팔다리를 먹으며 불을 쬐고 있고, 그 옆에는 처녀 세 명이 붙잡혀 있었다. 잠시 후 아더 왕과 거인의 처절한 싸움이 시작되었다. 거인이 던진 곤봉에 맞아 아더 왕의 관이 땅에 떨어졌고, 아더 왕의 칼에 베인 거인의 옆구리에서는 창자가 흘러나와 땅에 떨어졌다. 두 사람은 무기를 버리고 맨손으로 맞붙은 채 엎치락뒤치락하면서 경사면을 따라 뒹굴었다. 그 와중에 단검을 꺼낸 아더 왕은 거인의 가슴을 힘껏 찔러 숨통을 끊어놓았다.

아더 왕의 성격

그러면 아더 왕은 과연 어떤 성격의 소유자였을까?

로마군과의 첫전투에서 승리한 아더 왕은 포로들을 파리로 호송한다. 이 호송임무를 맡은 것은 랜슬롯 경을 비롯한 기사들이었다. 로마군의 거센 저항 속에서도 랜슬롯 경의 활약에 힘입어 포로들은 무사히 파리로 호송되었다.

랜슬롯 경은 돌아가 아더 왕에게 전투결과를 보고했다. 아더 왕은 전사한 기사들에 관한 보고를 듣자 그들의 죽음을 슬퍼하며 다음과 같이 말했다.

"여기서 퇴각해도 어느 정도의 체면은 선다. 승산 없는 싸움을 계속하는 것은 어리석은 짓이다."

그러나 랜슬롯 경은 "여기서 퇴각한다면 우리 군대의 위신은 땅에 떨어질 것이고 한번 손상된 위신은 회복되기가 매우 어렵습니다"라고 말하며 아더

왕에게 진군할 것을 권했다.

　이것은 아더 왕과 랜슬롯 경의 성격 차이를 극명하게 엿볼 수 있는 대목이다.

　아더 왕의 온화한 성격은 때때로 우유부단함과 연결되기도 한다. 랜슬롯 경과의 싸움에서 자신의 최후를 맞이하게 되는 것도 아더 왕의 그러한 우유부단한 성격에 기인한다.

　랜슬롯 경과 왕비 기네비어의 불륜에 분노한 아더 왕은 랜슬롯 경을 치라는 명을 내린다.

　랜슬롯 경과의 전투에서 아더 왕이 보르스 경에 의해 말에서 떨어지자 랜슬롯 경이 다가와 왕을 부축하여 말에 다시 태워주었다. 그러자 아더 왕은 랜슬롯 경의 과거의 충의를 떠올리며 싸움을 일으킨 것을 후회했다. 그러나 랜슬롯 경을 미워하는 가웨인 경 때문에 싸움을 중단시킬 수는 없었다.

아더 왕의 최후

　아더 왕의 전설에 관한 책은 수없이 많지만, 그중에서도 가장 뛰어난 것이 15세기 후반 토머스 맬러리에 의해 씌어진 『아더 왕의 죽음』이다. 『아더 왕의 죽음』 전 21권 중 아더 왕을 주인공으로 하여 씌어진 것은 1~5권과 20권, 21권뿐이다. 이야기의 대부분을 차지하는 나머지 열네 권은 원탁의 기사 중 하나인 랜슬롯 경을 주인공으로 하고 있다. 6권 이후부터는 그가 처참한 최후를 맞이할 때까지 아더 왕의 무용담은 전혀 묘사하지 않았다.

　랜슬롯 경의 이야기는 뒤에서 상세히 소개할 예정이므로 여기서는 생략하고 아더 왕 이야기의 전말을 간단히 살펴보기로 하자.

아더 왕의 비참한 최후에 대한 이야기는 대충 다음과 같이 시작된다.

원탁의 기사 중 하나인 랜슬롯 경은 아더 왕의 아내인 기네비어와 사랑에 빠진다. 오래 전부터 이들을 탐탁치 않게 여기던 아그라베인 경(아더 왕의 조카)과 모드레드 경(아더 왕의 아들)은 둘 사이의 관계를 아더 왕에게 폭로한다. 이 일로 랜슬롯 경은 아그라베인 경을 비롯한 원탁의 기사 몇 명을 살해하고 만다. 일이 커지자 두 사람의 관계를 어렴풋이 짐작하고 있던 아더 왕도 잠자코만 있을 수 없어 군대를 일으켜 랜슬롯 경을 치기로 한다.

전투에서 수세에 밀린 랜슬롯 경이 자신의 영지인 프랑스로 달아나자 아더 왕은 그를 쫓아 바다를 건넌다.

한편 잉글랜드에서는 아더 왕이 자리를 비운 사이 아들 모드레드 경이 왕위를 차지하려는 음모를 꾸민다. 이 소식을 들은 아더 왕은 서둘러 잉글랜드로 돌아오지만, 결국 아들이 휘두른 칼에 쓰러지게 된다.

아더 왕은 죽음을 기다리며 신하인 베디비어 경에게 엑스칼리버를 호수에 던져 넣으라고 명령한다. 베디비어 경이 엑스칼리버를 호수에 던지자 물 속에서 손 하나가 쑥 나와 검을 받아들더니 다시 호수 속으로 사라졌다. 엑스칼리버가 원래 있었던 호수로 되돌아간 것이다.

아더 왕은 귀부인들을 태운 작은 배를 타고 요정의 섬 아발론으로 떠난다. 그후 왕비 기네비어와 랜슬롯 경이 죽자 아더 왕의 이야기도 막을 내리게 된다.

　아직도 잉글랜드의 국민들은 나라에 큰 재앙이 닥쳤을 때 아더 왕이 아발론에서 돌아와 자신들을 구해줄 것이라는 믿음을 갖고 있다.

　지금부터는 마법사 멀린과 마녀 모건 르 페이, 가족 등 아더 왕 주변의 인물들을 소개하겠다.

예언자 멀린

　아더 왕을 둘러싸고 있는 인물들 중 가장 중요한 위치를 차지하는 사람이 바로 예언자 멀린이다.

멀린은 아더 왕이 즉위한 후 일어난 여러 전쟁에서 예언, 조언, 마술 등을 통해 곁에서 항상 아더 왕을 구해준다. 멀린은 아더 왕에게 있어 적시에 등장하여 그를 도와주는 수호천사와 같은 존재였다. 명검 엑스칼리버가 있는 호수로 길을 안내해준 것도, 왕비 기네비어와 결혼하도록 도와준 것도 예언자 멀린이었다.

멀린은 인큐버스[2]를 아버지로 하여 인간인 어머니의 몸에서 태어났다.

멀린이 아직 어렸을 때 잉글랜드는 보르티겐 왕이 다스리고 있었다. 보르티겐 왕은 선왕을 죽이고 왕위에 오른 자였다. 어느 날 왕은 스노드니아 산지[3]에 성을 지으라는 명령을 내렸다. 그러나 성을 지으려고 주춧돌을 쌓으면 바로 무너져내리는 일이 반복되었다. 왕의 명으로 점을 쳐본 마술사들은 인간이 아닌 아버지를 둔 아이의 피를 성의 주춧돌에 뿌려야 한다고 말했다. 이에 왕의 부하들이 전국을 찾아헤맨 끝에 데려온 아이가 바로 멀린이었다.

멀린은 보르티겐 왕에게 성을 지을 땅의 지하 깊숙한 곳에 용 두 마리가 살고 있기 때문이라고 말한다. 인부들이 땅을 파자 붉은 용과 흰 용이 싸움을 벌이기 시작했다는 것이다. 멀린은 왕에게 다음과 같이 고했다.

"두 마리의 용은 왕위의 계승자인 선왕의 동생 우더와 펜드라곤의 침입을 나타냅니다."

---

2) 몽마(夢魔)라고도 불리며 남자의 모습을 한 악마다. 인간 여자와 성교하여 마성(魔性)을 가진 아이를 낳게 한다.

3) 웨일즈 지방에서 가장 높은 산인 스노든 산을 중심으로 산과 작은 호수가 분포되어 있는 일대.

멀린의 예언대로 얼마 안 있어 왕의 동생들이 찾아와 보르티겐 왕을 죽이고 펜드라곤이 왕위에 올랐다. 그리고 펜드라곤이 전쟁에서 죽자 우더가 왕위를 이어받았다. 우더는 펜드라곤이라는 이름을 계승하여 자신을 우더 펜드라곤이라 칭하기로 한다. 이 우더 펜드라곤이 바로 아더 왕의 아버지다. 이후 멀린은 왕이 가장 신뢰하는 조언자가 된다.

멀린은 미래를 예언하는 능력 외에도 다양한 마술을 구사할 수 있었다. 그는 예언과 마술을 통해 아더 왕을 위기에서 여러 차례 구해준다.

■ 멀린의 마술

· 사람 잠재우기

페리노아 왕과의 결투에서 아더 왕이 불리해지자 페리노아 왕을 3시간
동안 잠들게 하여 아더 왕을 구출했다.

· 변신(변장)

멀린은 여러 가지 모습, 가령 사냥꾼, 소년, 노인 등으로 둔갑하여 아더
왕 앞에 나타났다. 또한 마술을 이용하여 다른 사람을 변신시킬 수도 있
었다. 멀린은 틴타젤 공의 아내 이그레인에게 반한 우더 왕을 틴타젤 공
의 모습으로 변신시켜 소원을 이루어주었다.

· 거대한 물건 움직이기

멀린은 커다란 물건에 주문을 걸어 움직일 수 있었다. 솔즈버리 평원의
스톤헨지[4]는 멀린이 주문을 걸어 아일랜드에서 옮겨왔다고 하며, 어떤
전투에서는 적진의 천막을 일시에 뒤집어 혼란을 야기하기도 했다.

■ 멀린의 사랑과 파멸

멀린이 아더 왕을 도와 활약하는 장면은 아더 왕 이야기의 초기, 말하자면
아더 왕과 기네비어의 결혼 무렵까지만 등장한다.

그럼 어째서 멀린은 모습을 감춘 것일까?

그것은 사랑 때문이었다. 멀린과 같은 위대한 예언자도 사랑 때문에 미래를
예지하는 능력을 잃게 된다.

---

4) 영국 남서부의 솔즈버리 평원에 있으며 B.C. 21~12년에 건조되었다고 전해지는 거석군
(巨石群). 건설 목적은 명확하지 않지만, 종교적 의식에 쓰여졌을 것으로 추측된다.

멀린은 호수의 처녀 비비안(요정)[5]을 만나 사랑의 포로가 되고 만다. 그러나 비비안은 멀린을 농락하다가 그의 마술을 감쪽같이 훔친다.

어느 날 멀린이 비비안의 무릎에 머리를 얹고 잠들자 그녀는 그의 주위에 허리띠로 아홉 겹의 마술 원을 그렸다. 이 마술로 인해 멀린은 안개의 탑에 갇히게 된다. 마술을 건 비비안은 안개의 탑을 자유롭게 드나들 수 있었으나, 멀린은 그렇지 못했다.

이렇게 해서 멀린은 아더 왕과 원탁의 기사들 앞에서 영원히 사라지게 된다. 아더 왕은 기사들을 시켜 멀린의 행방을 찾았다. 멀린을 찾아헤매던 가웨인 경은 숲 속에서 누군가의 신음소리를 듣는다. 그것은 안개의 탑에 갇혀 있는 멀린의 목소리였다. 구출된 멀린은 가웨인 경에게 사건의 전말을 얘기한 다음 아더 왕에게 전할 말[6]을 남긴다.

그후 멀린을 만난 사람은 아무도 없었다. 스페인의 한 서적에 의하면 멀린은 아버지의 도움을 요청하는 무시무시한 비명을 질렀다고 한다. 그 비명소리는 3리그(약 13.5킬로미터) 떨어진 곳까지 울려퍼져 아더 왕의 성에서는 동상에 켜져 있던 불이 갑자기 꺼졌다고도 한다. 만일 멀린이 끝까지 아더 왕의 곁에 머물렀다면 아더 왕도 그처럼 비참한 최후를 맞게 되지 않았을지도 모른다.

---

5) 비비안은 후에 원탁의 기사단 중 한 사람인 랜슬롯 경의 양어머니가 된다.
6) 전언은 다음과 같다. "서둘러 성배를 찾아라. 성배를 찾을 수 있는 기사는 이미 이 세상에 태어나 기사 칭호를 받았느니라." 성배는 최후의 만찬에 쓰인 잔으로 그것을 갖는 사람에게 행복을 찾아온다고 전해진다. 성배 탐색 여행에 관해서는 '퍼시벌' 편이나 '갤러해드' 편을 참조하기 바란다.

마녀 모건 르 페이

모건 르 페이는 아더 왕의 탄생에 관여한 예언자 멀린과는 대조적으로 아더 왕의 죽음과 관련되어 있다.

중상을 입어 빈사 상태에 놓인 아더 왕은 귀부인들에게 둘러싸여 아발론 섬으로 향한다. 이 귀부인들 중 하나가 모건 르 페이였으며 그녀는 아발론의 여왕이기도 했다.

■ 모건의 약력

모건 르 페이는 콘월의 영주 틴타젤 공과 이그레인 사이에서 셋째딸로 태어났으며 아더 왕과는 아버지가 다른 남매간이다. 그녀는 어릴 적에 수녀원에 들어갔다 나온 후 고르국의 우리엔스 왕의 아내가 되어 이웨인 경[7]을 낳는다.

수녀원에서 나온 후 왕비가 되기 전까지 모건이 기네비어의 시녀로 일했다는 설도 있다.

모건은 왕비가 된 후에도 마술을 사용하여 많은 남자들을 유혹했다. 원탁의 기사인 랜슬롯 경도 모건이 노린 남자들 중 하나다. 모건은 결국 남편인 우리엔스 왕을 살해하려 하지만, 아들 이웨인이 이를 막는다.

■ 모건의 마술
· 상처와 병을 치료한다

모건은 중상을 입은 아더 왕을 작은 배에 태워 아발론으로 데려가 치료

---

7) 아더 왕의 계보를 참조하기 바란다.

한다. 아더 왕은 상처를 치유하기 위해 아발론으로 간다고 베디비어 경에게 말한다.

· 하늘을 난다

모건은 새로 변신하여 하늘을 자유롭게 날 수 있었다.

· 변신한다

하늘을 날기 위해 새로 둔갑하듯이 모건은 절세 미녀나 추한 노파 등 다양한 모습으로 변신할 수 있었다.

· 가짜를 만든다

모건은 가짜 엑스칼리버를 만들어 아더 왕을 죽이려 했으며 가짜 기네비어를 만들어 아더 왕을 속이기도 했다.

· '돌아오지 않는 계곡'을 만든다

첫사랑의 남자에게 배신당한 모건은 거짓 사랑을 하는 남녀를 매료시키는 쾌락의 땅 '돌아오지 않는 계곡'을 만든다. 이곳에 사로잡힌 자는 날마다 먹고 마시며 행복한 시간을 보낼 수 있지만, 실제 세상으로부터는 추방당한 신세이다.

모건의 마술에 관해서는 어릴 적에 수녀원에서 습득했다는 설과 멀린에게서 전수받았다는 설이 있다.

후자의 설에 의하면 모건은 기네비어의 시녀 일을 그만두고 자신을 사랑하는 멀린에게 가서 그의 사랑을 이용하여 마술을 배웠다고 한다.

■ 모건 안의 선과 악

모건은 아더 왕과 기네비어 왕비를 미워했으며 모든 여성이 동경했던 랜슬롯 경에게는 애증의 감정을 갖고 있어 이들을 해치기 위해 온갖 음모를 꾸민다.

모건은 다음과 같은 악행을 서슴지 않고 저질렀다.

· 엑스칼리버를 훔쳐 아더 왕과 싸우는 기사에게 주었다.
· 엑스칼리버의 칼집(이 칼집을 몸에 지니고 있으면 한 방울의 피도 흘리지 않는다)을 훔쳐 호수에 던졌다.
· 두 마녀와 함께 랜슬롯 경을 꾀어내 자신들과 죽음 중에서 하나를 택하라고 으름장을 놓았다.
· 랜슬롯 경과 기네비어 왕비의 사랑을 아더 왕에게 알려 왕과 왕비, 랜슬롯 경과 왕비, 그리고 왕과 랜슬롯 경의 사이를 이간질했다.

이러한 모건 르 페이도 아더 왕 전설의 마지막 장면에서는 아더 왕에게 선의를 표한다.

모드레드 경과의 싸움에서 중상을 입은 아더 왕은 베디비어 경에 이끌려 호숫가에 도착했다. 귀부인들을 태운 작은 배가 호수를 가로질러오자 아더 왕은 배에 올라탔다. 귀부인들 중에는 멀린을 안개의 탑에 가둔 비비안과 마녀 모건 르 페이도 있었다. 상처 치료법을 알고 있는 모건은 다음과 같이 부드럽게 아더 왕을 나무랐다.

"형제여, 어째서 진작에 아발론으로 오지 않으셨소. 머리의 상처는 이미 때를 놓치고 말았군요."

모건의 정성스러운 치료로 아더 왕이 완쾌되었다는 설도 있는데, 이런 장면을 보면 마녀라 불리는 모건의 또 다른 일면을 엿볼 수 있다.

아더 왕의 혈연관계

■ 우더 펜드라곤(생부)

잉글랜드의 왕. 틴타젤 공의 아내 이그레인을 사모하여 그녀와의 사이에 아더를 낳는다.

■ 이그레인(어머니)

콘월의 영주 틴타젤 공의 아내. 틴타젤 공과 펜드라곤 왕이 전투를 벌이고 있을 때 이그레인은 멀린의 마술로 남편 틴타젤 공으로 둔갑한 펜드라곤 왕과 관계를 갖고 아더를 잉태한다. 틴타젤 공은 펜드라곤 왕과의 전투에서 죽음을 당한다.

■ 엑터 경(양부)

멀린의 주선으로 펜드라곤 왕의 아들 아더를 맡아 자신의 아들로 기른다. 충성심이 강한 엑터 경은 아더를 친자식처럼 보살핀다.

■ 케이 경(의형)

아더가 교회의 검을 빼들고 오자 케이 경은 그것이 잉글랜드 왕의 검이라

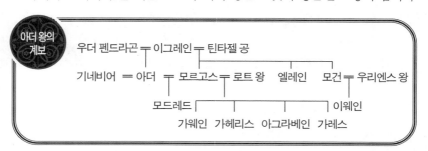

는 사실을 눈치챈다. 왕이 되고픈 욕심에 처음에는 자신이 그 검을 뽑았다고 엑터 경에게 고하지만, 아버지의 추궁을 받자 곧 사실을 털어놓는다. 아더 왕이 왕위에 오르자 총리대신에 취임한다. 케이 경은 성배 탐색으로 유명한 원탁의 기사 퍼시벌의 이야기에도 등장한다('퍼시벌'편 참조).

아더 왕의 어머니인 이그레인은 틴타젤 공과의 사이에 모르고스, 엘레인, 모건이라는 세 명의 딸을 둔다.

■ 모르고스
장녀 모르고스는 러시안과 오크니의 왕 로트와 결혼하여 원탁의 기사인 가웨인 경, 가헤리스 경, 아그라베인 경, 가레스 경을 낳는다. 모르고스는 사자 (使者)로 가장하여 아더 왕을 염탐하러 와 아더 왕의 아들 모드레드를 잉태한다. 말하자면 후에 아더 왕을 죽이게 되는 모드레드 경은 아더 왕과 누이 모르고스 사이에서 태어난 아들로, 아더 왕에게는 조카인 동시에 아들이었던 것이다.

■ 엘레인
차녀 엘레인은 넨트레스의 왕비가 된다.

■ 모건 르 페이
막내딸 모건에 대해서는 전술한 내용을 참조하기 바란다.

지금부터 아더 왕의 조카들을 소개하겠다.

■ 가웨인 경

로트 왕과 모르고스의 장남 가웨인 경에 대해서는 나중에 상세히 설명할 예정이므로, 여기서는 원탁의 기사 중 하나로 수많은 무훈을 세웠다는 정도로만 소개하겠다.

■ 가헤리스 경

로트 왕과 모르고스의 차남으로 원탁의 기사단에 속한다. 랜슬롯 경에게 호의를 품고 있었으나, 아더 왕의 명령으로 왕비 기네비어를 화형에 처하려 할 때 랜슬롯 경에게 두 동생과 함께 살해당한다. 랜슬롯은 상대가 누구인지 알지 못했다. 이들은 내심 왕비의 화형집행을 꺼려 무장을 해제한 채 나섰다가 변을 당한다.

■ 아그라베인 경

로트 왕과 모르고스의 셋째 아들로 원탁의 기사단에 속한다. 아더 왕의 아들 모드레드 경과 공모하여 랜슬롯 경과 기네비어 왕비를 파멸시키려 한다. 이것을 기화로 전쟁이 일어나 원탁의 기사단은 붕괴된다.

■ 가레스 경

로트 왕과 모르고스의 넷째 아들로 원탁의 기사단에 속한다. 랜슬롯 경에 의해 기사에 임명되었다. 랜슬롯 경을 매우 존경했으며 랜슬롯 경도 그를 가족처럼 여겼다. 기네비어 왕비의 화형장에서 형 가헤리스 경과 함께 랜슬롯 경에게 살해당한다.

■ 이웨인 경

우리엔스 왕과 마녀 모건의 아들. '하얀 손의 이웨인' 이라 불렸다.

다음은 아더 왕의 아들들에 관한 소개다.

아더 왕과 기네비어 왕비 사이에는 자식이 없었으나, 아더 왕은 누이 모르고스와 사남 백작의 딸 리오노르스와의 사이에 아들을 하나씩 두었다.

■ 모드레드 경

아더 왕이 아버지가 다른 누이인 줄 모르고 모르고스와 관계하여 낳은 아들. 즉 모드레드 경에게 아더 왕은 숙부인 동시에 아버지다. 원탁의 기사에 임명된 후 아그라베인 경과 함께 기네비어 왕비와 랜슬롯 경의 불륜을 폭로하여 아더 왕과 랜슬롯 경의 사이를 이간질한다. 또한 아더 왕이 랜슬롯 경을 쫓아 프랑스로 가자 잉글랜드 국왕의 자리를 차지하려 했다. 되돌아온 아더 왕과의 싸움에서 아버지 아더 왕에게 치명상을 입히고 죽는다.

■ 보르 경

사남 백작의 딸 리오노르스와 아더 왕 사이에서 태어나 원탁의 기사가 된다. 특별히 중요한 인물은 아니다.

【 아더 왕 가이드 】

1 아더 왕 전설

　전설의 무대는 현재의 영국, 즉 잉글랜드, 웨일즈, 콘월, 스코틀랜드의 각 지방, 그리고 아일랜드와 프랑스의 브르타뉴 지방이며 각 지방에는 아더 왕에 관련된 전설이 전해내려오고 있다.

　현재의 영국(그레이트 브리튼 섬+북아일랜드) 안의 그레이트 브리튼 섬은 옛날에는 영국이라는 하나의 국가가 아니라 잉글랜드, 스코틀랜드, 웨일즈 등의 왕국으로 나뉘어져 있었다. 또한 켄트, 에섹스, 서섹스 등의 왕국으로 분할된 시대도 있었다. 아더 왕이 활약한 시대는 6세기 초엽인데, 역사적으로 6세기 이전의 영국은 픽트인의 칼레도니아(현 스코틀랜드)와 브리튼인의 브리타니아(현 잉글랜드 및 웨일즈)로 나뉘어져 있었다. 아더 왕 이야기는 아더 왕이 실재했다고 추정되는 6세기경에 씌어진 것이 아니라, 후대에 와서 이야기에 살을 붙이고 다양한 내용을 융합하여 구성된 것이다. 따라서 서적에 따라 국명이나 나라의 구분 등이 다르며 이밖에도 불명확한 점이 많다. 이 책에서는 아더 왕이 다스린 왕국을 '브리타니아'가 아닌 '잉글랜드'로 부르고 있다.

2 아더 왕은 실재했을까?

아더 왕이 전설상의 인물이라고 단정할 수만은 없다. 6세기 초에 침입해온 색슨 족과 싸운 브리튼인[1] 중에 아더라는 이름의 장군이 존재했다는 기술이 사료에 남아 있다.

그 이전의 브리튼은 케사르[2]의 원정 이래 오랫동안 로마제국의 지배하에서 평화와 번영을 누리고 있었다. 그러나 로마제국 쇠퇴하면서 3세기 말엽부터 서쪽으로부터는 스코트인(아일랜드인), 북쪽으로부터는 픽트인의 침공을 받게 된다. 브리튼인은 이에 대항하기 위해 색슨인(앵글로색슨 족)의 지원을 요청한다. 그러나 원군으로 브리튼에 건너온 색슨인은 서서히 정복자로서의 본색을 드러내기 시작한다. 색슨인의 압박이 점점 심해지자 수많은 브리튼인이 노르망디나 브르타뉴로 이주한다.

■ 브리튼인의 이동

---

1) 브리타니아에 거주했던 켈트계 민족.

색슨인과의 전투에서 브리튼을 여러 차례 승리로 이끈 장본인이 바로 아더 장군이다. 그는 브리튼 군대의 총지휘관이었다. 아더 장군은 베이든 힐 전투에서 압도적 승리를 거둬 외적으로부터 브리튼을 지켜낸다. 남동부로 도망친 색슨인은 약 반세기 동안 숨을 죽이고 재차 침략할 기회를 노린다. 베이든 힐의 승리 이래 브리튼에는 다시 평화와 안정이 찾아온다.

그러나 아더 장군이 죽은 후(520년경) 다시 색슨인의 침략을 받은 브리튼의 국민들은 웨일즈, 콘월, 스코틀랜드, 아일랜드, 브르타뉴 등지로 이주한다. 브리튼인은 평화로웠던 반세기를 그리워하며 고국의 탈환을 열망한다. 긴 세월 동안의 그러한 바람이 아더 장군을 구국의 영웅 아더 왕으로 다시 태어나게 했던 것이다.

3 아더 왕 전설의 성립

아더 왕 이야기가 최초로 언급되어 있는 서적은 12세기에 씌어진 『브리튼 열왕사』다.

『브리튼 열왕사』에는 아더의 탄생에서 죽음까지의 과정이 그려져 있다. 『브리튼 열왕사』 외에 『마비노기온』이라 불리는 웨일즈의 이야기 모음집, 프랑스의 궁정 이야기 등에도 아더 왕 전설이 기술되어 있다. 이처럼 수많은 아더 왕 전설을 집대성한 서적이 바로 앞에서 언급한 토머스 맬러리의 『아더 왕의 죽음』이다.

---

2) 율리우스 케사르(B.C. 102~44년). 영어로는 줄리어스 시저. 로마공화정 말기의 장군, 정치가. 갈리아(켈트) 원정으로 로마의 세력을 서유럽 일대로 확장했다.

『브리튼 열왕사』

12세기에 제프리 오브 몬머스가 라틴어로 쓴 브리튼의 제왕에 관한 서적으로 전12권으로 구성되어 있다. 아더 왕의 탄생에서 죽음까지의 과정이 9~11권에 기술되어 있다. 그러나 랜슬롯 경을 비롯한 원탁의 기사단과 그들의 사랑, 그리고 성배 탐색에 관한 이야기는 언급되어 있지 않다.

제프리는 이『브리튼 열왕사』외에도 예언자 멀린에 관하여 두 권의 저서를 남겼는데, 그것은『브리튼 열왕사』앞뒤에 씌어진『멀린의 예언』과『멀린 전(傳)』이다.

『브류 이야기』

『브리튼 열왕사』가 출판되고 나서 20년 후 프랑스의 바스가『브리튼 열왕사』의 프랑스어판인『브류 이야기』를 펴냈다. 역사적 사실에 충실한『브리튼 열왕사』에 비해 프랑스의 궁정연애 이야기가 다수 첨가되어 있어 읽는 재미를 더하고 있다.

『브루트』

바스의『브류 이야기』로부터 44년 후에 완성된『브루트』는『브류 이야기』의 영어판으로 영국의 라야몬이 썼다.『브류 이야기』에 세부적 내용을 추가했으며 아더 왕 전설에 관한 부분이 보다 방대해졌다.

『마비노기온』

샬롯 게스트 부인이 1877년에 웨일즈에 전해내려오는 열두 개의 일화를 모아『마비노기온』이라는 제목으로 발표했다. 이중 아더 왕과 관련된 일화는 다섯 개다.

랜슬롯

LAUNCELOT

랜슬롯은 아더 왕의 충실한 부하들인 '원탁의 기사단' 중 한 명이다.

랜슬롯은 매우 용감하면서도 예의가 바른 불세출의 기사였다. 원탁의 기사 중 기량이 가장 뛰어나 마상시합에서는 그를 뒤따를 자가 아무도 없었다. 또한 그는 정의를 위해서는 목숨을 걸고 싸웠으며 곤경에 처한 사람이 있는 곳이면 어디든 달려가는 기사 중의 기사였다.

아더 왕의 비 기네비어가 원탁의 기사 한 명을 독살했다는 누명을 쓰고 화형당할 위기에 처했을 때도 랜슬롯은 기네비어를 무고(誣告)한 마도르 경[1]과 대결을 벌여 왕비의 생명을 구했다.

주변의 모든 귀부인들은 용감하고 점잖은 랜슬롯을 동경의 시선로 바라보았다. 아더 왕의 비 기네비어도 랜슬롯을 마음 깊이 사모했다. 결국 기네비어 왕비와 랜슬롯의 사랑은 그의 운명뿐 아니라 아더 왕과 왕국의 운명까지도 비극으로 이끌고 만다.

---

1) 독살된 기사의 사촌. 이 사건에 관해서는 '랜슬롯의 모험' 항목 참조.

호수의 랜슬롯

랜슬롯은 브리타니의 밴 왕과 엘레인 왕비 사이에서 태어났다. 어느 날 밴 왕은 전투에서 수세에 밀려 왕비와 아들 랜슬롯만을 데리고 성을 탈출한다.

도망치던 도중 불타는 성을 돌아본 밴 왕은 비탄에 빠져 그 자리에 쓰러지고 만다. 깜짝 놀란 왕비는 안고 있던 랜슬롯을 풀밭에 누인 후 서둘러 달려가지만, 왕은 이미 숨을 거둔 후였다. 슬픔에 잠겨 되돌아온 왕비의 눈앞에서 랜슬롯은 어느 아름다운 여인의 품에 안겨 호수 속으로 사라진다.

그 여인은 바로 '호수의 처녀' 비비안[2]이었다. 비비안은 랜슬롯을 자신의 성[3]에서 키우며 무술과 예의범절 등 기사로서 갖춰야 할 덕목을 교육시킨다. 이 때문에 랜슬롯은 훗날 '호수의 랜슬롯'이라 불리게 된다.

랜슬롯이 열여덟 살이 되자 비비안은 그를 캐멀롯[4]으로 데려간다. 아더 왕은 용기와 무술실력을 갖춘 랜슬롯을 보고 흡족해하며 기사에 임명한다. 기네비어 왕비는 아더 왕 앞에 무릎을 꿇은 랜슬롯의 모습을 본 순간부터 그에게 마음을 빼앗기고 만다.

이후 랜슬롯은 기네비어 왕비에 대한 사랑과 아더 왕에 대한 충성 사이에서 갈등하게 된다.

---

2) 아더 왕을 보좌했던 예언자 멀린을 안개의 탑에 가둔 것도 비비안이다. 상세한 내용은 '예언자 멀린' 항목 참조.
3) 이 성의 일대는 비비안의 마법에 의해 보통 사람의 눈에는 호수처럼 보였기 때문에 아무도 비비안의 성을 찾아낼 수 없었다고 한다.

랜슬롯의 사랑

원탁의 기사로 임명된 랜슬롯은 수많은 전투에서 무훈을 세웠으며 아더 왕이 주관하는 마상시합에서도 뛰어난 기량을 자랑했다. 기사 중에서 그를 능가할 자는 아무도 없었다. 이러한 랜슬롯에 대한 기네비어 왕비의 사랑은 점점 더 깊어만 갔고 랜슬롯도 왕비에게 자신을 바치겠다고 맹세한다.

기네비어 왕비를 사랑하는 랜슬롯의 마음은 다른 그 무엇과도 바꿀 수 없는 절대적인 것이었다. 그러한 랜슬롯의 마음을 잘 나타내주는 일화가 있다.

어느 날 랜슬롯은 조카 라이오넬 경과 모험을 떠난다. 여행 도중 라이오넬 경은 거대한 몸집의 기사로부터 세 명의 기사를 구출하려다 도리어 그에게 붙잡히게 된다. 한편 조카를 찾아나선 랜슬롯은 마녀 모건 르 페이의 저택으로 끌려간다.

"기사여, 이 세상의 모든 기사 중에서 가장 고귀한 기사, 호수의 랜슬롯이여. 우리 네 사람[5] 중 한 명을 선택하라. 만일 아무도 선택하지 않는다면 너는 이 감옥 안에서 죽게 될 것이다."

모건 르 페이의 말에 랜슬롯은 "비겁한 관계를 맺어 연명하느니 차라리 사랑하는 사람에 대한 존경을 가슴에 품고 죽는 편이 낫다"라고 잘라말한다.

네 사람은 분노하여 랜슬롯만 남겨두고 감옥을 나간다. 잠시 후 한 소녀가 점심식사를 들고 찾아와 랜슬롯에게 속삭인다. 자신은 어떤 왕의 딸이며 아

---

4) 아더 왕이 다스린 왕국의 수도로 아더 왕의 궁전도 여기에 있었다.
5) 모건 르 페이를 제외한 세 사람은 북웨일즈의 왕비, 이스트랜드의 왕비, 아일즈의 왕비였다.

버지가 다음주에 북웨일즈의 왕과 시합을 벌이는데, 만일 랜슬롯이 시합에서 이기도록 도와준다면 감옥에서 탈출하게 해주겠다는 것이다. 랜슬롯은 그러겠다고 약속하고 무사히 감옥을 빠져나간다.

소녀와의 약속을 지킨 랜슬롯은 다시 모험을 계속한다.

랜슬롯의 모험

랜슬롯은 당시의 기사들이 모두 그랬던 것처럼 모험여행을 즐겼다. 그는 이 모험여행에서 여러 가지 위기를 만나고 무시무시한 적들과 싸웠다. 또한 앞에서 언급했듯이 랜슬롯은 아더 왕이 주관하는 마상시합에서도 뛰어난 기량을 선보였으며, 사랑하는 기네비어에게 위기가 닥칠 때마다 만사를 제쳐두고 달려갔다.

그러면 랜슬롯의 모험여행을 대략적으로나마 살펴보도록 하자.

■ 공주의 구출

아름다운 성에 사는 '비탄의 공주'라는 여인이 뜨거운 물 속에 갇혀 있다는 얘기를 들은 랜슬롯은 그녀를 구출하러 떠난다. 공주는 그녀의 아름다움을 시기한 마녀 모건 르 페이와 노스가리스의 왕비의 마법에 걸려 세계 제일의 기사가 찾아와 포옹해줄 때까지 도망칠 수 없는 운명이었다. 랜슬롯이 물 속에 들어가 공주를 껴안자 순식간에 마법에서 풀리게 된다.

■ 거인 기사와의 사투

어느 날 랜슬롯은 타퀸이라는 거대한 몸집의 기사가 아더 왕의 기사들 60여 명을 자신의 성에 잡아두고 있다는 소식을 듣고 그들을 구출하기 위해 떠

난다. 타퀸은 남동생 카라도스를 살해한 원탁의 기사를 찾아 원수를 갚으려
는 것이었다. 그런데 카라도스를 죽인 자는 바로 랜슬롯이었다. 그 사실을 알
게 된 타퀸은 어느 한 쪽이 죽을 때까지 싸울 각오로 랜슬롯에게 덤벼들었다.
오랜 시간 사투가 계속되었다. 마침내 부상을 입은 타퀸이 지쳐쓰러지자 랜
슬롯은 기회를 놓치지 않고 달려들어 그의 목을 잘랐다.

■ 무고당한 기네비어를 구하다

기네비어 왕비와의 관계가 주변에 알려지자 랜슬롯은 그녀와의 만남을 피
하기 시작한다. 랜슬롯의 태도에 화가 난 기네비어는 그를 궁정에서 추방해
버린다.

그로부터 얼마 후 아더 왕의 궁정에서 열린 연회에서 한 기사가 독이 든 사
과를 먹고 죽는다. 그 사과는 피네르 경이라는 기사가 가웨인 경을 살해하려
고 준비한 것이었는데, 엉뚱한 기사가 먹고 만다. 죽은 기사의 사촌인 마도르
경은 기네비어 왕비에게 죄를 뒤집어씌운다. 당시에는 이런 경우 누군가가
마도르 경과 싸워 왕비의 결백을 증명해주지 않으면 죄를 추궁당한 자는 꼼
짝없이 사형당할 수밖에 없었다. 추방당해 있던 랜슬롯은 이 소식을 듣자마
자 서둘러 궁정으로 달려온다. 그리고 마도르 경과의 대결에서 승리하여 왕
비의 생명을 구한다.

■ 짐수레의 기사가 되다

어느 날 기네비어 왕비를 짝사랑하던 메리아그란스 경이 왕비를 납치한다.
기별을 받은 랜슬롯이 급히 왕비를 구출하러 가는데, 메리아그란스 경의 부
하가 그의 말을 죽여버린다. 랜슬롯은 하는 수 없이 지나가던 짐수레를 빌려
타고 메리아그란스 경의 성으로 향한다. 메리아그란스 경은 세계 제일의 기

사 랜슬롯의 등장에 감히 대항할 엄두도 못 내고 항복한 후 왕비 앞에 엎드려 용서를 구한다. 이 사건 이후 랜슬롯은 '짐수레의 기사' 라 불리게 된다.

랜슬롯의 죽음

기네비어 왕비와 랜슬롯의 사랑은 시간이 갈수록 점점 깊어져 마침내 그들의 관계는 왕궁 사람들의 공공연한 비밀이 된다.

어느 날 두 사람을 탐탁찮게 여기던 아그라베인 경과 모드레드 경이 이들의 밀회현장을 덮친다. 랜슬롯은 어쩔 수 없이 원탁의 기사 몇 명을 죽이고 캐멀롯을 탈출한다. 이것이 바로 원탁의 기사단 붕괴의 시작이었다.

두 사람의 관계를 어렴풋이 짐작은 하면서도 애써 모르는 체 하고 있던 아더 왕도 이처럼 사건이 확대되자 군사를 일으킬 수밖에 없었다. 마침내 아더 왕과 랜슬롯의 싸움이 시작된 것이다.

그러나 차마 경애하는 주군인 아더 왕에게 대항할 수 없었던 랜슬롯은 왕의 군대가 쳐들어와도 반격은커녕 말에서 떨어진 아더 왕을 부축해주기까지 한다.

랜슬롯은 성을 포기하고 바다를 건너 자신의 영지(프랑스)로 향한다. 이를 추격하던 아더 왕은 모드레드 경의 반란 소식을 듣고 서둘러 잉글랜드로 되돌아간다.

가웨인 경으로부터 한 통의 편지를 받은 랜슬롯은 아더 왕을 돕기 위해 다시 잉글랜드로 향한다.

랜슬롯과의 대결에서 입은 부상으로 빈사의 상태에 놓인 가웨인 경은 '기사 중의 기사 랜슬롯 경에게'로 시작되는 편지에서, 예전의 충성심을 되살려 부디 아더 왕을 구해달라고 정중하면서도 애절하게 도움을 요청한다.

　　랜슬롯은 아더 왕을 돕기 위해 군사를 이끌고 도버 해협을 건넌다. 그러나 랜슬롯이 궁전에 도착했을 때 아더 왕은 이미 죽은 후였다. 그리고 짧은 순간의 재회를 나눈 후 기네비어 왕비도 세상을 떠나자 비탄에 빠진 랜슬롯은 바닥에 엎드려 숨을 거두고 만다.

[랜슬롯 가이드]

1 기사가 되려면

　귀족가문에서 태어났다고 해서 누구나 저절로 기사가 되는 것은 아니다. 기사로 인정받기 위해서는 어릴 때부터 나름대로의 수행과정을 거쳐야만 했다.

　귀족의 아이는 어릴 적엔 유모 밑에서 자라다가 열 살 정도가 되면 왕이나 영향력 있는 제후의 성에 맡겨진다. 그곳에서 학문을 닦고 예의범절을 배우며 기사에게 있어 빼놓을 수 없는 능력인 수렵, 마술(馬術), 무술 등을 익히게 된다.

　여러 해 동안의 수행을 거쳐 어느 정도 실력이 쌓이면 수행기사가 되어 한 명의 기사를 주인으로 섬긴다. 수행기사는 은으로 된 박차를 붙일 수 있었다. 이들은 음식을 마련하고, 옷 갈아입는 것을 도와주고, 무구를 손질하면서 기사와 관련된 생활전반을 몸에 익힌다.

　스무 살 정도가 되면 비로소 기사

서임식을 치르고 한 사람의 당당한 기사가 된다. 서임식 전날 밤에는 성 안의 예배당에서 밤새 기도를 드린다. 다음날 아침 서임식에서는 검을 하사받은 다음 은박차가 기사임을 나타내는 금박차로 교체된다. 이때 서임하는 기사는 검이나 손으로 제자의 양쪽 어깨를 가볍게 한 번씩 친다.

2 기사도

검을 하사받고 기사가 된 자는 기사로서의 품위와 여러 가지 덕목을 갖춰야 할 의무가 있었다. 기사의 덕목이란 용기, 충성심, 예절, 자제심, 신앙심, 이타심 등을 말한다. 기사는 약한 자, 가난한 자, 미망인, 아이, 고아를 지키고 도와야 했다. 또한 기사는 연약한 여자를 지킬 때, 악인을 응징할 때, 주인에 대한 충성심을 관철시킬 때, 위기에 처한 사람을 구할 때만 검을 뺄 수 있었다[1]. 이러한 기사로서의 태도를 '기사도' 라고 한다.

3 마상시합

마상시합은 기사들의 무예실력을 향상시키기 위해 행해진 시합이다. 그 방식은 많은 관중들이 지켜보는 가운데 무구를 갖춘 기사가 말을 달려 긴 창으로 상대를 찌르는 것이었다. 1대1 시합과 단체전이 있었다. 기사는 자신이 사랑하는 여인의 장신구를 달고 그 여인 앞에서 무예를 뽐내기도 했다[2].

---

1) 기사 중의 기사라 불린 랜슬롯이 실수로 무방비 상태의 가헤리스 경과 가레스 경 형제를 죽이자, 가웨인 경은 약자를 지키는 기사도 정신에 위배되는 행동을 했다 하여 랜슬롯을 규탄한다.

고명한 기사들은 물론이고 신분이 낮은 기사들, 무명의 기사들이 자신의 이름을 알리기 위해 지방에서 대거 몰려와 시합에 참가했다. 시합에서 뛰어난 무예실력을 선보인 기사에게는 그에 합당한 영예와 상이 주어졌다.

4 영국과 프랑스

랜슬롯은 프랑스에 자신의 영지를 갖고 있었다. 지금은 영국과 프랑스가 바다를 사이에 두고 있는 별개의 국가지만, 과거에 영국은 대륙의 일부로 인식되었다. 영국에서는 1154년 노르만 왕조가 문을 닫고 헨리 1세의 손자인 프랑스의 앙주 백작이 헨리 2세로 즉위한다. 헨리 2세가 영국과 프랑스 서부를 통치하게 되자 이에 따라 귀족들도 양국에 영지를 가질 수 있게 된다. 1339년에는 프랑스 카페 왕조의 몰락 후 왕위를 둘러싸고 프랑스의 필리프 6세와 프랑스에 광대한 영지를 가진 영국의 에드워드 3세(카페 왕조의 필리프 4세의 외손자) 사이에 전쟁이 일어나 1453년까지 계속되었다. 이것이 그 유명한 백년전쟁이다.

현재 개최되고 있는 럭비 5개국 대항전을 보면 당시의 상황을 쉽게 이해할 수 있다. 참가국인 스코틀랜드, 아일랜드, 웨일즈, 잉글랜드, 프랑스는 중세 시대에는 하나의 문화적·정치적 블록을 형성하고 있었다.

---

2) 랜슬롯의 경우 마상시합에서 엘레인 공주의 붉은 소매나 기네비어 왕비의 황금색 소매를 투구에 매달고 종횡무진으로 말을 달렸다.

가웨인

GAWAIN

가웨인은 원탁의 기사단의 리더격 존재로 랜슬롯 경과 함께 아더 왕의 두터운 신임을 받은 기사다.

가웨인은 아더 왕과 아버지가 다른 누이인 모르고스와 오크니의 왕 로트 사이에서 태어났다. 즉 가웨인은 아더 왕의 조카가 되는 셈이다. 현명하고 용감한 그는 웅변가인데다 무예실력도 뛰어나 아더 왕이 가장 아끼는 기사 중 하나였다.

아더 왕과 가웨인

아더 왕은 원탁의 기사단의 리더이자 조카인 가웨인을 매우 아꼈다.

아더 왕은 자주 마상시합을 열었는데, 여기에 참가하는 왕, 제후, 원탁의 기사들은 두 패로 나뉘어 각자의 무술실력을 자랑하며 용감하게 싸웠다. 아더 왕은 자신이 직접 시합에 참가하는 경우를 제외하고는 가능한 한 가웨인이 시합에 출전하지 못하도록 했다. 만일 랜슬롯 경과 가웨인이 싸우게 된다면 가웨인에게 승산이 없다고 판단했기 때문이다. 아더 왕은 가웨인의 명예를 결코 손상시키고 싶지 않았다.

『가웨인 경과 녹색기사』

별 모양의 문장[1]이 그려진 옷을 걸치고 어깨에 방패를 매단 가웨인은 창을 집어들더니 애마 그린고레트에 박차를 가해 녹색예배당으로 향했다.

가웨인이 녹색기사와 대결하기 위해 떠나는 장면이다.

위의 구절은 『가웨인 경과 녹색기사』의 일부로, 이 이야기는 캐멀롯에서 열린 크리스마스 연회에 온몸을 녹색으로 치장한 기사가 등장하는 것으로 시작된다.

녹색기사는 아더 왕과 그 곁을 지키고 있는 원탁의 기사들에게 다음과 같이 말한다.

"만일 여기에 용감하다고 자부하는 자가 있다면 이 도끼로 일격을 가해 내 목을 베어보시오. 나는 결코 저항하지 않겠소. 단, 아더 왕께서 나도 그 자에게 일격을 가할 수 있도록 허락해 주셔야 하오. …… 어찌된 일이오. 여기가 그 유명한 아더 왕의 궁전이란 말이오. 무용을 자랑하던 원탁의 기사의 영광은 대체 어디로 사라졌단 말이오."

처음에는 아더 왕이 도전에 응하려 하나 가웨인이 왕을 만류하며 앞으로 나선다. 녹색기사로부터 도끼를 건네받은 가웨인은 일격에 그의 목을 베지만, 녹색기사는 조금도 자세를 흐트러트리지 않은 채 바닥에 떨어진 자신의 목을 주워 옆구리에 낀다. 그리고 가웨인에게 1년 후에 녹색예배당에서 만나 약속

---

1) '가웨인 가이드' 항목 참조.

을 꼭 지키라는 말을 남기고 떠난다.

가웨인은 약속한 날짜가 다가오자 아더 왕이 준비한 황금빛 무구를 갖추고 녹색예배당으로 향한다. 녹색기사와의 약속이 3일 앞으로 다가왔을 때 가웨인은 숲 속의 작은 언덕 위에서 성 한 채를 발견한다. 성주는 녹색예배당은 근처에 있으니 남은 3일간은 그곳에서 머물다 가라고 청한다. 가웨인은 성주의 호의를 받아들이기로 한다. 성주는 가웨인을 후히 대접하며 다음과 같은 제안을 한다.

"나는 매일 숲에서 사냥한 것들을 모두 당신에게 드릴 테니, 당신도 그날 얻은 것을 모두 나에게 주시오."

성주는 이른 아침부터 사냥을 하러 숲으로 떠났다. 그런데 성주가 집을 비운 사이 그의 아름다운 아내가 가웨인을 유혹하려 했다. 그러나 가웨인은 유혹의 손길을 뿌리치며 가벼운 입맞춤만을 나눈다. 그날 밤 사냥에서 돌아온 성주는 그날 잡은 사슴을 가웨인에게 내놓는다. 그리고 가웨인은 성주의 입술에 살짝 입을 맞춘다. 다음날도 똑같은 일이 벌어진다. 사흘째 되던 날 성주의 아내가 가웨인에게 녹색허리띠를 내밀며 말한다.

"이 녹색허리띠를 매는 자는 결코 죽지 않을 것입니다."

어떤 유혹에도 굴하지 않은 가웨인이었으나 생명을 지켜준다는 말에 마음이 약해져 결국 녹색허리띠를 받고 만다. 그날 밤도 성주는 모든 포획물을 가웨인에게 선물하지만, 가웨인은 성주의 아내와 나눈 입맞춤만을 성주에게 되돌려주고 허리띠는 몰래 감춰둔다.

다음날 가웨인은 녹색허리띠를 두르고 녹색기사가 기다리는 녹색예배당으로 향한다.

가웨인은 약속대로 녹색기사 앞에 목을 내민다. 녹색기사가 도끼를 쳐들자 가웨인이 어깨를 약간 움츠린다. 그러자 녹색기사는 동작을 멈추고 가웨인에게 욕설을 퍼붓는다. 잠시 후 녹색기사는 다시 도끼를 힘껏 쳐들었다가 아슬아슬한 순간에 동작을 멈춘다. 세번째로 녹색기사가 도끼를 휘두르자 가웨인의 목에는 긁힌 상처만이 남는다. 녹색기사가 일부러 도끼를 빗나가게 쳤기 때문이다.

녹색기사는 자신이 바로 그 성주이며 아내로 하여금 가웨인을 유혹하게 했다고 고백한다. 두 번 목을 치지 않은 것은 가웨인이 정직하게 자신에게 입맞춤을 해준 데 대한 대가이고, 마지막에 상처를 입은 것은 녹색허리띠를 감췄기 때문이라는 것이다. 그리고 이 모든 일은 마녀 모건 르 페이의 계략에 의한 것으로, 그 목적은 원탁의 기사의 힘을 시험하고 기네비어 왕비를 위협하기 위해서였다고 털어놓는다. 기네비어 왕비의 시녀로 일했던 모건 르 페이는 자신의 첫사랑을 망쳐놓은 기네비어에 대해 앙심을 품고 있었다.

가웨인의 정직한 인품에 감복한 녹색기사는 다시 성으로 돌아가 대접하게 해달라고 청하나, 가웨인은 이를 정중히 거절하고 캐멀롯으로 돌아간다.

가웨인은 아더 왕에게 사건의 전말을 숨김없이 털어놓은 후 목숨에 대한 집착 때문에 성주와의 약속을 저버린 자신을 부끄러워하며 녹색허리띠를 항상 하고 있겠다고 맹세한다. 아더 왕은 가웨인을 위로하는 의미에서 원탁의 기사 모두에게 그와 똑같은 녹색띠를 허리에 두르게 하고 영광의 징표로 삼는다.

이상이 『가웨인 경과 녹색기사』의 대강의 줄거리다.

시의 형태를 취하고 있는 『가웨인 경과 녹색기사』에는 가웨인의 용기와 정직함이 손에 잡힐 듯이 사실적이고 아름답게 그려져 있다.

『가웨인 경과 녹색기사』를 봐도 알 수 있듯이 영국의 이야기 속에서 가웨인은 예의바르고 성실한, 한마디로 모든 미덕을 겸비한 기사로 등장한다. 그런데 프랑스의 이야기에서는 호색한에 복수심이 강하고 야만적 성격을 가진 인물로 그려지고 있다.

가웨인의 힘

태양은 정오에 가장 강한 빛을 발하다가 일몰이 가까워지면 점점 그 빛이 약해진다. 가웨인의 힘도 이와 마찬가지였다. 오전 9시부터 정오까지 3시간 동안은 평소에 비해 세 배의 힘을 발휘했지만, 정오가 지나면 그 힘이 점점 약해졌다.

아더 왕만이 가웨인의 이러한 특질을 알고 있는 유일한 사람이었다. 그래서 아더 왕은 가웨인을 위하여 마상시합 같은 대회를 주로 오전중에 열었다고 한다.

최후의 1대1 대결에서 가웨인의 힘의 비밀을 알아챈 랜슬롯 경은 그의 힘이 세 배로 강해지는 시간에는 싸움을 피하면서 체력을 유지하다가 해가 지기 시작할 때 반격을 가하여 치명상을 입혔다.

가웨인과 여성

여자가 등장하는 가웨인의 이야기를 살펴보자. 가웨인은 『가웨인 경과 녹색기사』에선 성주의 아내의 유혹을 잘 극복했으나, 이와 달리 아름다운 여인에게 반하여 망신을 당한 적도 있다.

가웨인이 만찬에 초대되어 갔을 때의 일이다. 흰 비둘기 한 마리가 부리에 황금향로를 물고 창문으로 날아들어왔다. 그 향로에서는 이 세상의 것이라고 믿어지지 않을 만큼 좋은 향기가 흘러나와 삽시간에 방안에 퍼졌다. 그러자 커다랗고 훌륭한 잔을 손에 든 아름다운 여인이 방으로 들어왔다. 이 잔이 바로 '성배'였다. 그러나 가웨인은 여인의 아름다움에 반하여 그것이 성배임을 알아차리지 못한다. 여인이 방에서 나간 후 만찬장의 많은 접시에는 맛좋은 음식이 가득 담겨졌으나, 유독 가웨인의 접시 위에는 아무것도 담겨 있지 않았다. 마을 사람들은 여인의 외모에 눈이 멀어 성배를 간과한 가웨인을 비웃으며 마을에서 내쫓았다고 한다.

이 이야기에 등장하는 가웨인은 『가웨인 경과 녹색기사』의 의연한 가웨인과 성격이 판이하여 마치 전혀 다른 인물을 보는 듯하다.

가웨인의 결혼

다음은 위의 이야기와는 달리 가웨인의 훌륭한 면을 여실히 보여주는 결혼

이야기다.

가웨인은 어쩔 수 없이 추한 노파와 결혼을 해야 하는 처지가 된다[2]. 그런데 결혼식이 끝나자마자 노파는 아름다운 여인으로 변한다. 이 여인은 젊고 훌륭한 기사와 결혼을 해야만 풀려날 수 있는 마법사의 저주를 받았었다. 그러나 여인은 아직 저주가 다 풀린 것이 아니라며 가웨인에게 묻는다.

"저는 밤이 되면 다시 추한 노파의 모습으로 돌아가게 됩니다. 당신은 제가 낮에 아름다운 모습으로 돌아가는 것이 좋습니까? 아니면 밤에 아름다운 모습으로 돌아가는 것이 좋습니까?"

여인의 물음에 가웨인은 "나만이 당신을 볼 수 있는 밤에 이처럼 아름다운 모습으로 있었으면 좋겠소"라고 대답한다. 그러나 여인은 다른 사람들과 함께 있는 낮 동안에 아름다운 모습으로 돌아가고 싶다고 말한다. 가웨인은 선선히 여인의 바람대로 하라고 대답한다.

그러자 여인은 환하게 미소지으며 가웨인에게 이렇게 말한다.

"당신의 따뜻한 말 한마디로 저주가 모두 풀렸습니다. 저는 이제 낮이나 밤

---

[2] 어느 날 아더 왕은 연인과 영지를 빼앗긴 여인을 돕기 위해 어떤 기사와 대결을 벌이다가 마법에 걸리고 만다. 기사는 아더 왕으로부터 1년 안에 '모든 여자가 가장 바라는 것은 무엇인가'라는 물음에 대답하겠다는 약속을 받아낸 후 그를 풀어준다. 고심하던 아더 왕은 길을 지나가던 추한 노파로부터 '자신의 의지대로 사는 것'이라는 대답을 얻은 후, 기사의 성으로 찾아가 약속을 지킨다. 그런데 노파는 답을 가르쳐준 대가로 예의바르고 잘 생긴 남자를 남편으로 맞이하고 싶다고 말한다. 아더 왕으로부터 자초지종을 들은 가웨인 경은 자신이 노파의 남편이 되겠다고 나선다.

이나 이처럼 아름다운 모습으로 지낼 수 있게 되었습니다."

이것은 관대하고도 다정한 가웨인의 성격을 잘 보여주는 이야기다.

가웨인의 복수심

토머스 맬러리의 『아더 왕의 죽음』의 후반부에 가웨인은 랜슬롯 경에 대한 복수심을 불태우는 모습으로 등장한다.

처음에 가웨인은 랜슬롯 경을 파멸시키려는 동생 아그라베인 경과 모드레드 경의 음모를 저지하려 한다. 그러나 동생 가헤리스 경과 가레스 경이 랜슬롯 경에게 살해되자, 일곱 개의 왕국을 뛰어다녀서라도 랜슬롯 경을 찾아내 어느 한 쪽이 죽을 때까지 싸우겠다고 맹세한다.

이러한 가웨인의 복수심은 랜슬롯 경을 용서하고 보다 나은 여생을 보낼 수도 있었던 아더 왕을 비참한 죽음으로 몰고 간다.

그러나 이러한 복수심은 뒤집어말하면 동생 가헤리스 경과 가레스 경에 대한 깊은 애정의 표현이라고 할 수 있다. 또한 어떤 경우에든 자신의 의지를 굽히지 않는 가웨인의 성격에 의한 측면도 크다.

가웨인은 랜슬롯 경을 파멸시키려 한 동생 아그라베인 경이 랜슬롯 경에게 살해되자, 그렇게 주의를 주었는데도 자신의 말을 듣지 않아 일어난 일이므로 원수를 갚을 생각은 전혀 없다고 아더 왕에게 고한다. 그러나 아무리 무던한 가웨인이라 해도 가헤리스 경과 가레스 경이 둘 다 그리도 존경했던 랜슬롯 경의 칼날 아래 무참히 쓰러진 일만은 도저히 참을 수 없었던 것이다.

이리하여 가웨인은 랜슬롯 경과 사투를 벌인 끝에 심한 부상을 입고 결국은 죽게 된다.

그러나 병석에 누워 자신의 조급하고 완고한 성격을 탓하던 가웨인은 랜슬롯 경에게 사랑하는 아더 왕을 위해 되돌아와 싸워줄 것을 부탁하는 편지를 보낸 후 숨을 거둔다.

[가웨인 가이드]

1 목 베기

『가웨인 경과 녹색기사』에서는 녹색기사와 가웨인이 서로의 목을 베는데, 이러한 게임은 켈트의 풍습에서 유래한다.

목 베기 게임이 등장하는 유명한 이야기 중에 아일랜드의 『브리클리우의 연회』가 있다. 이 이야기의 주인공은 켈트 신화 속의 영웅 쿠 훌린[1]이다. 이 이야기에서도 가웨인의 경우과 마찬가지로 쿠 훌린이 먼저 거인의 목을 벤 다음 거인이 쿠 훌린의 목을 벨 차례에 그의 용기와 기개에 감복하여 도끼의 무딘 쪽 날로 천천히 내리쳤다고 한다.

2 기사의 복장

중세의 기사들은 어떤 복장을 하고 전장에 나갔을까. 시대에 따라 약간의 차이는 있지만, 아더 왕과 원탁의 기사들은 주로 다음과 같은 복장으로 전투에 임했을 것이다.

---

1) '쿠 훌린' 편을 참조하기 바란다.

●체인 메일 [Chain Mail]

그림에서 온몸을 감싸고 있는 것은
갑옷에 해당되는 체인 메일이다. 금
속고리를 하나하나 연결하여 그물처
럼 짠 것으로, 몸을 움직일 때 부자유
스럽지 않도록 유연성에 주의를 기울여 만
들었다. 긴 창 등에 의한 공격을 방어하기 위해 체인 메일 속에는 솜을 눌러
넣은 조끼와 같은 것을 입었다. 이후 금속판으로 만들어진 갑옷이 보급되면
서 체인 메일은 역사 속에서 사라졌다. 그림의 기사는 두건, 장갑, 양말까지,
그야말로 온몸을 체인 메일로 감싸고 있다.

●서코트 [Surcoat]

체인 메일 위에 입고 있는 긴 겉옷이 서코트다. 서코트는 단순한 장식용 겉
옷이 아니라, 체인 메일을 비나 진흙으로부터 보호하고 과열을 방지하는 역
할을 했다. 또한 서코트의 가슴 부분에는 문장이 달려 있어 그 기사가 누구인
지 한눈에 알아볼 수 있었다. 후대로 내려올수록 서코트의 길이는 점점 짧아
진다.

3 문장

문장은 개인과 가문을 나타내는 상징으로써 기사의 서코트와 방패, 말에 입
히는 마의, 깃발 등에 달았다.

『가웨인 경과 녹색기사』에서 가웨인이 캐멀롯을 떠날 때 걸친 서코트와 방

패에는 별 모양의 문장이 그려져 있었다. 이 문장에는 신비한 힘이 깃들여 있어 부적으로도 사용되었다.

  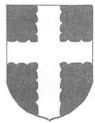 

퍼시벌

PARCIVALE

퍼시벌은 성배 탐색 모험담으로 유명한 원탁의 기사단 중 한 사람이다.

퍼시벌의 출생

퍼시벌의 출생에 관해서는 여러 가지 설이 있다.

토머스 맬러리의 『아더 왕의 죽음』에서 퍼시벌은 페리노아 왕의 아들로 태어난다.

아더 왕은 페리노아 왕과 1대1 대결을 벌이다가 수세에 몰리게 되는데, 위기일발의 순간에 멀린이 나타나 마법으로 페리노아 왕을 잠재운다. 그리고 그후 페리노아 왕은 아더 왕의 충실한 심복이 된다. 페리노아 왕에게는 퍼시벌 외에 네 명의 아들이 더 있었는데, 모두 아더 왕의 기사가 된다.

또한 퍼시벌은 성배를 유럽으로 가져온 아리마태아의 요셉의 피를 이어받았다는 설도 있다. 이 설에서 퍼시벌은 그러한 혈통으로 인해 성배를 찾을 수 있는 운명의 기사로 그려지고 있다[1].

---

1) 맬러리의 책에서는 이 역할이 갤러해드에게 맡겨졌다.

기사가 된 퍼시벌

퍼시벌의 아버지와 형들이 모두 전쟁터에서 죽자 어머니는 하나 남은 아들을 기사로 만들지 않기 위해 세상을 등지고 숲 속에서 생활하기 시작한다. 따라서 퍼시벌은 성장하면서 무술이나 기사도를 전혀 접할 기회가 없었다. 그가 다룰 수 있는 유일한 무기는 어머니에게서 받은 사냥용 창뿐이었다.

어느 날 숲에서 다섯 명의 기사를 만나 기사의 존재를 알게 된 퍼시벌은 자신도 멋진 기사가 되기로 결심한다. 아들의 결의를 따를 수밖에 없게 된 어머니는 그가 페리노아 왕의 자식임을 알려준다. 그리고 아더 왕의 궁전으로 가서 퍼시벌을 기사의 대열에 합류시켜 달라고 청한다.

케이 경(아더 왕의 의형)이 궁전에 찾아온 퍼시벌의 초라한 옷차림을 보고 비웃고 있을 때 시녀 한 명이 들어온다. 그녀는 기사도의 꽃이라 불리는 기사가 나타날 때까지 결코 웃어서는 안 된다는 저주를 받은 몸이었다.

그녀는 퍼시벌에게 이렇게 말한다.

"만일 오래 사신다면 당신은 분명히 기사도의 꽃이 될 것입니다."

이 말을 듣고 화가 난 케이 경에게 귀를 세게 얻어맞은 시녀는 정신을 잃고 쓰러진다. 퍼시벌은 케이 경과 승부를 겨룰 수 있을 때까지는 궁전에 돌아오지 않겠다고 맹세한 후 그곳을 떠난다.

그후 긴 여행을 계속하며 어엿한 청년으로 성장한 퍼시벌은 어느 날 아더 왕 일행과 우연히 마주치게 된다. 아더 왕은 퍼시벌의 신상에 관해 알아오라고 케이 경을 보낸다. 그때 마침 눈앞에 펼쳐진 아름다운 풍경을 바라보며 생각에 잠겨 있던 퍼시벌은 케이 경의 말소리를 듣지 못한다. 무례한 젊은이에게 모욕을 당했다고 오해한 케이 경은 퍼시벌을 향해 욕설을 퍼붓는다. 느닷없는 욕설에 화가 난 퍼시벌은 창으로 공격하여 케이 경의 어깨와 팔을 부러뜨린다.

'황금혀를 가진 가웨인'이라 불리던 가웨인 경[2]이 이 광경을 지켜보고 있다가 퍼시벌을 향해 나지막한 목소리로 정중하게 당신은 누구냐고 묻는다. 퍼시벌과 가웨인 경은 잠시 얘기를 나눈 후 굳은 우정을 맹세한다. 그리고 자신이 쓰러뜨린 기사가 케이 경임을 알게 된 퍼시벌은 아더 왕과 함께 궁전으로 돌아가 원탁의 기사로 임명된다.

성배 탐색 여행

원탁의 기사들은 십자가에 매달린 예수의 피를 받은 성배를 찾아 여행을 떠나게 된다[3].

퍼시벌도 성배 탐색 여행에 나선 기사 중 하나였다. 원탁의 기사 중 퍼시벌, 갤러해드, 보즈, 이 세 기사만이 성배를 찾을 수 있었는데, 이들은 성배를 발견한 후 성배가 보관되어 있는 성이 위치한 사라스 시에서 1년간 생활한다. 그러던 어느 날 갤러해드 경이 죽자 비탄에 빠진 퍼시벌은 승려가 되어 은둔생활에 들어간다. 그리고 1년 2개월 후 친구를 잃은 슬픔에서 헤어나지 못한 퍼

---

2) 해박한 지식을 갖춘 가웨인 경은 언변이 뛰어나 손님접대를 잘했다.
3) '퍼시벌 가이드' 항목을 참조하기 바란다.

시벌도 숨을 거두고 만다.

홀로 남은 보즈 경은 캐멀롯으로 돌아가 성배 탐색 여행과 퍼시벌, 갤러해드 경의 이야기를 아더 왕과 다른 기사들에게 전한다.

흰 방패의 기사 갤러해드와의 만남

퍼시벌은 성배 탐색 여행 도중 여러 가지 위기를 겪지만, 매번 기적 같은 일이 벌어져 용케 이를 모면한다. 그 모습은 마치 신이 성배를 찾아 순례하는 퍼시벌을 곁에서 지켜주고 있는 듯했다.

캐멀롯을 출발한 날 오후, 스무 명의 기사가 갑자기 퍼시벌에게 덤벼든다. 말에서 떨어진 퍼시벌을 한 기사가 찌르려는 순간 어디선가 붉은 십자 문장이 그려진 흰 방패를 든 기사가 나타나 퍼시벌을 구한다. 이 흰 방패의 기사와 싸우다 고전을 면치 못한 기사들은 모두 숲 속으로 도망친다. 그러자 흰 방패의 기사도 그들을 쫓아 사라지고 만다.

이 흰 방패의 기사는 원탁의 기사 중 한 명인 갤러해드 경이었다[4]. 퍼시벌은 금세 그 사실을 알아차렸지만, 말이 쓰러져 있는 통에 어찌할 도리 없이 스무 명의 기사와 갤러해드 경의 뒷모습을 지켜볼 수밖에 없었다.

악마의 유혹

스무 명의 기사에게 습격을 당하여 말을 잃은 퍼시벌은 오도가도 못하는 신세가 된다.

---

4) 갤러해드 경에 관해서는 '갤러해드' 편을 참조하기 바란다.

깜빡 잠이 들었다 한밤중에 눈을 뜬 퍼시벌 앞에 아름다운 여인이 나타났다.

"제가 원할 때 소원을 들어주신다면 제 말을 빌려드리겠습니다."

퍼시벌은 기뻐하며 어떤 소원이든 들어주겠다고 약속했다. 그러자 여인은 어디선가 아름다운 장신구를 단 검고 윤이 나는 말을 끌고 왔다.

말에 올라탄 퍼시벌이 박차를 가하자 말은 족히 나흘은 걸릴 거리를 한 시간 만에 쏜살같이 달려갔다. 잠시 후 물살이 거센 강이 그들의 앞을 가로막았다. 그런데 말은 멈추지 않고 그대로 강으로 뛰어들려 하는 것이 아닌가. 퍼시벌은 덜컥 겁이 나 자신도 모르는 사이에 성호를 그었다. 그러자 말은 퍼시벌을 떨어뜨린 후 울부짖으며 격류 속으로 뛰어들었다.

악마의 꾐에 빠져 하마터면 목숨을 잃을 뻔했다는 사실을 깨달은 퍼시벌은 밤새도록 하나님께 기도를 드렸다.

이것이 악마의 첫번째 유혹이었다.

아침이 되어 눈을 뜬 퍼시벌은 자신이 바닷가의 황무지에 누워 있음을 깨달았다. 바다 저편을 바라보니 비단으로 뒤덮인 배 한 척이 다가오고 있는 것이 보였다. 그 배에는 절세의 미인이 타고 있었다. 바닷가에 도착하여 배에서 내린 여인은 퍼시벌에게 다음과 같이 말했다.

"저는 부유한 집안에서 태어났으나, 나쁜 사람에게 모든 재산을 빼앗기고 말았습니다. 보아하니 당신은 훌륭한 기사인 듯한데 부디 저의 힘이 되어 주십시오."

퍼시벌은 여인의 청을 쾌히 수락했다. 여인은 퍼시벌을 천막 안으로 이끌고 들어가더니 그의 무구를 벗긴 후 달콤한 말로 유혹하기 시작했다.

퍼시벌은 여인에게 완전히 마음을 빼앗기고 만다. 그 사실을 알아차린 여인은 다음과 같이 말했다.

"퍼시벌 님, 저의 종이 되어 제 소원을 모두 들어주겠다고 맹세해주세요."
"물론입니다. 목숨을 걸고 맹세합니다."

바로 그때 퍼시벌의 검이 미끄러지듯 칼집에서 빠져나와 바닥으로 떨어졌다. 칼자루에는 붉은 십자가에 매달린 그리스도상이 새겨져 있었다. 이 광경을 본 퍼시벌은 무심코 성호를 그었다. 그러자 순식간에 천막의 형체가 사라지더니 한 줄기 연기가 되어 하늘로 날아올라갔다. 그리고 여인은 무시무시한 비명을 지르며 배를 타고 멀리 사라져갔다. 배가 지나가는 곳마다 파도가 용솟음치고 불길이 타올랐다. 퍼시벌은 바닥에 무릎 꿇고 엎드려 기도를 드리기 시작했다.

성배의 발견

밤새도록 기도를 드린 퍼시벌은 새벽이 되어 자신이 어느 새 낯선 바닷가에 와 있음을 알아차린다.

그런데 성배를 찾아헤매고 있던 보즈 경이 신의 목소리에 이끌려 그곳으로 찾아온다. 그리고 갤러해드 경도 퍼시벌의 여동생의 안내를 받아 바닷가에 도착한다. 재회의 기쁨을 나눈 세 기사와 퍼시벌의 여동생은 배를 타고 항해

를 시작한다. 며칠을 항해하여 먼바다로 나온 배 앞을 커다란 소용돌이가 가로막는다. 배가 제자리에서 빙빙 맴돌고 있을 때 배 한 척이 옆으로 다가온다. 그 배에 옮겨 탄 네 사람은 은으로 된 탁자 위에 붉은 천으로 싸여 있는 성배를 발견한다. 일동은 성배 앞에 무릎을 꿇고 엎드린다.

성배의 성

잠시 후 거센 바람이 불어와 네 사람이 탄 배를 바다 건너편의 사라스 시로 이끌고 갔다.

사라스 시에서는 죽은 왕을 대신할 새로운 왕을 뽑기 위해 사람들이 모여 있었다. 그런데 갑자기 하늘에서 "지금 이 땅에 도착한 기사들 중 가장 나이가 어린 기사를 왕으로 모셔라"라는 목소리가 들려왔다. 하늘의 목소리가 지목한 기사는 바로 갤러해드 경이었다. 이리하여 사라스 시의 왕이 된 갤러해드 경은 퍼시벌, 보즈 경, 퍼시벌의 여동생과 함께 성배의 성에 머물며 매일 성배 앞에 무릎을 꿇고 기도를 드렸다.

1년 남짓 흐른 어느 날, 갤러해드 경은 신의 부름으로 승천하게 된다[5].

친구를 잃은 퍼시벌과 보즈 경의 슬픔은 이루 말로 할 수 없을 정도였다. 비탄에 빠진 퍼시벌은 성 밖에 암자를 짓고 중이 되었다. 보즈 경도 잠시 그 암자에서 살았으나, 언젠가는 캐멀롯으로 돌아갈 작정이었기 때문에 중이 되지는 않았다.

1년하고 두 달이 흘렀다. 여동생이 죽자 퍼시벌도 얼마 안 있어 그 뒤를 따랐다. 보즈 경은 두 사람을 갤러해드 경의 무덤 옆에 묻은 후 사라스 시를 뒤로 한 채 캐멀롯으로 향했다.

---

5) 자세한 내용은 '갤러해드' 편 참조.

[퍼시벌 가이드]

1 바그너의 『파르지팔』

바그너의 가극『파르지팔』은 퍼시벌의 전설을 바탕으로 하여 만들어진 이야기다. 주인공 파르지팔의 출생에 대한 내용은 전설에서 그대로 따왔으나, 다른 등장인물들의 강한 개성이나 이야기의 전개방식은 퍼시벌의 전설보다 더 드라마틱하다.

● 줄거리

성배의 성 몬사르바트의 왕자 암포르타스는 마법사 크링조르의 계략으로 성스러운 창[1]에 찔려 부상을 입고 그 창을 도둑맞는다. 그의 상처는 '순수하고 어리석은 자'인 기사 파르지팔만이 치료할 수 있었다. 어머니와 함께 숲 속에서 은둔생활을 하던 파르지팔은 성배의 기사가 된다. 미녀 쿤드리의 유혹을 뿌리치고 마법사 크링조르를 쓰러뜨린 파르지팔은 성스러운 방패를 성배의 성으로 가져간다. 그리고 암포르타스의 상처를 치료하여 그의 목숨을 구하고 성배의 성의 왕이 된다.

---

1) 십자가에 매달린 예수의 옆구리를 찌른 창. 아리마태아의 요셉은 성배와 이 창을 지니고 여러 나라를 순례했다.

중세기사 전설 속의 영웅 5

갤러해드

GALAHAD

갤러해드는 원탁의 기사 중 하나로 가장 고결한 기사라 일컬어진다.

갤러해드는 아버지인 랜슬롯 경을 닮아 용모가 아름답고 품위 있는 기사였다. 또한 랜슬롯 경에 필적할 만큼 용감하고 기량이 뛰어난 기사이기도 했다. 그 우아하고도 점잖은 모습은 마치 한 마리의 학처럼 보였다고 한다. 아더 왕은 갤러해드를 처음 본 순간 다음과 같이 말했다.

"신이여, 그의 선량함이 뛰어난 아름다움으로 인해 손상되지 않도록 하소서."

갤러해드는 원탁의 기사로서 성배 탐색 여행에 나서 퍼시벌 경, 보즈 경과 함께 성배를 발견한다. 그리고 그들은 사라스 시에 정착하여 성배를 모신다.

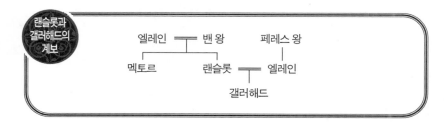

랜슬롯과
갤러해드의
계보

엘레인 ━━ 밴 왕   페레스 왕

멕토르   랜슬롯 ━━ 엘레인

갤러해드

가장 고결한 기사인 갤러해드는 신의 목소리에 의해 사라스 시의 왕이 되어 두 기사와 함께 성배의 성에서 성배를 지키며 생활한다. 그러던 어느 날 갤러해드가 신의 부름으로 승천하자, 성배 역시 지상에서 자취를 감추게 된다.

갤러해드의 출생

갤러해드의 어머니는 페레스 왕의 딸 엘레인 공주다.

페레스 왕은 여행 도중 자신의 성에 머물게 된 랜슬롯 경과 딸 엘레인을 맺어주려 한다. 아리마태아의 요셉[1]의 피를 이어받은 페레스 왕은 엘레인과 랜슬롯 경(그도 아리마태아의 요셉의 후손이었다)이 맺어지면 갤러해드라는 이름의 뛰어난 기사가 태어날 것이라는 사실을 알고 있었다. 또한 그는 갤러해드가 결국 성배를 찾게 되리라는 것까지도 예지하고 있었다.

그러나 랜슬롯 경의 마음은 일편단심 기네비어 왕비뿐이었다. 페레스 왕은 포기하지 않고 브리센이라는 여자 마법사의 도움을 청한다. 왕으로부터 약이 들어 있는 포도주를 받아 마신 랜슬롯 경의 눈에는 엘레인 공주가 사랑하는 기네비어 왕비로 보였다. 이리하여 랜슬롯 경과 관계를 갖게 된 엘레인 공주는 갤러해드를 잉태한다. 다음날 아침 모든 사실을 알게 된 랜슬롯 경은 페레스 왕과 공주를 용서하고 다시 여행을 떠난다.

부모인 랜슬롯 경과 엘레인 공주가 모두 아리마태아의 요셉의 후손이었기 때문에 갤러해드는 성배를 손에 넣을 운명을 지니고 태어난다.

---

1) 그는 예루살렘의 매우 지위가 높은 의원으로, 하루빨리 신의 나라가 도래하기를 바랐다. 십자가에 매달려 죽은 예수의 시신을 거둬 묻었으며, 예수의 피를 받은 성배라 불리는 잔과 예수를 찌른 창을 지니고 여러 나라를 순례했다.

엘레인 공주 밑에서 자라난 갤러해드는 수도원에서 훌륭한 기사가 되기 위한 훈련[2]을 받는다. 그후 어떤 은자의 손에 맡겨져 장성한 갤러해드는 아더 왕을 만나기 위해 길을 떠난다.

위험한 자리

캐멀롯의 원탁에 놓여 있는 의자에는 거기에 앉을 기사의 이름이 각각 새겨져 있었다. 그런데 만일 의자의 진정한 주인이 아닌 자가 앉으면 그 즉시 그의 생명을 앗아가버리는 이름이 새겨져 있지 않은 의자가 하나 있었다. 이것은 '위험한 자리'라 하여 주인이 나타날 때를 대비하여 항상 비워두고 있었다.

어느 누가 그 자리에 앉게 될지는 아무도 짐작조차 할 수 없었다. 그런데 어느 성령 강림제 날 한 은자가 나타나 다음과 같이 예언한다.

"그 자리의 주인은 올해 태어날 것이며 결국 성배를 찾게 될 것이다."

이 은자가 말한 '위험한 자리'의 주인은 바로 갤러해드였다.

세월이 흘러 또다시 성령 강림제가 돌아왔다.
원탁의 기사들이 성배 찾는 여행을 떠나기로 맹세하고 기도를 드리고 있을 때 한 은자가 갤러해드와 함께 나타났다. 은자가 갤러해드를 '위험한 자리'로

---

2) 랜슬롯 경과 퍼시벌 경도 여자의 손에 의해 길러졌다. 이처럼 여자가 영웅을 양육하고 지식과 전술을 가르치는 풍습은 켈트의 전설에 자주 등장한다. 켈트의 영웅 쿠 훌린도 그림자 나라의 여전사 스카자하로부터 전술을 배운다. 쿠 훌린에 관해서는 '쿠 훌린' 편을 참조하기 바란다.

데려가서 의자의 덮개를 벗기자, 분명히 누구의 이름도 새겨져 있지 않았던 의자에 갤러해드라는 이름이 새겨져 있는 것이 아닌가.

이리하여 원탁의 기사가 된 갤러해드는 다른 기사들과 함께 성배 찾는 여행을 떠난다.

흰 방패

성배 찾는 여행 도중 갤러해드는 흰 바탕에 붉은 십자가 그려진 방패를 들고 퍼시벌 경을 구한다[3]. 이 방패는 성배의 기사가 지니는 것으로, 다음과 같은 경위로 인해 갤러해드의 소유물이 된다.

성배 찾는 여행을 떠난 지 나흘째 되는 날, 갤러해드는 흰 칠을 한 수도원에 도착한다. 그곳에서는 어떤 나라의 왕이 부하 기사와 함께 머물고 있었다. 왕은 흰 방패 하나를 보여주며 진정한 주인이 아닌 자가 이 방패를 지니면 재앙을 입게 된다고 말했다.

중앙에 붉은 십자가 새겨져 있고 눈처럼 하얗게 빛나는 이 방패는 바로 아리마태아의 요셉의 방패였다.

다음날 아침, 왕은 흰 방패를 들고 길을 나섰다. 수도원을 나와 1, 2마일 정도나 왔을까, 갑자기 흰 옷을 입은 기사가 나타나 왕에게 덤벼들었다. 왕이 심한 부상을 입고 달아난 후 얼마 안 있어 왕의 부하 기사가 수도원으로 찾아와 흰 방패를 돌려준다.

그 다음날 아침, 이번에는 갤러해드가 흰 방패를 들고 수도원을 나간다. 그

---

3) 자세한 내용은 '퍼시벌' 편을 참조하기 바란다.

런데 이번에도 역시 흰 옷의 기사가 나타난다. 갤러해드와 흰 옷의 기사는 서로 정중하게 인사를 나눈다.

"이 방패는 아리마태아의 요셉의 것입니다. 그는 임종시 자신의 마지막 후손인 갤러해드가 나타나 이 방패를 가져가기 전까지 이것을 지니는 자에게는 재앙이 닥칠 것이라고 말했습니다."

흰 옷의 기사는 이렇게 말한 뒤 홀연히 사라진다. 이렇게 해서 갤러해드가 흰 방패의 주인이 된 것이다.

갤러해드의 승천

보즈 경, 퍼시벌 경과 다시 만나 성배를 찾은 갤러해드는 배를 타고 사라스 시로 가게 된다. 사라스 시에서는 새로운 왕을 뽑기 위한 회의가 한창 열리고 있었다. 그때 하늘에서 목소리가 들려왔다.

"이 도시에 도착한 세 명의 기사 중 가장 어린 기사를 왕으로 모셔라."
모든 시민이 이에 찬성하여 갤러해드는 성배의 도시 사라스의 왕이 되었다.

갤러해드가 사라스 시의 왕이 된 지 1년하고 2개월이 흐른 어느 날, 여느 때처럼 그는 퍼시벌 경과 보즈 경과 함께 성배에 기도를 드리기 위해 성배가 안치되어 있는 방으로 향했다. 그런데 방안에는 먼저 와서 기도를 드리고 있는 사람이 있었다. 그리고 많은 천사들이 그를 둘러싸고 있었다. 그는 바로 아리마태아의 요셉이었다. 아리마태아의 요셉이 갤러해드에게 말했다.

"나는 주의 말씀에 따라 너를 데리러 왔다."

갤러해드는 "저도 주의 곁으로 가고 싶습니다"라고 대답한 후 퍼시벌 경과 보즈 경에게 작별의 입맞춤을 했다. 작별 인사가 끝나자 갤러해드는 열심히 기도를 드리기 시작했다. 잠시 후 갤러해드의 몸에서 빠져나온 영혼이 천사들에 이끌려 하늘로 올라갔다. 그와 동시에 하늘에서 손이 내려와 성배를 들어올리더니 그대로 하늘로 올라가버렸다. 이리하여 고결한 기사 갤러해드는 승천하고 성배도 이 세상에서 사라지게 되었다.

[갤러해드 가이드]

1 성배의 탐색

성배는 최후의 만찬에서 쓰인 술잔으로, 아리마태아의 요셉이 여기에 십자가에 매달린 예수의 상처에서 흐른 피를 받았다고 한다. 잔이 아니라 돌접시의 모양을 하고 있었다는 설도 있다.

유럽으로 넘어간 성배는 바다를 건너 영국으로 전해졌다고 한다. 또한 성배가 머물렀던 나라에는 하늘의 축복이 있었다고도 한다. 영국의 경우도 실제로 성배가 안치되어 있던 기간에는 평화로운 시절이 계속되다가 어느 날 성배가 영국에서 자취를 감추자 그러한 태평연월도 끝나고 말았다.

성배가 사라진 후 오랜 세월이 흘러 아더 왕의 시대가 도래했다.

성령 강림제 날, 캐멀롯의 원탁에는 아더 왕과 원탁의 기사들이 모여 있었다. 그런데 갑자기 천둥이 치더니 방안에 기분 좋은 향기가 퍼지기 시작했다. 그리고 흰 비단에 싸여진 성배가 공중에 뜬 채 미끄러지듯 조용히 방안을 지나갔다. 이 광경을 목격한 아더 왕은 성배를 직접 보게 해준 신께 감사를 드렸다. 그러자 가웨인 경을 필두로 한 원탁의 기사들은 1년 안에 반드시 성배를 찾아내겠다고 아더 왕에게 맹세한다.

그리하여 원탁의 기사들의 성배 찾는 여행이 시작되었다.

롤랑

ROLAND

롤랑은 중세 유럽 최대의 서사시인 『롤랑의 노래』에 등장하는 비극적 영웅이다.

프랑크 왕국의 왕 샤를마뉴의 조카인 롤랑은 국경지대인 브르타뉴의 변경백(邊境伯)[1]이었다. 그는 샤를마뉴가 가장 신뢰했던 무장으로 무예가 뛰어나고 올곧은 성격의 기사였다[2].

샤를마뉴가 에스파냐(현 스페인)에 침공했을 때 기사 롤랑은 의부 가늘롱의 음모로 에스파냐에서 프랑크 왕국에 걸쳐 있는 피레네 산맥의 롱스보라는 협곡에서 불과 2만의 병력을 이끌고 에스파냐의 40만 대군과 교전하다가 장렬한 최후를 맞는다. 『롤랑의 노래』[3]는 바로 이 전투를 노래한 서사시다.

---

1) 샤를마뉴는 국경방위를 위해 국경지대에 변경백이라는 관료를 두었다.
2) 롤랑 전설의 주인공은 실존했던 인물로, 샤를마뉴의 측근이 저술한 샤를마뉴의 전기에 루오도란두스라는 변경백이 롱스보 전투(롤랑이 전사한 전투)에서 전사했다는 기술이 남아 있다.
3) 『니벨룽겐의 노래』와 함께 중세 유럽 최대의 서사시다. 『롤랑의 노래』는 역사적 사실인 롱스보 전투를 소재로 하고 있다('롤랑 가이드' 항목 참조). 처음부터 이러한 대서사시의 형태를 취하고 있었는지, 아니면 여러 개의 짧은 노래가 합쳐진 것인지는 분명하지 않다.

싸움의 시작

샤를마뉴는 에스파냐를 침공한 후 7년간[4] 에스파냐의 영토를 공략했다. 이에 위기에 몰린 에스파냐의 왕 마르실이 신하들의 의견을 구하자, 지략이 뛰어난 브랑칸드란이라는 기사가 다음과 같이 진언한다.

"샤를마뉴에게 사자를 보내 프랑크로 돌아갈 것을 촉구하고, 그에 대한 보답으로 많은 공물과 인질을 주는 게 어떻습니까? 조국을 위해서라면 제 자식이라도 기꺼이 내놓겠습니다. 그리고 폐하는 기독교에 귀의하여 샤를마뉴의 신하가 되겠다고 거짓 맹세를 하십시오. 우리의 목적은 샤를마뉴를 프랑크로 되돌려보내는 것입니다. 인질은 모두 살해당하겠지만, 에스파냐는 살아남을 것입니다."

마르실은 즉시 샤를마뉴의 진지로 사자를 파견한다.

한편 사자를 통해 에스파냐 측의 제안을 들은 샤를마뉴는 중신들을 모아놓고 논의에 논의를 거듭한다. 이때 용사 롤랑은 에스파냐의 계략에 넘어가지 말라고 진언한다. 이에 대해 롤랑의 의부 가늘롱은 제안을 받아들이자고 하여 부자가 서로 대립한다.

샤를마뉴는 신하들의 중론을 받아들여 공격을 중단하기로 결정한 후 마르실에게 자신의 의사를 전달할 사자를 보내기로 한다. 그런데 이 임무를 맡은 자는 살아서 돌아오지 못할 수도 있는 아주 위험한 일이었다. 샤를마뉴는 롤랑

---

4) 역사적으로 샤를마뉴의 에스파냐 침공은 롱스보 전투가 일어난 778년에 시작되어 795년 에스파냐에 변경령(邊境領)을 설치할 때까지 약 20년간 계속되었다.

을 비롯한 열두 용사는 자신을 보호해야 하므로 절대로 보낼 수 없다고 잘라 말한다. 이에 롤랑은 지략이 뛰어난 책사로 알려진 의부 가늘롱을 천거한다. 샤를마뉴의 명으로 사자로 임명된 가늘롱은 롤랑에게 원한을 품는다. 그는 '내 목숨이 다하는 날까지 롤랑을 저주하겠다'라는 말을 남기고 길을 떠난다.

여행 도중 에스파냐의 사자 브랑칸드란을 만난 가늘롱은 공통의 적인 롤랑을 죽이기 위한 흉계를 짠 후 함께 마르실의 진지로 향한다.

가늘롱은 마르실에게 자신의 계획을 털어놓는다.

"우선 샤를마뉴에게 공물과 스무 명의 인질을 보내십시오. 그러면 샤를마뉴는 프랑크로 군대를 되돌릴 것입니다. 이때 샤를마뉴는 반드시 아군의 후미를 지키는 부대를 남겨둘 테고, 거기에는 왕의 조카인 롤랑과 용사 올리비에가 포함될 것입니다. 이 두 사람만 죽인다면 샤를마뉴는 전의를 완전히 상실하게 될 것입니다."

가늘롱의 계획에 동의한 마르실은 그에게 재물을 하사한 후, 롤랑이 반드시 후미 부대를 지휘하게끔 힘을 써달라고 부탁한다.

샤를마뉴의 진지로 돌아간 가늘롱은 에스파냐와 평화조약이 맺어졌다고 보고한다. 이에 샤를마뉴가 후미 부대를 남겨두고 에스파냐를 떠나기로 하자 가늘롱은 후미 부대의 지휘관으로 롤랑을 천거한다. 가늘롱은 일단 천거를 받은 이상 기사도의 관례에 따라 롤랑이 이를 수락하리라는 것을 알고 있었다. 롤랑은 "천거해 주셔서 고맙습니다. 폐하께 누를 끼치지 않도록 짐 싣는 말 한 마리까지 제가 이 검으로 반드시 지키겠습니다"라고 말하고 그 임무를 받아들인다.

롤랑이 후미 부대를 인솔하게 되자 그를 돕기 위해 친구 올리비에와 튤판 대승정(大僧正) 등의 열두 용사가 차례차례 달려온다. 이들에게 2만의 병력을 주고 귀로에 오른 샤를마뉴의 눈에서는 눈물이 하염없이 흘러내리고 있었다.

이때 40만에 달하는 에스파냐군은 프랑크군의 후미를 바짝 뒤쫓고 있었다.

샤를마뉴의 열두 용사

샤를마뉴에게는 왕을 보호하는 특별한 전사들이 있었는데, 이들을 '샤를마뉴의 패러딘5)' 또는 '샤를마뉴의 열두 용사'라고 한다. 샤를마뉴는 이 열두 용사를 가장 신뢰했으며 롤랑은 그중에서 특히 두터운 신임을 받은 전사였다.

롤랑, 롤랑의 전우 올리비에, 튤판 대승정을 비롯하여 열두 용사의 이름은 다음과 같다.

1. 롤랑	2. 올리비에	3. 튤판
4. 줄랑	5. 줄리에	6. 삼손
7. 앙줄리에	8. 오톤	9. 베랑제
10. 앙세이스	11. 이보리	12. 이봉
13. 지라르	14. 고체	

'샤를마뉴의 패러딘'을 구성했던 용사와 그 숫자는 때에 따라 달랐던 것 같다. 이들은 롱스보 전투에서 모두 전사하는데, 『롤랑의 노래』에 등장하는 프

---

5) '패러딘'은 궁정의 측근이라는 뜻이다.

랑크 용사들의 이름을 열거하면 위와 같이 열네 명이 된다[6].

그러면 열두 용사 중 중요한 비중을 차지했던 세 용사에 대해 살펴보기로
하자.

■ 롤랑

롤랑은 샤를마뉴의 여동생의 아들이다. 어머니가 가늘롱의 후처로 들어가
는 바람에 롤랑은 가늘롱의 의붓자식이 된다. 그는 변경지대인 브르타뉴의
총독으로 임명된 이후 변경백 롤랑으로 불리게 된다.

용사 롤랑은 오른손에 명검 듀란달, 왼손에는 뿔나팔 오리판을 들고 황금갑
옷을 두른 애마 베이얀치프를 타고 전장을 누볐다. 명검 듀란달은 롤랑에게
하사하라고 천사가 샤를마뉴에게 내려준 것이었다. 롤랑은 듀란달을 휘두르
며 여러 나라를 공략했으며 샤를마뉴에게 충성을 다했다.

■ 올리비에

롤랑의 친구로, 롤랑에 견줄 만한 용사이다. 용감한 롤랑, 지혜로운 올리비
에라고 불리었듯 지장(智將)으로도 유명하다. 롤랑과 함께 롱스보에서 전사한
다. 올리비에의 오토클레르도 롤랑의 듀란달과 마찬가지로 명검이었다. 오토
클레르의 황금으로 된 손잡이에는 수정이 박혀 있었다.

---

6) 이밖에도 롤랑이 출진할 때 달려온 용사로, 아스토르, 게피에라는 이름이 등장한다. 그러
나 다른 용사들의 이름이 그 이후의 전투에서 언급되고 있는 데 반해, 두 용사의 이름은 더
이상 등장하지 않으므로 여기서는 이들을 열두 용사 이외의 프랑크 측 전사자로 다루기로
한다.

■ 튈판 대승정

열두 용사 중 롤랑과 함께 마지막까지 싸운 역전의 용사이다. 대승정의 군마(軍馬)는 덴마크왕에게서 빼앗은 천하제일의 명마로, 마치 하늘을 나는 새처럼 전장을 누비고 다녔다고 한다.

승려인 그는 전투를 앞두고 프랑크의 2만 군사들에게 설교를 한 뒤 축복을 내렸다. 전사들은 모두 말에서 내려 바닥에 무릎을 꿇고 엎드렸다. 이들은 대승정의 설법으로 과거의 모든 죄를 용서받았다는 생각에 아무런 잡념 없이 싸움에 열중할 수 있었다.

이 세 용사 외에 나머지 용사들도 롱스보 전투에서 끝까지 용감하게 싸우다가 전장의 이슬로 사라졌다.

롱스보 전투

샤를마뉴의 본대가 프랑크를 향해 출발하자, 에스파냐의 10만 대군이 롤랑의 후미 부대를 뒤쫓아왔다. 올리비에는 롤랑에게 뿔나팔 오리판을 불어 왕에게 이 사실을 알리고 지원을 요청하라고 말했다. 그러나 롤랑은 자신의 임무는 적을 차단하여 본대의 안전을 지키는 것이라고 주장하며 올리비에의 제안을 거절한다. 두 용사가 그 문제로 옥신각신 언쟁[7]을 벌이는 사이 에스파냐군은 롤랑의 부대를 따라잡는다.

수적인 열세에도 불구하고 초반에는 프랑크군이 우세했다. 에스파냐는 샤

---

7) 뿔나팔을 부느냐 마느냐를 놓고 두 사람이 벌이는 언쟁 부분은 『롤랑의 노래』의 백미라고 할 수 있다. 싸움의 막바지에 프랑크군이 전멸당할 위기에 처하자 롤랑은 뿔나팔을 불어 샤를마뉴의 지원을 요청하려 하지만, 이번에는 올리비에가 그것을 저지한다.

를마뉴의 열두 용사에 대항할 전사 열두 명을 선발하여 대결을 신청했으나, 모두 하나같이 열두 용사의 적수가 되지 못했다. 여기저기서 프랑크군의 승리의 함성인 '몬조와!'가 울려퍼졌다.

롤랑과 올리비에를 비롯한 열두 용사는 성난 사자와 같이 맹렬한 기세로 적군을 쓰러뜨렸다. 전장은 금세 이슬람 병사들의 시체로 뒤덮였고 승리는 프랑크군의 차지가 되는 듯했다.

드디어 10만 적군의 수가 헤아릴 수 있을 정도로 남았을 때, 마르실이 이끄는 20만 원군이 계곡 쪽에서 나타났다. 전세는 순식간에 역전되었으나, 죽음을 각오한 롤랑은 올리비에에게 결코 오명을 남겨서는 안 된다고 부르짖으며 적군을 차례차례 쓰러뜨렸다.

피비린내 나는 전투가 계속되면서 열두 용사도 하나둘 쓰러지고 아군의 수가 60명 남짓으로 줄어들자, 이번에는 롤랑이 먼저 뿔나팔을 불자고 올리비에에게 제안한다. 그러나 올리비에는 그렇게 되면 후세에 씻을 수 없는 치욕을 남기게 될 것이라며 롤랑을 제지한다. 그러면서도 올리비에는 새빨간 피로 흠뻑 젖은 롤랑의 양팔을 보고 가슴이 저려옴을 느낀다.

그때 튤판 대승정이 두 사람을 진정시키며 다음과 같이 말한다.

"이미 때는 늦었지만, 뿔나팔을 부는 것이 좋겠소. 폐하께서 돌아와 복수전을 벌여주신다면 우리의 시체가 맹수의 먹이가 되지는 않을 것이오."

혼신의 힘을 다해 부는 롤랑의 뿔나팔 소리는 멀리멀리 울려퍼져 산을 넘어가던 샤를마뉴의 귀에까지 이른다. 롤랑의 부대에 위기가 닥쳤음을 직감한 샤를마뉴는 그때서야 가늘롱의 배반을 알아차린다. 샤를마뉴는 가늘롱을 잡아가둔 후 서둘러 말머리를 되돌렸다.

롤랑의 죽음

롱스보 고개에서 심한 부상을 당한 올리비에가 부르는 소리를 듣고 롤랑이 다가가자, 갑자기 올리비에가 그를 향해 마구 칼을 휘두른다. 다행히 그 칼을 맞지 않은 롤랑이 말을 걸며 다가가 찬찬히 살펴보니 올리비에는 눈에 치명상을 입어 그저 소리나는 방향에 검을 마구 휘두르고 있었다. 마침내 올리비에마저 숨을 거두자 롤랑은 애마 베이얀치프를 타고 적진을 향해 맹렬한 기세로 뛰어든다.

롤랑의 이름만 들어도 두려워 벌벌 떠는 적군은 비겁하게도 멀찌감치 물러서서 그를 향해 창을 던지고 화살을 쏘아댔다. 무려 30여 군데에 상처를 입은 애마 베이얀치프는 역시 만신창이가 된 롤랑을 태운 채 쓰러지고 만다.

애마를 잃은 롤랑은 전우들의 시체를 한곳에 모아놓고 기도를 올린 후 뿔나팔 오리판과 명검 듀란달을 손에 쥐고 가까운 언덕으로 올라갔다. 그곳에는 대리석 네 개가 한 그루의 나무 아래 놓여 있었다. 롤랑은 듀란달을 적에게 빼앗기지 않기 위해 대리석에 검을 내리쳐 부러뜨리려 하지만 검에는 흠집조차 나지 않았다. 결국 롤랑은 이제껏 자신을 지켜준 명검 듀란달을 부러뜨리지 않기로 한다.

죽음이 임박했음을 안 롤랑은 뿔나팔 오리판과 명검 듀란달을 바닥에 내려놓고 적군이 잘 보이는 쪽으로 기어갔다. 그는 한참 동안 적을 응시하고 나서 눈을 감고[8] 신에게 기도를 드렸다.

마지막 기도를 드린 용사 롤랑은 마침내 숨을 거둔다.

롤랑이 죽은 후에도 『롤랑의 노래』는 계속되는데, 그 내용은 다음과 같다. 되돌아온 샤를마뉴는 적을 섬멸하고 개선한다. 그리고 재판에 회부된 가늘롱은 대역죄인으로서 능지처참형을 당한다.

---

8) 롤랑은 평소, 진정한 용사는 전장에서 죽을 때 적군을 바라보며 죽어야 한다고 말했다고 한다.

[롤랑 가이드]

1 샤를마뉴

  샤를마뉴(742~812년, 카를 대제)는 프랑크 왕국[1]의 왕으로, 카롤링거 왕조의 초대 왕 피핀의 아들이다. 53회에 걸친 군사원정으로 프랑크 왕국의 영토를 서로마제국에 필적할 정도로 확대했다. 800년에 교황 레오 3세로부터 신성로마제국의 제관(帝冠)을 받은 후부터 대제라 불리게 되었다.

  샤를마뉴의 수많은 원정 중 역사적으로 중요한 원정을 살펴보면 다음과 같다.

- · 이탈리아 반도를 지배하던 롬바르드 왕국 정복
- · 이베리아 반도의 이슬람교도 정벌
- · 피레네 산맥을 넘어 에브로 강까지의 토지를 차지(이 전투와 관련된 이야기가 『롤랑의 노래』의 근간을 이루고 있다. 다음 항 참조.)
- · 독일의 바이에른 및 작센 지방 정복
- · 슬라브 족과 아바르 족을 토벌하고 오데르 · 도나우 강까지 정복

  이리하여 샤를마뉴는 서유럽의 대부분을 수중에 넣게 된다.

이처럼 위대한 왕이자 무장인 샤를마뉴는 내정에도 힘을 썼으며 국가의 중앙집권화를 꾀했다. 또한 유럽 각지에서 학자와 문인을 초청하여 궁정학교를 설립, 문화의 부흥에도 힘을 기울였다(카롤링거 르네상스).

샤를마뉴는 게르만 족의 민속의상(예를 들면 끈으로 짠 부츠, 긴 빨간 양말, 아마로 만든 의복, 파란 망토 같은 소박한 스타일)을 즐겨입었다. 또한 소탈한 성격에 폭음과 폭식은 절대로 하지 않았다고 한다.

키가 큰 샤를마뉴는 하얗게 빛나는 긴 머리에 빨려들 것 같은 푸른 눈과 매부리코를 하고 있었다. 유사시에 대단한 결단력과 행동력을 발휘했던 샤를마뉴는 현재까지 유럽인들의 꾸준한 사랑을 받고 있는 왕이다.

2 역사상의 롱스보 전투

『롤랑의 노래』의 바탕이 된 역사적 사건은 778년 샤를마뉴가 에스파냐 원정에서 돌아올 때 일어났다. 프랑스로 이어지는 롱스보 골짜기에서 샤를마뉴 군의 후위대가 바스크인[2]의 습격으로 전멸한 것이다. 이 후위대를 이끄는 대장이 바로 '변경 브르타뉴의 총독' 롤랑이었다. 롤랑에 관해 역사적으로 알려진 바는 이 정도지만, 후세의 음유시인들이 여러 가지로 각색하여 중세의 가장 유명한 서사시인 『롤랑의 노래』와 비극적 영웅 롤랑을 탄생시킨 것이다.

---

1) 라인 강변에 거주했던 게르만 민족 중 프랑크 족이 북부 갈리아로 진출하여 486년에 세운 왕국이다. 샤를마뉴가 죽은 후 내분이 일어나 분열됐다.
2) 피레네 산맥의 양쪽, 즉 스페인 북부와 프랑스 남서부에 거주했던 민족.

II

그리스의 영웅들

페르세우스

PERSEUS

페르세우스는 사람을 돌로 변하게 만드는 뱀 머리를 가진 괴물 메두사를 퇴치한 영웅이다. 그는 그리스 신화의 주신(主神) 제우스와 인간 사이에서 태어났다.

페르세우스의 탄생

페르세우스는 주신 제우스와 아르고스 왕가의 딸 다나에 사이에서 태어났다. 그러나 할아버지인 아르고스 왕 아크리시오스를 죽일 운명을 타고났다 하여 페르세우스의 탄생을 축복해주는 이는 아무도 없었다.

어느 날 아크리시오스 왕은 자신이 손자에게 살해될 것이라는 예언을 듣는다. 마침 그때 주신 제우스는 다나에에게 홀딱 빠져 있었다. 아크리시오스는 다나에가 아이를 가질 수 없도록 청동으로 된 탑에 가둔다. 그러나 황금비로 변신한 제우스는 지붕을 타고 내려가 다나에의 무릎 위에 떨어진다. 이리하여 제우스의 아이를 잉태하게 된 다나에는 페르세우스를 낳는다.

예언의 결과가 두려워진 아크리시오스는 다나에와 페르세우스를 나무상자에 넣어 바다에 떠내려보낸다. 그러나 모자를 태운 상자는 제우스의 가호아래 세리포스 섬[1]에 표착하고, 페르세우스는 친절한 어부 데크튜스의 도움으로 훌륭한 청년으로 성장한다. 용감하고 예의바른 페르세우스는 섬 안에서 가장 키가 컸으며 원반던지기, 권투 등 못하는 운동이 없는 뛰어난 젊은이였다.

폴리데크테스의 간계

페르세우스의 의부 데크튜스에게는 세리포스 섬의 왕인 폴리데크테스라는 교활한 형이 있었다. 다나에의 아름다움에 반한 폴리데크테스는 그녀에게 결혼을 신청한다. 그러나 페르세우스의 맹렬한 반대에 부닥친 다나에는 왕의 청을 거절한다. 눈엣가시 같은 페르세우스만 없어지면 다나에와의 결혼이 성사될 수 있을 것이라고 생각한 폴리데크테스는 그에게 메두사 퇴치를 명한다. 메두사는 자신의 모습을 보는 사람은 모두 돌로 만들어버리는 무서운 괴물이었다. 그러나 페르세우스는 조금도 겁먹는 기색 없이 왕의 명을 따르기로 한다.

페르세우스의 무기

그리스 신화에 등장하는 영웅들은 신들로부터 시련을 당하기도 하고 보호를 받기도 한다. 메두사를 퇴치한 페르세우스는 신의 가호를 받은 경우였다. 아테나[2]와 헤르메스[3]라는 두 신이 페르세우스에게 구원의 손길을 내민 것이다.

아테나는 메두사가 사는 오케아노스로 가는 길을 가르쳐주었다.
오케아노스로 가려면 우선 저승세계 외곽의 빙원에 살고 있는 세 명의 노

---

1) 미르토아 해에 떠 있는 세리포스 섬을 가리킨다.
2) '페르세우스 가이드' 항목 참조.
3) '페르세우스 가이드' 항목 참조.

파 그라이아이들을 만나야만 했다. 그라이아이들은 메두사의 소굴을 알고 있었으며, 메두사 퇴치에 필요한 도구를 가진 님프가 있는 곳도 알고 있었다. 페르세우스는 먼저 그라이아이들을 찾아가기로 한다.

아테나와 헤르메스는 길을 떠나는 페르세우스에게 메두사 퇴치에 도움이 되는 다음과 같은 무기들을 하사한다.

■ 황금방패

아테나가 페르세우스에게 준 세 개의 무기 중 하나. 청동방패라는 설도 있다. 표면이 마치 거울처럼 잘 닦여 있어서 메두사를 만났을 때 돌로 변하지 않도록 그 모습을 비춰보며 싸울 수 있는 방패다.

■ 하데스의 투구

머리에 쓰면 주변에 어둠이 내려와 모습을 감출 수 있는 투구(또는 모자)로, 두번째 무기. 헤르메스가 님프에게 준 것을 님프가 다시 페르세우스에게 선사했다는 설도 있다.

■ 황금날개 달린 신발

세번째는 독수리보다 빨리 날 수 있는 황금날개가 달린 신발. 님프가 주었다는 설과 헤르메스가 주었다는 설이 있다.

■ 황금검

헤르메스는 온몸에 1백 개의 눈이 달린 거인 아르고스를 쓰러뜨린 검을 페르세우스에게 준다. 제우스의 아내 헤라는 남편이 눈독을 들이고 있는 이오를 감시하기 위해 이 괴물을 보내지만, 제우스는 헤르메스를 파견하여 아르고스를 죽여버린다. 참고로 공작 꼬리에 새겨진 크고 둥근 무늬는 헤라가 아르고스를 애도하여 장식한 1백 개의 눈이라고 한다.

그라이아이들을 만나다

페르세우스는 아테나와 헤르메스에게서 받은 방패와 투구, 검을 지닌 채 날개 달린 신발을 신고 하늘을 날아 그라이아이들이 사는 빙원에 도착했다. 그곳은 바다표범조차 접근하지 못하는 꽁꽁 얼어붙은 땅이었다. 세 명의 노파가 달빛을 받으며 앉아 있는 모습이 페르세우스의 눈에 들어왔다. 거인족의 친척이자 메두사[4]의 자매인 세 노파는 올림포스의 신과 영웅들을 몹시 미워했다.

셰익스피어의 『멕베드』 이야기에 등장하는 세 명의 노파가 있는데, 그 원형은 그라이아이들일 것으로 추정하고 있다.

그라이아이들은 셋이서 한 개의 눈과 한 개의 입을 공유하고 있었다. 페르세우스가 찾아오자 그라이아이들은 그의 모습을 보기 위해 눈을 서로에게 건네주었다. 기회를 노리고 있던 페르세우스가 잽싸게 그들의 눈을 빼앗아버리자, 그라이아이들은 할 수 없이 메두사와 님프의 거처를 알려준다. 페르세우스는 빼앗은 눈을 호수에 집어던져 그라이아이들이 메두사에게 자신의 존재를 알리지 못하도록 시간을 벌었다.

님프의 선물

페르세우스는 그라이아이에게 들은 대로 하늘을 날아 님프들이 사는 '황혼

---

4) '페르세우스 가이드' 항목 참조 참조.

의 처녀들의 정원'을 찾아갔다. 그곳은 맑은 물이 흐르고, 온갖 새들이 노래하고, 화려한 꽃이 만발해 있는 상춘(常春)의 나라였다.

님프들은 1천 년 동안이나 그곳에서 춤을 추며 지냈으나, 아무도 찾아오는 이가 없어 무척 심심해하던 차였다. 님프들은 페르세우스의 방문을 매우 기뻐하며 그에게 금실로 짠 키비시스라는 마법의 자루를 선물했다. 무수히 많은 뱀이 달린 메두사의 머리에는 강력한 독이 들어 있었는데, 키비시스만이 그 독을 견딜 수 있었던 것이다.

이리하여 모든 준비를 마친 페르세우스는 드디어 메두사가 사는 오케아노스를 향해 날아갔다.

메두사 퇴치

페르세우스는 악취를 풍기는 커다란 늪에 도착했다. 늪의 표면에서는 기분 나쁜 녹색 불길이 활활 타오르고 있었으며 이 늪에서 뻗어나온 한 줄기 물길이 오케아노스로 이어지고 있었다. 페르세우스는 물길을 따라 앞으로 나아갔다. 잠시 후 온몸이 놋쇠로 된 비늘로 덮인 날개를 가진 세 명의 거대한 고르곤이 잠들어 있는 모습이 페르세우스의 눈에 들어왔다. 그들 중 으스스한 소리를 내는 수많은 뱀으로 머리를 뒤덮고 있는 괴물이 바로 메두사였다.

페르세우스는 황금방패로 앞을 비추며 살금살금 그들에게 다가갔다. 메두사는 깊은 잠에 빠져 아무런 눈치도 채지 못하고 있었다. 황금검을 칼집에서 빼낸 페르세우스는 단칼에 메두사의 목을 베었다. 페르세우스가 바닥에 굴러 떨어진 메두사의 머리를 키비시스 속에 넣고 있을 때 수상한 낌새를 알아챈

두 명의 고르곤이 그에게 덤벼들었다. 페르세우스는 잽싸게 하데스의 투구를 써서 그곳을 빠져나왔다.

안드로메다의 구출

이리하여 메두사의 머리를 손에 넣은 페르세우스는 돌아오는 길에 아름다운 아내까지 얻게 된다.

이집트를 지나 페니키아 해안을 날아가던 페르세우스는 바위에 묶여 있는 아름다운 여인을 발견한다. 그녀는 에티오피아의 왕녀인 안드로메다로, 바다의 신 포세이돈[5]의 노여움을 사 바다괴물의 제물로 바쳐졌던 것이다. 자초지종을 들은 페르세우스는 메두사의 머리를 꺼내 보여 괴물을 돌로 변하게 한 후 안드로메다를 구출한다. 그런데 페르세우스와 안드로메다의 결혼식 날 안드로메다의 약혼자였던 피네우스가 친구들과 함께 훼방을 놓으러 나타난다. 이때도 페르세우스는 메두사의 머리로 피네우스 일당을 돌로 변하게 만들어 위기를 모면한다.

안드로메다라는 아름다운 아내를 얻은 페르세우스는 드디어 고향인 세리포스 섬에 도착한다.

페르세우스의 귀환

한편 세리포스 섬에서는 다나에와 데크튜스가 폴리데크테스의 핍박을 피해 은신생활을 하고 있었다. 약속대로 메두사의 머리를 가지고 돌아온 페르세우스는 폴리데크테스를 만나러 간다. 그러나 페르세우스의 말을 믿지 않는

---

5) '페르세우스 가이드' 항목 참조.

폴리데크테스는 그를 조롱하며 상대조차 하려 하지 않는다. 이에 화가 난 페르세우스가 메두사의 머리를 꺼내자 폴리데크테스는 순식간에 돌로 변하고 만다.

폴리데크테스를 쓰러뜨린 페르세우스는 데크튜스를 왕으로 추대했다. 그로부터 세리포스 섬에는 평화로운 나날이 이어진다.

페르세우스가 메두사를 퇴치할 때 사용한 모든 무기는 아테나의 지시로 헤르메스에게 반환되었다. 페르세우스가 아테나에게 메두사의 머리를 바치자 아테나는 그것을 자신의 갑옷의 가슴 부분[6]에 박아넣었다.

그후의 페르세우스

페르세우스는 조부 아크리시오스를 만나기 위해 안드로메다와 함께 아르고스로 떠난다. 이 소식을 들은 아크리시오스는 손자에게 살해당하게 될 것이라는 예언을 떠올리고 홀연히 자취를 감춘다. 그러나 운명은 결국 두 사람을 만나게 하고야 만다.

아크리시오스를 찾아다니던 페르세우스는 테살리아 지방에서 열린 경기에 참가하여 원반 던지기를 하다가 어떤 노인을 즉사시키는데, 그가 바로 아크리시오스였던 것이다.

페르세우스는 고의는 아니었지만 조부를 죽이게 된 것을 안타까워하며 성

---

6) 갑옷이 아니라 방패에 박았다는 설도 있다.

대히 장사를 지낸 후 아르고스 땅으로 돌아간다. 그는 아크리시오스의 뒤를 이어 왕이 되지만, 시간이 흘러도 조부에 대한 죄책감을 떨쳐버릴 수가 없었다. 결국 페르세우스는 아르고스를 티륜스와 교환하고 티륜스의 왕이 된다. 이것은, 우발적 사고긴 하지만 조부의 죽음으로 인해 왕위계승의 정당성을 의심받게 된 상황을 일거에 해소하기 위해 만들어진 이야기일 수도 있다.

그후 페르세우스는 안드로메다와의 사이에 5남 1녀를 두고 티륜스를 통치하며 오래오래 행복하게 살았다고 한다.

[페르세우스 가이드]

1 올림포스의 열두 신

페르세우스를 비롯한 그리스의 영웅들은 모두 신의 아들로, 신이 내린 시련과 가호 속에서 모험을 거듭한다. 여기서는 페르세우스와 관계가 깊은 아테나를 포함하여 올림포스의 열두 신을 살펴보도록 하자.

155

1. 제우스

그리스 신화의 주신. 전지전능한 신으로 신들과 인간 위에 군림했다. 수많은 영웅들을 태어나게 한 호색한으로, 번번이 아내 헤라의 질투심을 자극하여 영웅들에게 시련을 안겨주는 원인을 제공한다.

2. 헤라

제우스의 누나이자 아내. 질투심이 강한 아름다운 여신으로 바람기가 심한 제우스의 연인들과 그 자식인 영웅들에게 수많은 시련을 주었다.

3. 포세이돈

바다를 지배하는 신. 크로노스와 레아의 아들로 제우스와는 형제간이다. 화를 잘 내는 거친 성격 때문에 그리스인들이 가장 두려워한 신이었다.

4. 하데스

저승세계(타르타로스)의 왕이자 제우스의 형. 어두운 성격의 소유자이며 그가 제정한 왕국 내부의 법률에 엄격했다. 죽음을 관장하는 한편 곡물의 풍작에 관여했다. 데메테르의 딸 페르세포네를 납치하여 아내로 삼았다.

5. 아폴론

태양의 신. 제우스와 레토 사이에서 태어났으며 의술과 음악을 관장했다. 밝은 성격의 미남에다 현명함까지 갖춘 이상적 인간상을 구현하고 있으나, 결코 이상적인 신이라고는 할 수 없다. 영웅들은 델포이의 아폴론 신전을 자주 방문했다.

6. 아르테미스

달의 여신. 처녀성과 사냥을 주관했으며 제우스의 딸로 아폴론과 쌍둥이이다. 로마 신화의 다이아나에 해당한다.

7. 아프로디테

사랑의 여신. 바다에 버려진 신들의 조상 우라노스의 시체가 변한 거품에서 태어났다. 대장장이 신 헤파이스토스와 결혼한 후에도 때때로 다른 신들과 염문을 뿌리고 다녔다. 아들이 에로스이다.

8. 헤파이스토스

대장장이 신. 제우스와 헤라의 아들이다. 추한 외모 때문에 헤라의 미움을 사 버려지는데, 이때 다리가 부러져 한 쪽 다리를 절게 된다. 그가 창조한 무기와 물건에는 신비로운 마력이 깃들여 있어, 공예의 신으로서 그리스인들의 많은 사랑을 받았다. 그는 아내인 아프로디테의 바람기로 인해 마음의 상처를 입으면서도 아름다운 아내를 깊이 사랑했다.

9. 헤스티아

부엌의 신. 제우스의 누나로, 결혼하지 않고 일생을 처녀로 지냈다고 한다.

10. 아레스

군신. 제우스의 아들로, 포악하고 호전적인 성격이었다.

11. 헤르메스

상업의 신. 제우스와 아틀라스의 딸인 마이아 사이에서 태어난 아들. 여행자와 도둑의 수호신이자 죽은 자를 저승세계로 인도하는 안내자였다.

12. 아테나

지혜와 전쟁의 여신. 제우스의 딸. 투구를 쓰고 둥근 방패와 창을 들었으며 가슴에는 술 장식이 달린 호구(護具 : 아이기스)를 대고 있었다. 이 호구의 중앙에는 메두사의 머리가 박혀 있다. 아테나이라는 도시의 이름은 그녀의 이름에서 따온 것이다.

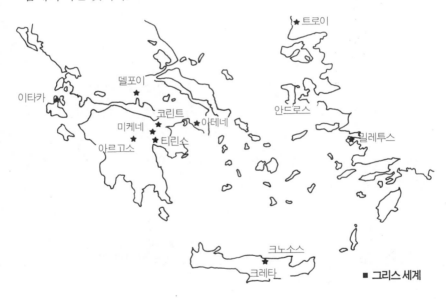

■ 그리스 세계

2 고르곤 세 자매

고르곤 세 자매인 스텐노, 에우리알레, 메두사는 포르키스와 그 여동생 케토[1] 사이에서 태어났다. 세 자매 모두 원래는 아름다운 소녀들이었으나, 맨

먼저 메두사가 아테나 신의 노여움을 사 무시무시한 괴물로 변한다. 그리고 이를 항의한 두 언니도 역시 소름끼치는 모습으로 변하고 만다(메두사가 변하게 했다는 설도 있고 아테나 신이 변하게 했다는 설도 있다).

아테나 신이 메두사를 두 번 다시 볼 수 없는 모습으로 만든 데는 다음과 같은 이유가 있다.

아름다운 소녀 메두사가 자신의 머리카락이 아테나 신보다 훨씬 매끄럽고 풍성하다고 자랑하고 다니는 데에 화가 난 아테나는 메두사를 무시무시한 모습으로 바꿔놓는다. 또는 포세이돈과 그의 총애를 받은 메두사가 신성한 아테나 신의 신전에서 관계를 맺는 죄를 범했기 때문에 추악한 모습으로 변했다는 설도 있다.

메두사의 머리카락은 독사로 변했고, 온몸은 비늘로 뒤덮였으며, 양팔은 청동으로 된 날개로 바뀌었고, 독수리 발톱 같은 날카로운 손톱이 자라났다. 또한 멧돼지와 같은 몸통에, 얼굴은 그것을 쳐다보는 사람 모두를 돌로 만들어 버릴 정도로 무시무시하게 변했다. 그리고 외모뿐 아니라 그녀의 마음마저도 세상에 대한 증오로 가득 차게 되었다.

추악하게 변한 메두사의 모습을 보고도 분이 풀리지 않은 아테나는 페르세우스를 이용하여 메두사를 죽이려 한다. 너무 잔인하다고 생각할지도 모르지만, 그리스 신화의 세계에서는 신들의 이러한 행위가 지극히 당연한 일이었다.

메두사는 페르세우스에 의해 목이 잘릴 때 포세이돈의 아이를 가진 상태였

---

1) 두 사람 모두 바다의 신 포세이돈과 대지의 신 가이아의 자식이다.

다. 크리사오르[2])와 천마 페가수스 형제는 결국 메두사의 목에서 뿜어져나온 피 속에서 태어났다.

포르키스와 케토에게는 고르곤 세 자매 외에도 전술한 그라이아이 세 자매 가 있었다.

3 페르세우스 관련 성좌

아테나는 페르세우스와 안드로메다가 죽은 후 그들을 별자리로 만들었다. 또한 안드로메다의 어머니 카시오페이아와 아버지 케페우스, 바다의 괴물까 지도 고래자리(모양은 해마와 비슷하다)로 하늘의 별자리 중 하나가 되었다.

4 영웅 유랑담

페르세우스의 이야기는 전형적인 영웅 유랑담에 속한다. 영웅 이야기 중에 는 시대와 지역을 불문하고 다음과 같은 일정한 패턴으로 꾸며진 것이 많다.

---

2) 세 개의 머리를 가진 거인 게리온의 아버지.

- 신이나 왕 등의 고귀한 혈통을 이어받는다.
- 어린 시절에 버려지고 양부에 의해 길러진다.
- 모험과 무용 등을 통해 왕위에 오를 만한 뛰어난 인물임을 증명한다.
- 결국 왕위에 오른다.

특히 그리스 신화에서는 이러한 패턴이 자주 눈에 띈다. 권력투쟁의 정당화를 위해 혈통뿐 아니라 그럴 만한 능력이 있음을 신화의 형태를 통해 증명했던 것 같다.

헤라클레스

HERCULES

헤라클레스는 제우스와 알크메네의 아들로, 그리스 신화 속에서 가장 위대한 영웅이다. 아버지 제우스의 총애를 받은 헤라클레스는 평범한 인간으로서는 불가능한 수많은 위업을 세웠다. 또한 그 유명한 12업을 달성하여 마침내 올림포스의 신으로 받아들여지게 된다.

헤라클레스의 탄생

헤라클레스에게는 이피클레스라는 쌍둥이 형제가 있었다. 헤라클레스의 아버지는 주신 제우스였으나, 이피클레스의 아버지는 어머니 알크메네의 약혼자인 암피트리온이었다. 알크메네가 약혼자의 모습으로 둔갑한 제우스와 관계를 가진 후[1] 다음날 원정에서 돌아온 암피트리온과 맺어져 이러한 일이 벌어지게 된 것이다.

제우스의 아내 헤라는 외도한 남편의 아들인 헤라클레스를 미워하여 그의 일생 동안 수많은 시련을 부여한다. 그 시작은 생후 8개월 된 헤라클레스의 요람 안에 독사를 집어넣은 것이었다. 그러나 헤라클레스는 벌떡 일어서서 작은 손으로 독사의 목을 졸라 죽여버렸다.

---

1) 이날 제우스는 위대한 영웅을 낳기 위해 밤의 길이를 세 배로 늘렸다고 한다.

젊은 날의 헤라클레스

헤라클레스는 각 방면의 고수들로부터 마술(馬術), 전차를 모는 기술, 격투기, 검술, 궁술 등 무기 사용법을 배운다.

빠르게 성장하여 뛰어난 체구와 힘을 지니게 된 헤라클레스는 단기간에 모든 기술을 습득한다. 그런 그의 모습은 누가 봐도 신들의 왕 제우스의 아들임을 여실히 증명하고 있었다.

헤라클레스는 무술뿐 아니라 하프도 배웠으나, 이 영웅도 음악적 재능만큼은 그리 뛰어나지 않았던 듯하다. 좀처럼 하프 실력이 늘지 않아 부아가 치민 헤라클레스는 야단을 치는 스승 리노스를 때려 죽이고 만다.

이처럼 과격하고 조급한 성격이야말로 헤라클레스의 최대의 약점이었다. 일단 화가 나면 이성을 잃어 상대가 죽을 때까지 폭력을 휘두르는 일도 다반사였다. 그러한 성격 때문에 그는 결국 친자식마저 자기 손으로 죽이고 만다.

헤라클레스는 리노스에 대한 살인죄로 재판을 받지만, 정당방위를 주장하여 무죄로 풀려난다. 그러나 암피트리온은 헤라클레스의 과격한 성격이 염려되어 다시는 그와 같은 소동이 벌어지지 않도록 그를 키타이론 산으로 보내 양치기로 살도록 한다.

키타이론 산에서 열일곱 나이의 늠름한 청년으로 성장한 헤라클레스는 평생 동안 그의 제복 역할을 한 사자 가죽을 처음으로 몸에 걸치게 된다.

그 무렵 키타이론 산에서는 사자가 출몰하여 가축들을 마구 잡아먹었다. 맨주먹으로 그 사자를 때려잡은 헤라클레스는 가죽을 벗겨 몸에 걸치고 크게 벌려진 주둥이 부분은 투구로 삼았다.

또한 50일간에 걸쳐 매일 밤 다른 여성과 관계를 가졌다는 에피소드도 이 무렵 힘이 넘치는 헤라클레스를 주제로 하여 만들어진 이야기다.

헤라클레스는 사자를 퇴치한 후 고향인 테베로 돌아가는 길에 역시 테베로 향하던 오르코메노스의 에르기노스 왕의 사자를 죽인다. 테베인에게 아버지를 잃은 오르기노스 왕은 그 앙갚음으로 20년간 테베에서 공물을 거둬갔는데, 헤라클레스가 죽인 사자는 바로 그 공물을 징수하러 가는 길이었다. 테베를 구하기로 결심한 헤라클레스는 사자의 귀, 코, 손을 잘라낸 다음 그것을 목에 매달아 오르코메노스로 돌려보냈다.

이에 분노한 에르기노스 왕은 대군을 이끌고 테베를 침공하지만, 헤라클레스는 아테나 신으로부터 무기를 하사받아 적군을 크게 물리친다. 테베의 왕은 큰 공을 세운 헤라클레스에게 딸 메가라를 주었고, 두 사람 사이에 세 명의 아들이 태어났다.

헤라클레스의 12업

헤라가 광기를 불어넣어 정신이 이상해진 헤라클레스는 자신의 세 아들을 죽이고 만다[2]. 제정신으로 돌아온 헤라클레스는 테베를 떠난다. 이후 델포이[3]로 향한 헤라클레스는 그곳에서 신탁을 받게 된다. 그 신탁 내용은 티륀스의 영주 에우리스테오스의 노예가 되어 시키는 일은 무엇이든 해야 하며, 만일 모든 임무를 완수하면 불사의 생명을 얻게 되리라는 것이었다.

신탁대로 에우리스테오스의 노예로 들어간 헤라클레스는 열 가지 임무를

---

2) 이때 아내인 메가라까지 살해했다는 설도 있다.
3) '아폴론'의 항목 참조.

완수하라는 명령을 받는다.

이에 따라 헤라클레스는 그리스의 영웅들 중에서도 가장 파란만장한 모험을 하게 된다. 에우리스테오스는 헤라클레스에게 다음과 같은 난제를 차례차례 부여한다.

1. 네메아 계곡의 사자 퇴치[4]

이 사자는 여신 세레네의 젖을 먹고 자랐기 때문에 어떤 무기로도 그 가죽을 뚫을 수 없었다. 헤라클레스는 아폴론으로부터 받은 화살과 올리브나무로 만든 곤봉을 이용하여 싸우다가 마지막에는 맨손으로 사자를 쓰러뜨린다.

---

4) 제우스는 헤라클레스의 공적을 기려 네메아의 사자를 사자자리라는 별자리로 만든다.

2. 레르네 늪의 물뱀 히드라 퇴치[5]

히드라는 개처럼 생긴 몸에 머리가 1백 개 달린
물뱀이었다. 몸체 중앙에는 불사의 머리
가 하나 있고, 나머지 머리들은 자르
면 두 개의 머리가 새로 자라났다.
헤라클레스는 머리를 자른 후 잘
려나간 부위를 불타는 나무로 지
져 머리가 새로 자라나지 못하게
했다. 아흔아홉 개의 목을 차례차
례 자른 후 마지막으로 불사의
머리를 잘라낸 헤라클레스는 히드
라의 담즙으로 독화살을 만들었다. 이
독화살은 이후 헤라클레스에게 매우 유용하게 쓰이지만, 마지막에는 그의 목
숨을 앗아가는 역할을 하기도 한다.

그러나 이 임무는 조카인 이올라오스의 도움을 받았
다는 이유로 인정받지 못한다.

3. 케리네이아의 사슴 포획

황금뿔을 가진 이 사슴은 달의 여신 아르
테미스의 전차를 끄는 사슴 중 하나였으나, 케
리네이아로 쫓겨난 후로는 그 주변의 밭을 황
폐화시키고 있었다. 매우 먼 곳까지 이 사슴을

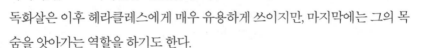

---

5) 헤라는 헤라클레스에게 밟혀죽은 히드라의 게를 기려 게자리라는 별자리로 만든다.

쫓아간 헤라클레스는 그물을 이용하여 사슴이 잠든 사이에 생포한다.

4. 에리만토스의 멧돼지 포획[6]

이 멧돼지는 에리만토스에 사는 커다란 야생동
물로, 주변마을에 출몰하여 사람들을 공포에
떨게 만들곤 했다. 이 멧돼지를 찾아다니
다 켄타우로스 족의 주연에 끼게 된 헤
라클레스는 그만 술에 취하여 싸움을 벌
이다가 히드라의 독화살로 많은 켄타우
로스 족을 죽이고 만다. 이때 살아남은
네소스라는 자는 후에 헤라클레스를 죽음
으로 몰아넣는다[7]. 가까스로 멧돼지를 찾아낸 헤라클레스는 그물을 펼쳐 생
포한다.

5. 아우게이아스의 마구간 청소

다섯번째는 몇 년간 한 번도 청소를
하지 않아 분뇨가 산더미처럼 쌓여 있
는 커다란 마구간을 혼자서 하루만에
청소해야 하는 임무였다.

헤라클레스는 마구간 벽에 구멍을 뚫
은 다음 근처를 흐르는 강물을 끌어들

---

6) 이때 헤라클레스는 황금양털을 찾아다니는 이아손 일행과 잠시 합류하게 된다. 이아손의
  모험에 관해서는 '이아손' 편 참조.
7) '헤라클레스의 최후' 항목 참조.

여 마구간을 깨끗이 청소한 후 원래대로 구멍을 막아놓았다.

그러나 헤라클레스가 아우게이아스에게 마구간 청소에 대한 대가를 요구한 탓에 이 임무도 인정받지 못한다.

6. 스팀팔스 호수의 괴조 퇴치

스팀팔스 호수에는 학처럼 생긴 거대한 새가 살고 있었다. 이 괴조는 청동날개와 어떤 방패나 갑옷이라도 뚫을 수 있는 강철부리를 갖고 있었다. 헤라클레스는 헤파이스토스[8]가 여신 아테나를 위해 만든 청동악기를 울려 괴조를 놀라게 한 다음 히드라의 독화살을 쏘아 떨어뜨렸다.

7. 크레타 섬의 황소 포획

이 황소는 크레타 섬의 왕비 파시파에와 관계를 가져 미노타우로스[9]를 낳게 한 매우 흉포한 괴물이었다. 그러나 헤라클레스는 이 황소 또한 별 어려움 없이 생포한다.

---

8) 제우스와 헤라 사이에서 태어난 아들로 금속주조를 하는 대장장이의 신이다.
9) '미노타우로스 퇴치' 항목 참조.

8. 디오메데스 왕의 식인마 포획

트라키아의 왕 디오메데스는 인육
을 먹는 사나운 말을 기르고 있었다. 헤라
클레스는 왕과 그 부하들을 간단히 물리
치고 말을 빼앗았다. 디오메데스
왕은 결국 자신이 기르던 식인마
의 먹이가 되었다고 한다.

9. 아마존의 여왕 히폴리테스의 허리띠

히폴리테스는 헤라클레스에게 일족의 우두머
리를 상징하는 허리띠를 기꺼이 내주겠다고 약속
한다. 그러나 여신 헤라의 음모로 아마존 족과의
전쟁을 하게 된 헤라클레스는 결국 허리띠를 강
제로 빼앗는다.

10. 게리온의 소 포획

헤라클레스는 머리가 세 개 달린 괴물 게리
온을 쓰러뜨리고 그의 붉은 소를 손에 넣는
다. 그는 이 임무를 완수하기 위해 아프
리카, 스페인, 프랑스, 이탈리아 등지
를 여행했다.

11. 헤스페리데스[10]의 황금사과

앞서 나온 두번째와 다섯번째 임무는 완수한 것으로 인정받지 못했기 때문에 에우리스테오스는 헤라클레스에게 두 가지 임무를 다시 부여한다.

황금사과는 헤스페리데스와 1백 개의 머리를 가진 거대한 뱀 라돈이 지키고 있었다. 헤라클레스는 라돈과 싸워 황금사과를 손에 넣는다. 하늘을 떠받치고 있는 아틀라스에게 부탁하여 헤스페리데스로부터 황금사과를 얻었다는 설도 있다.

12. 저승세계의 문지기 케르베로스의 포획

저승세계에 침입한 헤라클레스는 하데스 왕과 담판을 벌인다. 하데스는 무기를 사용하지 않고 케르베로스를 제압하는 조건으로 헤라클레스의 청을 들어주기로 한다. 약속한 대로 맨손으로 케르베로스를 붙잡은 헤라클레스는 그것을 어깨에 메고 저승세계를 떠난다.

이렇게 해서 모든 임무를 훌륭히 완수한 헤라클레스는 노예의 신분에서 벗어남과 동시에 불사의 생명을 얻게 된다.

위의 열두 가지 임무를 '헤라클레스의 12업' 이라고 한다[11].

12업 이후의 헤라클레스

테베로 돌아온 헤라클레스는 친자식을 죽인 자신은 남편자격이 없다고 자책하며 메가라와 헤어진다.

그후 헤라클레스는 오이카리아의 왕 에우리토이가 주최한 궁술대회에 출장하여 승리를 거둔다. 승자에게는 이올레 공주를 주기로 되어 있었으나, 왕은 친자식을 죽인 헤라클레스에게 딸을 시집보내는 것이 영 내키지 않았다. 그러나 수많은 무훈을 세운 헤라클레스를 동경해 마지않던 이피토스 왕자는 아버지를 설득하여 결혼을 성사시키려 한다. 이피토스의 노력에도 불구하고 왕이 끝내 마음을 돌리지 않자 화가 난 헤라클레스는 오이카리아를 떠난다. 그런데 얼마 후 재차 광기가 살아나 헤라클레스는 이피토스를 죽이고 만다[12].

죄 값을 치를 요량으로 신탁을 받기 위해 델포이 신전으로 간 헤라클레스는 또다시 실수를 저지르고 만다. 무녀가 그를 내쫓으려 하자 화가 나서 무녀의 삼각의자를 훔쳐낸 다음 신전을 부숴버리겠다고 으름장을 놓았던 것이다. 이 일로 신전의 주인인 아폴론의 노여움을 사게 된 헤라클레스는 아폴론 신과 막상막하의 대결을 벌인다. 신과 인간의 흥미진진한 대결을 지켜보던 제우스는 결국 벼락을 쳐서 싸움을 중지시킨다.

그후 헤라클레스는 죄를 씻기 위해 3년간 노예신분으로 일하며 12업과 같은 위업을 몇 가지 달성한다.

---

10) 조모 가이아가 헤라에게 준 황금사과를 지키는 님프.
11) 완수한 임무 열 가지만을 일컬어 '10업' 이라 부르기도 한다.
12) 이 발작은 이전의 경우와 마찬가지로 여신 헤라의 짓이었다.

네소스의 음모

마침내 3년간의 노예생활을 마친 헤라클레스는 과거에 자신을 배신하거나 학대했던 사람들을 차례차례 찾아가 원수를 갚는다.

이 무렵 헤라클레스는 데이아네이라라는 아름다운 여인을 아내로 맞이한다. 어느 날 그가 데이아네이라와 함께 강을 건너려 할 때 켄타우로스 족인 네소스가 나타난다. 네소스는 헤라클레스에게 청하여 데이아네이라를 업고 먼저 강을 건넌 후 그녀를 범하려 한다. 이에 분노한 헤라클레스는 히드라의 독화살을 쏘아 네소스를 죽인다.

네소스는 숨을 거두기 전에 데이아네이라에게 이렇게 속삭인다.

"만일 헤라클레스의 사랑이 식었다고 느껴지면 내 피를 남편의 속옷에 칠하시오. 그러면 그는 다시 당신에게로 돌아올 것이오."

그러나 이것은 히드라의 독액을 이용하여 헤라클레스를 살해하려는 네소스의 마지막 음모였다. 아무것도 모르는 데이아네이라는 네소스의 말대로 그의 피를 병 속에 넣어 보관한다.

헤라클레스의 최후

세월이 흘러 헤라클레스는 승리의 대가로 딸을 주지 않은 에우리토이 왕을 상대로 하여 마지막 복수극을 펼친다. 그 결과 에우리토이와 그의 아들은 전사하고 딸 이올레는 헤라클레스의 첩이 된다.

이올레의 등장으로 남편의 사랑을 잃을까 초조해진 데이아네이라는 헤라클레스의 속옷에 네소스의 피를 칠한다. 고통에 몸부림치는 남편의 모습을 보며 그제야 네소스의 계략을 알아챈 데이아네이라는 자신의 어리석음을 한탄하며 스스로 목숨을 끊는다. 독이 퍼져 짓무른 몸을 이끌고 신전으로 간 헤라클레스는 스스로 불 속으로 뛰어들어 제우스의 곁으로 돌아가라는 신탁을 받는다. 헤라클레스는 신탁에 따라 화장터를 지은 후 만신창이가 된 자신의 몸을 태워 생을 마감한다.

그의 인생은 폭력과 증오로 점철된 것이었다. 여인들과의 관계도 다른 영웅들처럼 애정에 바탕을 둔 것이라기보다는 욕망의 분출에 가까운 것이었다. 마치 무언가에 사로잡힌 것처럼 모험으로 가득한 삶을 산 헤라클레스는 사후에 제우스의 명으로 신의 반열에 올라서게 된다.

【 헤라클레스 가이드 】

1 은하수의 생성

헤라클레스가 갓난아이였을 때의 일이다. 아기가 누구인 줄 모르는 여신 헤라는 자신의 젖을 먹여 정성껏 키운다. 그런데 애지중지 기른 아기가 남편 제우스의 아들임을 안 헤라는 자신을 책망하며 헤라클레스를 지상으로 쫓아버린다. 은하수는 이때 헤라클레스가 토해낸 젖이 밤하늘에 뿌려져 만들어진 것이라고 한다.

2 헤라의 질투

헤라클레스를 몹시 미워한 헤라는 12업에 도전하는 그를 온갖 방법을 동원하여 방해한다. 애초에 헤라클레스가 12업을 달성하도록 강요받게 된 것도 헤라에 의해 정신이 이상해져 친자식을 죽였기 때문이었다.

헤라는 질투심이 매우 강한 여신이었다. 헤라가 남편 제우스와 관계를 맺은 여인과 님프들, 그리고 그 자식들에게 복수를 감행하는 이야기가 빠진다면 아마도 그리스 신화의 재미는 반감했을 것이다. 그중에서도 특히 두드러진 것이 헤라클레스와 그의 어머니 알크메네에 대한 박해다. 헤라클레스는 태어날 때부터 죽음에 이를 때까지 평생을 헤라의 끈질긴 복수심과 싸워야만 했다.

한번은 아내의 지나친 질투심에 화가 난 제우스가 올림포스 산에 그녀의 양팔을 묶고 다리에는 무거운 철판을 매달아 옴짝달싹 못하게 했다는 설도 있다.

그러나 헤라는 결국 제우스의 설득으로 신이 된 헤라클레스를 용서하고 자신의 딸 헤베와 결혼시킨다.

이아손

JASON

이아손은 황금양털을 찾으러 다닌 아르고 호 영웅들의 리더격 존재이다. 저마다 개성이 강한 영웅들을 이끌었던 만큼 리더로서의 인격과 인망을 갖춘 걸출한 영웅이라고 할 수 있을 것이다.

이아손의 출생

이아손은 이올코스의 왕위 계승자인 아이손의 아들이었다. 그러나 아이손은 아버지가 다른 형제인 펠리아스에게 왕위를 빼앗기고 평범한 시민으로 살아가고 있었다. 펠리아스가 아들을 찾아내 죽일지도 모른다고 생각한 아이손은 이아손을 켄타우로스의 현자 케이론[1]에게 맡긴다.

세월이 흘러 장성한 이아손은 아버지의 왕위를 되찾기 위해 이올코스로 돌아가기로 결심한다.

한편 펠리아스는 한 쪽 샌들만을 신은 아이올로스의 자손[2]을 조심하라는 델포이의 신탁[3]을 받고 불안한 나날을 보내고 있었다.

---

1) 케이론은 다른 켄타우로스와 달리 예술, 의술, 궁술 등에 뛰어나 많은 영웅들의 스승이 되었다.
2) 아이손은 아이올로스의 손자. 아이올로스는 인간이었으나 제우스의 눈에 들어 바람의 지배자가 되었다.
3) '아폴론' 항목 참조.

이올코스로 향하던 이아손은 강변에서 한 노파를 만난다. 이때 이아손은 노파를 업고 강을 건너다가 한 쪽 샌들을 잃어버리고 만다. 이 노파는 여신 헤라가 둔갑한 모습으로, 헤라는 자신을 위해 제사를 드리지 않은 펠리아스에게 분노하여 이아손을 도와준 것이었다.

한 쪽 샌들만을 신고 눈앞에 나타난 이아손을 보고 델포이의 신탁을 떠올린 펠리아스는 온화한 미소로 두려움을 감추며 묘안 하나를 생각해낸다. 환영연회가 한창 무르익고 있을 때 펠리아스는 이아손에게 그 누구도 손에 넣을 수 없었던 황금양털[4]을 가져오라고 명령한다.

"만일 바다 건너편의 콜키스에 있는 황금양털을 갖고 돌아온다면 왕위를 너에게 양보하리라."

이아손은 위험을 감수하고 펠리아스의 명령에 따르기로 한다.

일설에 의하면 "만일 누가 너를 죽이러 왔다면 어떻게 하겠는가"라는 펠리아스의 물음에 이아손이 "저라면 황금양털을 갖고 오라고 하겠습니다"라고 대답하여 일이 이렇게 진행되었다고도 한다.

이리하여 왕위 계승권을 가진 이아손은 혈통뿐 아니라 왕이 될만한 자격을 충분히 갖추고 있다는 것을 증명하기 위해 모험을 떠나게 된다.

---

4) '이아손 가이드' 항목 참조.

아르고 호 탐험대

이아손은 모험을 떠나기에 앞서 각지에서 많은 영웅들을 불러모은다[5].
아르고 호 탐험대(아르고나우타이)의 면면은 다음과 같다.

- 아르고스 : 배 제작의 달인. 아르고 호를 만들었다.
- 이다스와 린케우스 형제 : 이다스는 힘이 장사였고 린케우스는 천리안을
  갖고 있었다.
- 오르페우스 : 악사. 항해하는 동안 음악으로 선원들의 마음을 달랬다[6].

---

5) 이들은 '아르고나우타이'라고 불렸다. 단수형은 '아르고나우테스'.
6) '오르페우스' 편 참조.

- 카스토르와 폴룩스 형제 : 카스토르는 말을 다루는 기술이 뛰어났고 폴룩스는 권투의 귀재였다. '신의 쌍둥이'라 불렸다.
- 제테스와 칼라이스 형제 : 북풍의 신 보레아스의 자식들로, 날개가 있어 자유롭게 하늘을 날아다닐 수 있었다.
- 티피스 : 항해술이 뛰어나 아르고 호의 조타를 담당했다. 항해 도중 병으로 죽는다.
- 테세우스 : 미노타우로스 퇴치로 유명한 아테네의 위대한 영웅.
- 텔라몬 : 펠레우스의 형제로 기량이 뛰어난 용사였다. 아킬레우스에 버금가는 용사 아이아스의 아버지.
- 헤라클레스 : 제우스의 아들로 12업을 달성했다('헤라클레스의 12업' 항목 참조). 항해 도중 아르고 호에서 하선한다.
- 펠리클리메노스 : 포세이돈의 아들로 둔갑술이 뛰어났다.
- 펠레우스 : 당대 최대의 용사. 그리스 최고의 전사 아킬레우스의 아버지.

이밖에도 많은 영웅들이 모여 총인원 50명의 아르고 호 탐험대가 결성되었다.

콜키스까지의 해로

출항을 앞둔 아르고 호 탐험대는 소 한 마리를 신에게 제물로 바침으로써 순탄한 항해가 되게 해달라고 기원했다. 그리고 올리브관을 쓴 영웅들은 술잔을 돌리며 이아손에 대한 충성을 맹세했다.

1. 렘노스 섬에서의 체류

아르고 호는 최초의 기항지인 렘노스 섬에 도착했다.

렘노스 섬에 사는 여자들의 몸에서는 지독한 악취가 풍겼는데, 그것은 제의를 게을리하여 여신 아프로디테의 노여움을 샀기 때문이었다. 1년 전에 남자들이 모두 떠나버려 몹시 외롭던 차에 아르고 호 탐험대를 만난 여자들은 그들을 극진히 대접했다.

그때는 이미 아프로디테의 저주도 풀려 여자들의 몸에서는 더 이상 냄새가 나지 않았다. 이아손 일행은 세월 가는 줄도 모르고 여자들의 정성어린 시중을 받으며 1년간이나 렘노스 섬에 머물렀다. 이아손과 렘노스 섬의 여왕 사이에는 두 아들이 태어났다.

2. 알크톤네소스 섬에서 생긴 일

알크톤네소스 섬에 기항한 아르고 호. 이 섬의 왕인 큐지코스는 이아손 일행을 위해 성대한 환영연회를 열어주고 속옷과 식량, 그밖에 항해에 필요한 물품들을 챙겨주었다.

그날 밤 여섯 개의 팔을 가진 거인들이 궁전을 습격해오자 헤라클레스가 히드라의 독화살을 쏘아 그들을 쓰러뜨린다. 아르고 호는 다음날 아침 일찍 그 섬을 떠났다.

얼마간 순조로운 항해가 계속되었다. 그러다 갑자기 폭풍우를 만나 어떤 섬에 표착한 아르고 호 탐험대는 해변에서 야영을 하기로 했다. 그런데 어둠을 틈타 누군가가 그들을 습격했다. 이번에도 역시 무용이 뛰어난 영웅들이 침입자들을 모두 죽여버렸다. 다음날 아침 해변에 널브러져 있는 시체들을 살펴보던 이아손 일행은 깜짝 놀라고 말았다. 그 무리 속에서 큐지코스 왕을 발견했던 것이다. 또한 그 섬은 분명히 며칠 전에 떠나온 알크톤네소스 섬이었다. 지난밤 큐지코스 왕과 그 부하들은 아르고 호를 해적선으로 오인하고 공격해왔던 것이다.

영웅들은 자신들의 실수를 한탄하며 큐지코스 왕을 후히 장사지냈다.

3. 헤라클레스를 비투니아 연안에 남겨둔 채 떠나다

아르고 호가 비투니아 연안을 향해 나아가고 있을 때 헤라클레스가 자신의 노를 부러뜨리고 만다. 하는 수 없이 이아손 일행은 비투니아 연안에 들러 잠시 휴식을 취하기로 하고, 그 사이 헤라클레스는 노를 만들기로 한다.

헤라클레스를 사모하여 탐험대에 낀 소년 휴라스는 샘으로 물을 길러갔다. 샘의 요정은 휴라스를 보자마자 그 아름다움에 반하여 그를 물 속으로 끌고 들어갔다. 헤라클레스는 돌아오지 않는 휴라스의 안부가 걱정되어 여기저기를 찾아다녔으나, 어디에도 소년의 흔적은 없었다. 그렇게 헤라클레스가 휴라스를 찾아헤매는 사이, 두 사람이 타지 못한 것을 알아채지 못한 아르고 호 탐험대는 그들을 남겨둔 채 떠나고 만다.

휴라스는 샘에서 영원히 빠져나오지 못했다고 한다. 또한 헤라클레스는 그후 고국 그리스로 돌아가 12업을 완수하게 된다.

4. 베브리케인국에서 권투시합

아르고 호의 다음 기항지는 베브리케인국이었다. 이곳의 왕 아미코스는 모든 여행자와 권투시합을 벌여 상대를 죽이는 것으로 유명했다. 아미코스의 잔인한 행동에 화가 난 이아손은 왕의 시합상대로 권투실력이 뛰어난 폴룩스를 보낸다.

폴룩스의 첫번째 주먹이 아미코스 왕의 귀 뒤쪽을 때리자, 이 일격으로 두개골이 깨진 왕은 링 위에서 즉사하고 말았다. 이 광경을 목격한 베브리케인 사람들이 이아손 일행에게 덤벼들었으나, 그들은 영웅들의 상대가 되지 못했다.

5. 살미데소스의 괴조

다음 기항지는 트라키아의 도시 살미데소스였다. 이곳의 왕 피네우스는 장님으로 뛰어난 예언력을 지니고 있었다. 불완전한 인간의 신분으로 미래를 꿰뚫어보는 피네우스를 못마땅히 여긴 제우스에 의해 장님이 된 그는 매일 하피라는 괴조로부터 괴롭힘을 당하고 있었다. 하피는 공중을 빙빙 돌다가 피네우스 왕의 식탁에서 음식을 빼앗아간 후 돌아와 자신의 오물을 떨어뜨렸다. 번번이 하피에게 음식을 탈취당한 피네우스는 거의 아사 상태였다.

아르고 호 탐험대 중 자유롭게 하늘을 날 수 있는 제테스와 칼라이스 형제가 괴조 퇴치에 나섰다. 피네우스 왕의 식탁이 차려지자 늘 그랬던 것처럼 괴조 하피가 날개를 펴고 모습을 드러냈다. 바로 그때 제테스와 칼라이스도 땅을 차고 날아올랐다. 깜짝 놀란 하피는 바다 쪽으로 달아나기 시작했다. 제테스와 칼라이스도 하피를 쫓아 바다 저편으로 날아갔다.

그후 제테스와 칼라이스 형제, 그리고 괴조 하피의 행방에 대해서는 알려진 바가 없다. 일설에 의하면 형제가 아카르나니아라는 곳까지 괴조를 추격해가자, 제우스의 사자가 나타나 "하피는 제우스 신의 심부름꾼이므로 죽여서는 안 됩니다"라고 말하며 두 사람을 저지했다고 한다.

6. 심플레가데스 해협

피네우스 왕을 구한 이아손 일행은 그로부터 심플레가데스 해협만 무사히 빠져나간다면 그 뒤로는 매우 순탄한 항해가 될 것이라는 예언을 듣는다.

바람이 휘몰아치고 파도가 용솟음치는 이 해협에는 두 개의 커다란 바위가 솟아 있었는데, 이 바위는 끊임없이 흔들리며 서로 맞부딪쳐서 그 사이를 통과하는 배를 모조리 박살내버렸다.

심플레가데스 해협이 가까워졌을 때 탐험대의 대원이자 포세이돈[7]의 아들인 에우페모스가 묘안을 떠올렸다. "비둘기 한 마리를 두 바위 사이로 날려보냅시다. 비둘기는 매우 날렵하니까 서로 격렬하게 맞부딪치는 바위 사이를

어떻게든 빠져나갈 것입니다. 그런 다음 바위와 바위가 서로 떨어지는 순간
에 배를 저어 재빨리 통과하는 것입니다."

에우페모스의 조언에 따른 아르고 호 탐험대는 심플레가데스 해협을 무사
히 빠져나갈 수 있었다. 또한 그것은 그들을 지켜보고 있던 아테나[8]의 보살핌
이 있었기에 가능한 일이었다. 아테나는 아르고 호가 파도를 타고 바위와 바
위 사이를 미끄러지듯 통과할 수 있도록 보이지 않는 손으로 배를 조종했다.

그후 아르고 호는 튜니아의 무인도, 마리안듀노스인의 섬, 시노페, 테미스

■ 아르고 호의 항로

7) 포세이돈에 관해서는 '페르세우스 가이드' 항목 참조.
8) 아테나는 아르고스가 아르고 호를 만들 때 힘을 빌려준 이후 배의 행로를 죽 지켜보고 있
   었다. 아테나에 관해서는 '페르세우스 가이드' 항목 참조.

큐라 등을 거치며 순조로운 항해를 계속했다. 항해 도중 야생 멧돼지와 싸우다 죽거나 병으로 숨진 영웅들도 있었으나, 새로이 탐험대에 참가한 용사들도 있었다.

이러한 모험을 거쳐 이아손 일행은 마침내 콜키스에 도착했다.

콜키스에서 생긴 일

드디어 콜키스에 도착한 이아손은 일행 중에서 선발한 두 용사와 함께 콜키스의 왕인 아이에테스의 궁전으로 향했다. 여신 헤라는 이아손을 돕기 위해 그들의 모습을 안개로 감싸 사람들의 눈에 띄지 않도록 했다.

그런데 아이에테스의 둘째 딸인 마법사 메디아가 이아손 일행의 모습을 발견한다. 바로 그때 이아손에 동조하는 여신 아프로디테가 사랑의 화살을 지닌 에로스를 불러 메디아에게 활을 쏘게 한다. 에로스의 화살을 맞은 메디아는 이아손에게 첫눈에 반한다. 이리하여 일단 위기를 벗어난 이아손 일행은 궁전에 도착하자마자 왕의 부하들에게 붙잡히지만, 이때 역시 메디아의 설득으로 목숨을 건지게 된다.

그 누구에게도 황금양털을 넘겨줄 생각이 없는 아이에테스 왕은 이국의 내로라 하는 영웅들을 처치할 수 있는 묘안을 생각해냈다. 아이에테스는 이아손에게 입에서 불을 내뿜고 청동발굽을 가진 황소에 쟁기를 달아 밭을 갈게 하고, 대지에 뿌린 씨에서 태어난 병사들을 쓰러뜨리면 기꺼이 황금양털을 주겠다고 제안했다.

메디아는 몸에 바르면 힘이 나고 방패에 바르면 불길과 검으로부터 몸을 지킬 수 있는 마법의 약초를 이아손에게 주었다. 그리고 대지에서 태어난 병사들에게 마법의 약초를 바른 투구를 던지자 그들끼리 서로 싸우다가 모두 전멸하고 말았다.

이아손은 메디아가 준 마법의 약초 덕분에 아이에테스의 난제를 훌륭히 해결할 수 있었다.

이아손이 황소 아니면 대지에서 태어난 병사에게 살해당할 것이라 생각하며 마음을 놓고 있던 아이에테스 왕은 딸 메디아가 배후에서 모든 것을 도와주고 있음을 알아차렸다. 메디아 역시 낌새를 눈치채고 아버지의 눈을 피해 한밤중에 궁전을 빠져나갔다. 아르고 호에서 메디아를 맞은 이아손은 그녀를 아내로 삼겠다고 신에게 맹세한다. 메디아는 크게 기뻐하며 커다란 용이 황금양털을 지키고 있는 숲 속으로 이아손을 안내했다. 메디아가 주문을 외고 마법의 약을 뿌리자마자 용은 정신없이 잠이 들어버렸다. 이리하여 이아손은 손쉽게 황금양털을 손에 넣을 수 있었다.

그날 밤 아이에테스는 추적 함대를 파견하여 전속력으로 달아나는 아르고 호의 뒤를 바짝 쫓았다. 위기의 순간에 메디아의 뇌리에는 잔인한 계략이 떠올랐다. 그것은 아르고 호로 데려온 자신의 남동생을 죽여 바다에 던지면 틀림없이 아버지 아이에테스는 시체를 건져올린 후 아들의 죽음을 슬퍼하느라 경황이 없을 것이므로, 그 틈을 타 추격의 손길을 멀리 따돌리자는 계획이었다. 이아손과 영웅들은 메디아의 잔혹함에 몸을 떨면서도 그 계획에 따르기로 한다.

그러나 인류를 저버린 메디아의 행동에 분노한 신들은 이아손 일행이 죄를 씻을 때까지 아르고 호를 귀환하지 못하게 했다. 이리하여 아르고 호 탐험대는 죄를 씻기 위한 항해를 한동안 계속한 후 가까스로 고국 땅을 밟을 수 있었다. 한편 이아손은 항해 도중에 메디아와 결혼식을 올렸다.

귀환 후의 이아손

귀국한 이아손은 황금양털을 펠리아스에게 건네준[9] 후 이올코스의 왕위를 마다하고 장인 아이에테스의 옛 영지인 코린토스로 향한다.

이곳에서 이아손과 메디아는 아이를 낳고 10년간 평온하게 산다. 그러던 어느 날 코린토스의 공주와 혼담이 오가게 되자, 이아손은 메디아를 내쫓고 공주와의 결혼을 성사시키려 한다. 분노한 메디아는 복수심에 불타 이아손과의 사이에 생긴 자식들을 모두 죽여버린다.

그후 메디아는 날개 달린 뱀이 끄는 마차를 타고 아테네로 도망쳤다고 한다.

이아손의 죽음

이아손의 최후에 관해서는 다음과 같이 많은 설들이 존재한다.

1. 자식의 죽음을 슬퍼하여 자살했다.
2. 메디아에게 살해당했다.
3. 아르고 호 탐험대라는 과거의 영광에 사로잡혀 미쳐버렸다.
4. 과거의 영광을 그리워하며 아르고 호의 잔해를 바라보다가 썩은 뱃머리 부분이 떨어져 깔려죽었다.

아르고 호 탐험대 시절만 해도 영웅으로서 용감하고 늠름한 모습을 보여주었던 이아손은 메디아와의 결혼 이후 권력에 집착하는 추악한 남자로 전락하고 말았다. 그러한 그를 기다리고 있는 것은 비참한 최후뿐이었다.

---

9) 이때 이아손이 펠리아스를 살해했다는 설도 있다. 또한 아버지의 몸을 잘게 썰어 솥에 넣고 삶으면 젊음을 되찾을 수 있다는 메디아의 감언이설에 속아 딸들이 아버지 펠리아스를 죽였다는 설도 있다.

[이아손 가이드]

1 황금양털

펠리아스 왕의 숙부인 프릭소스는 오르코메노스의 왕 아타마스의 아들이었다. 계모인 이노가 어린 프릭소스를 죽이려 하자, 생모인 네펠레는 아들을 하늘을 나는 황금양의 등에 태워 아득히 먼 콜키스로 데려갔다.

콜키스에 도착한 프릭소스는 황금양을 신에게 제물로 바치고 그 가죽(황금양털)은 숲 속 깊은 곳에 매달아놓았다.

콜키스의 왕 아이에테스는 자신의 딸 카르키오페와 프릭소스를 결혼시킨다. 그러나 황금양털이 없어지면 자신의 시대도 끝난다는 예언을 듣고 불안한 나날을 보내던 아이에테스 왕은 프릭소스를 죽인 후 커다란 용으로 하여금 밤낮으로 황금양털을 지키게 한다.

프릭소스와 카르키오페 사이에서 태어난 아들인 아르고스는 조부인 아이에테스 왕이 두려워 국외로 도망친 후 떠돌이생활을 하다 이아손 일행을 만나 아르고 호 탐험대에 가담하게 된다.

오르페우스

ORPHEUS

오르페우스는 아폴론[1]과 무사[2] 칼리오페의 아들로, 그리스 신화에서 가장 위대한 음악가이자 시인이다.

오르페우스는 죽은 아내 에우리디케를 되찾기 위해 저승세계로 내려가 우여곡절을 겪는다. 또한 아르고 호 탐험대에 참가하여 고향을 그리워하는 영웅들의 마음을 하프로 달래주었으며 앞길을 가로막는 적들 역시 음악으로 물리쳤다.

음악가 오르페우스

오르페우스는 훌륭한 가수이자 하프 연주자였다. 음악이 가진 매력을 마력으로까지 격상시킨 신화 속의 캐릭터가 바로 오르페우스라는 인물이다.

오르페우스가 노래를 만들어부르면 흉포한 야수도 얌전해졌고, 새들은 그의 머리 위에서 음악에 맞춰 춤을 췄다. 언제나 오르페우스의 주위에는 음악을 들으러 모여든 동물들이 커다란 원을 그리고 있었으며, 그의 하프소리에 취한 나무, 풀, 꽃들이 땅속에서 나와 춤을 추며 그 뒤를 따랐다고 한다. 또한 바닷가에서 연주하는 날이면 수많은 고기들이 박자에 맞춰 파도 위를 여기저기서 뛰어넘었다고 한다.

---

1) 트라키아의 왕 오이아그로스가 아버지라는 설도 있다.
2) 제우스와 티탄 족 므네모시네 사이에서 태어난 딸들로 날개 달린 '뮤즈'를 가리킨다.

아르고 호에서의 활약

오르페우스의 무기는 하프였다. 그는 완력이 아닌 음악적 재능을 이용하여 영웅으로서의 힘을 발휘했던 것이다. 그리고 때로는 그러한 음악적 재능이 완력보다 더 큰 효과를 내기도 했다.

아르고 호 탐험대[3] 시절에도 오르페우스의 노래와 하프연주는 매우 중요한 몫을 담당했다. 그러한 일련의 사건들을 살펴보면 다음과 같다.

1. 아르고 호의 선미(船尾)에 앉아 노랫소리로 사나운 파도를 잠재워 순탄한 항해가 되도록 했다.
2. 고향을 멀리 떠나와 향수에 젖어 있는 아르고 호 탐험대의 마음을 노래와 하프연주로 달랬다.
3. 황금양털을 지키는 용을 잠재운 것은 메디아가 아니라 오르페우스의 하프연주였다는 설도 있다.

---

3) '이아손' 편 참조.

4. 콜키스에서 돌아오는 길에 지나가는 뱃사람을 미혹하는 세이렌의 노랫
   소리를 하프연주로 물리쳐 아르고 호가 세이렌[4] 섬을 무사히 통과할 수
   있도록 했다.

이처럼 오르페우스는 아르고 호의 성공적 항해에 커다란 공헌을 했다.

아내 에우리디케

오르페우스에 관한 이야기 중에서 특히 유명한 것이 죽은 아내 에우리디케
를 되찾기 위해 저승까지 가는 부분이다.

아르고 호 탐험대가 해산된 후 고향 트라키아로 돌아온 오르페우스는 나무
의 정령 에우리디케와 결혼한다.

어느 날 아폴론과 님프 키레네의 아들 아리스타이오스는 아름다운 에우리
디케에 반하여 그녀의 뒤를 쫓는다. 그를 피해 필사적으로 달아나던 에우리
디케는 그만 독사를 밟아 물려죽고 만다.

비탄에 빠진 오르페우스는 죽은 자들의 세계인 저승으로 내려가서 에우리
디케를 되찾기로 결심한다. 여러 가지 난관을 헤치며 가까스로 저승의 입구
에 다다른 오르페우스의 앞을 가로막는 것이 있었으니, 그것은 바로 아홉 줄
기의 스틱스 강과 저승의 문을 지키는 개 케르베로스였다.

스틱스 강에는 다혈질에 꾀죄죄한 몰골을 한 카론이라는 늙은 뱃사공이 있
었다. 죽은 자로부터 뱃삯을 받고 하데스국으로 건너가게 해주는 것이 그의

---

4) '오르페우스 가이드' 항목 참조.

임무였다. 오르페우스는 하프연주로 카론의 마음을 움직여 스틱스 강을 건너는 데 성공한다. 이때 오르페우스가 연주한 곳은 카론이 어릴 적에 즐겨부른 뱃노래였다고 한다.

파수견 케르베로스는 세 개의 머리와 뱀 모양의 꼬리가 있고, 등에는 수많은 뱀 머리가 일렬로 붙어 있는 무시무시한 괴물이었다. 케르베로스의 세 개의 머리는 각각 죽은 자가 도망치지 못하도록 문 안쪽을 지키는 일, 산 자가 안으로 들어오지 못하도록 문 밖을 지키는 일, 규칙을 어긴 자들을 잡아먹는 일을 담당했다. 오르페우스는 꿈결처럼 아름다운 자장가를 불러 케르베로스를 잠재웠다.

이리하여 드디어 오르페우스는 명계의 왕 하데스의 궁전에 도착했다.

오르페우스와 에우리디케

하데스 왕은 왕비 페르세포네와 함께 옥좌에 앉아 있었다. 오르페우스는 하프를 꺼내 아름다운 아내 에우리디케와 결혼하게 된 과정, 에우리디케가 죽게 된 경위, 자신과 에우리디케의 짧지만 행복했던 결혼생활 등을 슬픈 곡조로 노래했다. 페르세포네는 아름다운 선율에 마음이 흔들려 눈물을 흘리기 시작했다. 냉혹하고 비정하기로 이름난 하데스도 감동하여 오르페우스에게 한 가지 조건을 제시했다.

"오르페우스여, 네 아내를 돌려주기로 하겠다. 단, 저승을 떠날 때까지 결코 뒤를 돌아봐서는 안 된다. 만일 이 약속을 어기면 에우리디케는 다시 저승으로 끌려와 영원히 너와 만나지 못하게 될 것이다."

오르페우스는 기뻐하며 절대 뒤를 돌아보지 않겠다고 맹세한 후 에우리디케를 데리고 지상으로 되돌아가기 시작했다. 그는 음악가 특유의 민감한 귀로 자신의 뒤를 따라오는 아내의 발소리를 들으며 묵묵히 걸었다. 부부는 벅찬 가슴을 진정시키며 걸음을 재촉했다.

저승에서 지상으로 돌아가는 길은 하데스의 지시에 따르도록 되어 있었다. 하데스는 오르페우스와 에우리디케가 바닥에 낙엽이 잔뜩 쌓여 있어 발자국 소리가 들리지 않는 소나무 숲을 통과하도록 했다. 소나무 숲에 들어서서 잠시 걸어가던 오르페우스는 갑자기 아내의 발자국 소리가 들려오지 않자 불길한 생각에 사로잡혀 무심코 뒤를 돌아보고 말았다. 바로 그 순간 오르페우스의 뒤에서 슬픈 표정을 짓고 있던 에우리디케는 연기처럼 사라지고 말았다. 자신의 어리석음을 저주하며 연신 아내의 이름을 불러대는 오르페우스의 주변에는 괴괴한 정적만이 감돌고 있었다.

오르페우스의 최후
아내 에우리디케를 영원히 잃은 오르페우스는 지상으로 돌아온 후에도 자신의 어리석음을 자책하며 방황의 세월을 보냈다. 그는 3년간이나 동굴에서 은둔생활을 하며 다른 여자에게 눈길조차 주려 하지 않았다. 이 기간에 오르페우스는 가끔씩 찾아오는 젊은이들에게 노래와 시를 가르쳐주고 저승에서 갖고 돌아온 비교(秘教)를 전수했다고 한다.

오르페우스의 최후는 매우 비참했다.
거절당한 데에 원한을 품은 트라키아의 마이너스들[5]이 그의 온몸을 갈가리 찢었다고도 하고, 그를 사랑한 마이너스들이 그를 차지하기 위해 싸우다가 그렇게 되었다고도 한다.

　신체 중에서 유일하게 훼손되지 않은 오르페우스의 머리는 헤브로스 강으로 굴러떨어져 바다로 흘러들어갔다. 그의 입에서는 '에우리디케!' 라고 아내의 이름을 부르는 슬픈 목소리가 끊임없이 흘러나왔다고 한다.

　또한 아폴론이 오르페우스의 머리를 땅속에 묻었는데, 그 자리에서 나무가 자라 바람에 잎이 흔들릴 때면 마치 오르페우스의 음악소리처럼 들렸다고도 한다.

　오르페우스의 하프는 아폴론에 의해 거문고자리라는 성좌가 되었다. 지금도 하늘에서는 거문고자리를 둘러싼 동물들의 별자리가 오르페우스의 하프 연주를 경청하고 있는 듯하다.

5) '오르페우스 가이드' 항목 참조.

[오르페우스 가이드]

1 세이렌

안테모에사(꽃이 만발하다는 뜻) 섬에 사는 날개를 가진 여자들로, 그 수에 대해서는 의견이 분분하다.

세이렌은 아름다운 목소리로 부근을 지나가는 뱃사람들을 유혹하여 섬에서 영원히 빠져나가지 못하도록 붙잡아두었다. 세이렌의 노랫소리에 미혹된 희생자들의 해골이 산을 이루어 섬의 해변이 하얗게 빛날 정도였다고 한다.

또한 세이렌의 노랫소리에 사로잡힌 뱃사람들이 키를 잘못 조종하여 배가 난파했다는 설도 있다.

세이렌은 상대가 자신의 노래에 홀리지 않으면 바다에 몸을 던져 자살을 기도하기도 했다. 오르페우스가 하프연주로 그들의 노랫소리를 물리쳤을 때도 한 세이렌이 바다에 투신했으나, 이들을 아꼈던 여신 아프로디테에 의해 구조된 일이 있다.

2 마이너스와 디오니소스

마이너스는 주신(酒神) 디오니소스를 숭배한 트라키아의 여인들이다. 아기사슴의 가죽을 걸치고 전나무로 관을 만들어 머리에 쓴 마이너스는 산 속에서 횃불과 포도송이를 들고 미친 듯이 춤추고 노래하며 디오니소스를 숭배하는 의식을 거행하곤 했다.

디오니소스의 신봉자인 오르페우스도 종종 마이너스와 함께 주연을 즐겼다고 한다.

또한 디오니소스는 태양의 신 아폴론과 대립관계에 있었다. 오르페우스가 새벽녘에 지평선에서 떠오르는 태양을 우러러 받들었기 때문에 디오니소스의 숭배자인 마이너스의 손에 의해 온몸이 갈가리 찢겨죽었다는 설도 있다.

테세우스

THESEUS

테세우스는 아테네의 왕 아이게우스와 트로이젠의 왕 피테우스의 딸인 아이트라 사이에서 태어났다. 아테네의 가장 위대한 영웅인 테세우스는 소의 머리를 가진 거인 미노타우로스를 쓰러뜨렸다.

테세우스의 생애를 자세히 살펴보기 전에 그의 파란만장한 모험에 대해 간단히 정리해 보겠다.

1. 고향 트로이젠에서 아버지의 나라인 아테네로 향하는 도중에 많은 도적을 물리치고 흉포한 야수를 퇴치했다(아테네에 도착한 후에는 아이게우스의 왕위를 계승하여 오랫동안 아테네를 다스렸다).
2. 아테네의 소년소녀가 매년 크레타 섬의 미노스 왕에 의해 괴물 미노타우로스의 먹이로 바쳐지는 데 분개하여 미노타우로스 퇴치에 나섰다.
3. 그리스의 많은 영웅들과 함께 아르고 호의 항해[1]에 참가했다.
4. 칼리도니아의 멧돼지 사냥[2]에 참가했다.

---

1) '이아손' 편 참조.
2) 칼리도니아의 왕자 메레아그로스의 요청으로 그리스의 영웅들이 모여들어 흉포한 멧돼지 사냥에 나섰다. 메레아그로스도 아르고 호 탐험대의 일원이었다.

테세우스의 출생

아테네의 왕 아이게우스가 친구인 트로이젠의 왕 피테우스를 찾아갔다가 그 딸인 아이트라와 관계를 맺고 낳은 아들이 바로 테세우스다[3].

아이트라의 임신 소식을 들은 아이게우스는 그녀를 커다란 바위가 있는 곳으로 데려갔다. 그리고 자신의 검과 샌들을 커다란 바위 밑에 숨겨둔 후 사내아이가 태어나서 이 물건들을 스스로 꺼낼 수 있을 때쯤 아테네로 보내라는 말을 남겼다.

세월이 흘러 테세우스는 늠름한 청년으로 성장했다. 아이트라는 그에게 아버지가 누구인지 가르쳐주고 커다란 바위와 관련된 이야기도 들려주었다. 어머니와 함께 그곳에 찾아간 테세우스는 단번에 바위를 들어올려 검과 샌들을 꺼냈다.

악한들과의 대결

아버지의 나라인 아테네에 가기로 결심한 테세우스는 자신의 힘을 시험해볼 요량으로 해로와 육로 중 도적떼와 맹수들이 출몰하는 육로를 선택한다.

■ 악한 페리페테스를 곤봉으로 해치우다

테세우스가 처음으로 대결을 벌인 악한은 대장장이 신 헤파이스토스의 아들 페리페테스였다. 페리페테스는 뚜렷한 이유 없이 살인을 일삼는 악한으로, 지나가는 여행자들을 커다란 청동곤봉으로 때려죽였다. 테세우스는 청동곤

---

3) 테세우스는 포세이돈의 아들이라는 설도 있다.

봉을 빼앗아 그를 죽인 후 이 무기를 전리품으로 삼았다.

■ 무법자 시니스를 죽이다

테세우스가 두번째로 만난 악인은 '소나무를 구부리는 남자' 라는 별명을 가진 시니스였다. 시니스는 소나무 두 그루를 구부려 지나가는 여행자를 그 사이에 묶은 후, 나무를 원래 상태로 되돌려 희생자의 몸을 갈기갈기 찢어죽였다[4].

이번에도 테세우스는 시니스와 똑같은 방법으로 그를 해치웠다.

■ 도적 스키론을 거북이의 먹이로 던져주다

도적 스키론은 우선 여행자로부터 금품을 빼앗은 후 자신의 발을 씻으라고 명령했다. 그런 다음 자신의 발 아래 엎드려 있는 여행자를 절벽 아래로 냅다 걷어차 커다란 거북이의 먹이가 되게 했다.

순진한 여행자로 가장한 테세우스는 스키론 앞에 엎드려 발을 씻어준 후 그가 발을 빼내는 순간 다리를 움켜잡고 절벽 아래로 던져버렸다. 물론 스키론도 다른 희생자들과 마찬가지로 커다란 입을 벌린 채 기다리고 있던 거북이의 먹이가 되었다.

■ 산적 프로크루스테스의 목을 치다

테세우스가 어느 여인숙에 머물렀을 때의 일이다. 그 여인숙의 주인은 프로크루스테스라는 악명 높은 산적이었다. 프로크루스테스는 잠든 숙박객의 몸을 침대에 꽁꽁 묶은 다음 그의 키가 침대 길이보다 짧으면 발목을 끈으로 묶

---

4) 일설에 의하면 시니스는 여행자의 손을 빌려 소나무를 팽팽하게 구부린 다음 갑자기 나무에서 손을 뗐다고 한다. 희생자들은 하늘 높이 솟아올랐다가 바닥에 떨어져죽었다.

은 후 억지로 몸을 잡아당겨 키를 늘였다. 희생자는 온몸의 살이 찢어지고 뼈가 벌어지는 고통을 당하며 죽어갔다. 이와 반대로 만일 숙박객의 키가 침대 길이보다 길면 머리나 발목을 잘라 죽여버렸다.

테세우스는 방에 숨어든 프로크루스테스를 쓰러뜨린 후 침대 길이에 맞게 그의 목을 잘라냈다.

이처럼 갖가지 모험을 거듭하며 아테네에 도착한 테세우스 앞에 도사리고 있는 것은 악한들의 퇴치와는 비교도 되지 않을 정도로 거대한 음모와 막강한 적들이었다.

아테네에서 생긴 일

아테네에서는 아이게우스와 그의 처남인 팔라스 사이에 왕위계승을 둘러싼 분쟁이 벌어지고 있었다. 이 무렵 아이게우스는 코린토스에서 도망쳐온 메디아[5]를 아내로 삼아 그녀와의 사이에 메도스라는 아들을 두고 있었다. 팔라스는 이방인인 메디아의 아들에게 왕위를 물려주는 데 반발하여 자신의 50명의 아들 중 하나를 왕으로 추대하려 했다. 마법사 메디아도 이에 질세라 자신의 아들인 메도스를 왕위에 앉히기 위해 혈안이 되어 있었다.

하필이면 상황이 이렇게 돌아가고 있을 때 아테네에 찾아온 테세우스는 왕위에 오르기 전에 그의 등장에 위협을 느낀 메디아와 팔라스에 의해 세 가지 시련을 겪게 된다.

---

5) '이아손' 편에 등장한 메디아와 동일 인물이다.

■ 마라톤의 황소 퇴치

메디아는 테세우스가 자신의 아들임을 눈치채지 못한 아이게우스를 부추겨 그에게 사람들을 괴롭히는 마라톤의 사나운 황소를 퇴치하라는 명령을 내리게 했다. 이 황소는 헤라클레스가 일곱번째 과제로 그리스에 데려온 바로 그 소였다. 크레타 섬의 왕 미노스의 아들인 안드로게오스도 아이게우스의 명을 받아 이 황소를 처치하려 했으나, 사투를 벌이다가 결국 황소의 뿔에 받혀 죽고 말았다.

그러나 테세우스는 단번에 황소를 붙잡아 아테네로 끌고 왔다.

■ 메디아의 계략

테세우스가 무사히 귀환하자 메디아는 새로운 계략을 짰다. 그녀는 테세우스가 팔라스의 아들들과 손을 잡고 있다는 헛소문을 퍼뜨려 아이게우스의 귀에 들어가게 했다. 그리고 연회에서 술잔에 독약을 넣어 테세우스를 제거하기로 한 후 아이게우스에게 그 계획을 고했다.

연회가 시작되었다. 테세우스는 아이게우스가 보는 앞에서 그의 아들임을 증명하는 검을 꺼내 고기를 잘랐다. 그 모습을 지켜본 아이게우스는 테세우스의 검이 트로이젠의 바위 밑에 두고 온 자신의 검임을 알아차렸다. 깜짝 놀란 아이게우스는 테세우스가 손에 들고 있던 잔을 쳐서 떨어뜨린 다음 왕위를 물려받을 사람은 테세우스라고 좌중에 선포했다. 메디아는 모든 계획이 수포로 돌아가자 아들 메도스와 함께 콜키스로 달아났다.

■ 팔라스와 그 아들들과의 싸움

갑자기 등장한 테세우스에게 왕위를 빼앗긴 팔라스와 그의 아들들은 무력으로 아테네를 빼앗기 위해 군사를 일으켰다.

그러나 테세우스는 자신을 지지하는 병사들과 함께 용감히 싸워 반란군을 무찔렀다. 이리하여 아테네에는 다시 평화가 찾아왔다.

미노타우로스 퇴치

미노타우로스 퇴치는 테세우스의 이야기 중에서 가장 유명한 부분이다.

아테네에서는 테세우스가 왕위에 오르기 전부터 다음과 같은 경위로 인해 크레타 섬의 미노스 왕에게 공물과 제물을 바치고 있었다.

여러 명의 전사들이 마라톤의 황소를 퇴치하기 위해 의기양양하게 길을 떠났으나, 그들은 모두 황소에게 죽음을 당해 두 번 다시 고국 땅을 밟지 못하는 신세가 되고 말았다. 미노스 왕의 아들 안드로게오스도 그중 하나였다. 아들의 죽음에 원한을 품은 미노스 왕은 아테네 측의 책임을 추궁하여 공물을 요구했으며 그것으로도 직성이 풀리지 않자 군사를 이끌고 아테네로 쳐들어갔다. 설상가상으로 이 무렵 아테네에는 전염병이 나돌아 백성들의 시체가 여기저기 산을 이루고 있었다. 결국 미노스 왕의 군대에 완패한 아테네는 매년 일곱 명의 청년과 일곱 명의 처녀를 크레타 섬의 미노타우로스라는 괴물의 먹이로 바치게 되었다.

미노스 왕의 아내인 파시파에와 마라톤의 황소 사이에서 태어난 미노타우로스는 인간의 몸에 소의 머리와 뿔을 가진 거대한 괴물이었다. 미노스 왕은 처치 곤란인 이 괴물을 라비린토스라는 미궁에 가뒀다.

테세우스는 미노타우로스를 퇴치하기 위해 제물로 바쳐진 젊은이들 틈에 섞여 크레타 섬으로 떠나기로 했다. 아버지 아이게우스는 테세우스에게 만일

살아서 돌아오게 된다면 배의 흰 돛을 검은 돛으로 바꿔달아 그 소식을 일찌
감치 알려달라고 말했다. 테세우스는 출항에 앞서 아폴론과 아프로디테에게
괴물을 퇴치하고 무사히 귀환하게 해달라고 기도 드렸다.

아테네의 젊은이들을 태운 배가 크레타 섬에 도착했다. 아프로디테는 테세우스의 기도에 응답하여 미노스 왕의 딸인 아리아드네를 이용하기로 했다. 아프로디테의 사랑의 묘약에 의해 아리아드네는 크레타 섬에 도착한 테세우스를 보자마자 사랑에 빠지고 말았다. 아리아드네는 테세우스에게 검 한 자루와 실뭉치를 건네주며 이렇게 말했다.

"이 실을 라비린토스 입구에 묶은 다음 실뭉치를 풀면서 안으로 들어가십시오. 그리고 이 검으로 미노타우로스를 해치운 후 그 실을 따라 다시 길을 찾아나오시면 됩니다."

테세우스는 아리아드네의 요구로 그녀와 결혼할 것을 약속한 후 검과 실뭉치를 들고 라비린토스로 향했다.

테세우스는 라비린토스 입구에 실을 동여맨 다음 어두컴컴한 미궁 속으로 들어갔다. 잠시 후 테세우스는 구석진 방에서 독기를 품은 붉은 눈으로 자신을 노려보고 있는 미노타우로스와 맞닥뜨리게 되었다. 미노타우로스는 소털로 뒤덮인 거대한 몸을 일으키더니 테세우스를 향해 덤벼들었다. 테세우스는 아리아드네에게서 받은 검을 머리 위로 쳐들고 싸울 태세를 갖췄다. 격렬한 몸싸움이 이어졌다. 결국 미노타우로스는 테세우스의 검에 치명상을 입고 힘없이 바닥에 쓰러졌다.

실을 따라 미궁 속에서 빠져나온 테세우스는 아리아드네와 아테네의 젊은이들과 함께 배를 타고 고국으로 향했다. 그리고 크레타 섬을 떠날 때는 미노스 왕의 배 밑바닥에 구멍을 뚫어 추격할 수 없게 만들었다.

귀로에서 생긴 일

테세우스 일행은 아테네로 돌아가는 길에 디아 섬에 들러 아리아드네를 남겨두고 떠난다. 테세우스가 어째서 자신에게 은혜를 베푼 약혼녀를 버렸는지에 관해서는 다음과 같은 여러 가지 설이 있다.

- 누군가의 마법에 걸린 테세우스는 아리아드네의 존재를 망각했다.
- 다른 여자를 사랑하게 된 테세우스가 아리아드네를 버렸다.
- 디아 섬에 들른 디오니소스가 아내로 맞이하기 위해 아리아드네를 데려 가버렸다.
- 아리아드네가 뱃멀미 때문에 잠시 하선한 사이 배가 파도에 휩쓸려가고 말았다.

어쨌든 테세우스는 디아 섬에서 아리아드네와 헤어지게 된다.

테세우스 일행의 눈앞에 아테네 항이 보이기 시작했다. 그런데 테세우스는 고향에 돌아왔다는 기쁜 마음에 들떠 흰 돛을 검은 돛으로 바꿔달겠다는 아이게우스와의 약속을 까맣게 잊는다. 바다 저 멀리 보이는 배의 흰 돛을 보고 테세우스가 결국 미노타우로스에게 당했다고 생각한 아이게우스는 비탄에 빠져 그만 바다 속으로 몸을 던진다.

아이게우스의 뒤를 이어 아테네의 왕이 된 테세우스는 아버지를 죽음으로 몰아넣은 자신의 어리석음을 탓하며 통한의 눈물을 흘렸다.

아마존 원정

아테네의 왕 테세우스는 어느 날 아마존 원정을 떠나게 된다[6].

테세우스는 아마존 여왕의 동생인 안티오페에게 반하여 그녀를 붙잡아 아테네로 데려온다[7].

아마존의 여전사들은 안티오페를 되찾기 위해 테세우스를 쫓아 아테네로 쳐들어왔다. 프닉스 언덕을 점거한 아마존 족과 아크로폴리스 언덕에 진을 친 테세우스의 군대는 격전을 벌이지만, 결국 테세우스 군대의 승리로 끝난다.

아내 안티오페가 아들 히폴리토스를 낳고 죽자 테세우스는 미노스 왕의 딸이자 아리아드네의 여동생인 파이드라와 재혼한다. 히폴리토스는 성장하여 트로이젠의 총독으로 파견된다.

그후 테세우스는 아르고 호의 항해[8], 칼리도니아의 멧돼지 사냥[9] 등 모험을 계속한다.

---

6) 헤라클레스가 아마존 여왕의 허리띠를 가져오는 아홉번째 과제에 도전할 때, 테세우스도 동행했다는 설이 있다.
7) 여왕 히폴리테스, 또는 두 자매를 모두 붙잡았다는 설도 있다.
8) '이아손' 편 참조.
9) 칼리도니아의 왕자 메레아그로스의 요청으로 그리스의 영웅들이 멧돼지 사냥을 위해 모였다.

켄타우로스 족과의 싸움

테살리아 지역의 라피테스 족의 왕인 페이리토오스는 테세우스의 절친한 친구였다. 페이리토오스는 아마존 원정, 아르고 호 탐험대, 칼리도니아의 멧돼지 사냥 등 테세우스가 가는 곳이면 어디든 동행했다고 한다.

페이리토오스와 히포다메이아라는 처녀의 결혼식 때 일어난 일이다. 결혼 피로연에서 술에 만취한 켄타우로스 한 무리가 페이리토오스의 신부와 라피테스 족 여자들을 강제로 데려가려 해서, 켄타우로스 족과 라피테스 족 사이에 싸움이 벌어졌다. 친구의 결혼식에 초대받아 그곳에 있던 테세우스는 라피테스 족에 가세하여 켄타우로스 족을 물리쳤다. 켄타우로스 족은 라피테스 족에게 잘못을 깊이 사과한 후 그 나라를 떠났다.

아내 파이드라의 배신

테세우스가 아테네의 왕이 되고서 긴 세월이 흘렀다. 그러나 그때까지도 왕위를 포기하지 못한 팔라스는 50명의 아들들과 재차 군사를 일으켰다. 테세우스는 팔라스와 많은 친척들을 죽이고 전쟁에서 승리를 거두지만, 혈육을 살해한 죄로 1년간 아테네에서 추방당하게 된다. 아내 파이드라와 자식들은 테세우스의 유배지에 동행하기로 한다.

테세우스 일행은 아들 히폴리토스가 다스리는 트로이젠으로 향했다. 그런데 여기서 예기치 못한 일이 벌어지게 된다. 파이드라가 의붓아들인 히폴리토스를 보고 첫눈에 반해버린 것이다. 그러나 처녀신 아르테미스를 숭배하는 히폴리토스는 파이드라의 집요한 구애를 매몰차게 뿌리쳤다. 자존심에 깊은 상처를 입은 파이드라는 스스로 목숨을 끊으면서 테세우스 앞으로 거짓 유서를 남긴다.

히폴리토스의 끈질긴 유혹을 물리치기 위해 할 수 없이 죽음을 택했다는 파이드라의 유서 내용을 그대로 믿었던 테세우스는 아들을 추방한 후 포세이돈에게 기원하여 그를 죽이려 한다. 포세이돈은 히폴리토스가 전차를 타고 해변을 달리고 있을 때 바다에서 괴물을 끌어냈다. 전차에서 떨어진 히폴리토스는 갑작스런 괴물의 출현에 놀라 날뛰는 말에 이리저리 끌려다니다 말에 짓밟혀 죽게 된다.

테세우스는 아르테미스로부터 진실을 전해 듣고 가슴을 쥐어뜯으며 후회의 눈물을 흘렸으나, 죽은 아들을 다시 살려낼 수는 없었다.

저승 여행

모두 혼자가 된 테세우스와 그의 친구 페이리토오스는 이번에는 제우스의 딸을 아내로 맞이하자고 결의한다. 테세우스가 먼저 스파르타 왕의 딸인 헬레네에게 결혼을 신청했다. 그러나 헬레네는 아직 열두 살의 어린 나이였던지라 한 남자의 아내가 될 만큼 성숙할 때까지 테세우스의 어머니 아이트라가 그녀를 맡아 기르기로 한다.

한편 명계의 왕 하데스의 아내인 페르세포네가 탐이 난 페이리토오스는 테세우스와 함께 저승으로 향한다. 하데스는 두 사람을 정중히 대접하며 그들에게 '망각의 의자'라 불리는 의자에 앉아보라고 권했다. 망각의 의자에 앉자마자 모든 과거를 잊어버린 테세우스와 페이리토오스는 의자에 앉은 채 꼼짝도 할 수 없었다.

세월이 흘러 헤라클레스가 12업을 달성하기 위해 저승에 찾아왔다. 헤라클레스는 테세우스를 망각의 의자에서 일으켜 세우는 데는 성공했으나, 때마침 대지진이 일어나 페이리토오스는 구하지 못했다.

테세우스의 최후

테세우스가 저승에서 돌아와보니 아테네는 이미 다른 왕이 지배하고 있었다. 그리고 수소문해보니 아내와 어머니는 스파르타인이 납치해가고 아들들은 모두 에우보이아 섬으로 달아났다는 것이었다. 테세우스는 조부의 영지가 있는 스키로스 섬으로 도망쳤다. 그러나 테세우스를 위협적 존재로 생각한 스키로스 섬의 왕은 그를 절벽에서 밀어 떨어뜨려 죽인다. 이리하여 아테네 최대의 영웅 테세우스는 타국에서 비명횡사를 하고 만다.

[테세우스 가이드]

1 아마존 족

아마존 족은 테미스큐라[1])에 사는 여전사들이 지배했던 부족이다. 매우 호전적인 여전사들은 대부분의 시간을 전쟁연습과 신체단련에 할애했다. 그들은 종족을 보전하기 위해 이웃 마을의 남자들과 관계를 맺었으며, 사내아이가 태어나면 죽이거나 노예로 삼았다.

군신 아레스의 자손인 아마존 족은 아레스와 함께 순결의 여신 아르테미스를 숭배했다.

---

1) 흑해 연안, 소아시아 북부에 있는 지역.

아킬레우스

ACHILLES

아킬레우스는 테살리아 지역 프티아의 펠레우스 왕과 바다의 여신 테티스 사이에서 태어난 아들로, 그리스 최강의 전사이다. 호메로스의 서사시 『일리아스』는 그리스 군대의 트로이 포위에 관한 이야기로, 아킬레우스를 그 주인공으로 삼고 있다.

아킬레우스의 탄생

제우스와 포세이돈은 둘 다 매우 아름다운 바다의 여신 테티스를 아내로 맞이하고 싶었다. 그러나 테티스가 낳는 아이가 아버지를 능가하는 존재가 될 것이라는 예언이 마음에 걸린 두 신은 결국 인간인 펠레우스 왕에게 테티스를 양보하기로 한다. 이리하여 펠레우스 왕과 결혼한 테티스는 아킬레우스를 낳았다.

아킬레우스의 약점

테티스는 갓난아기인 아킬레우스를 자신과 같은 불사신의 존재로 만들고 싶은 마음에 그의 몸을 저승의 스틱스 강에 담갔다. 스틱스 강물에 닿은 몸은 어떤 무기로도 상처입지 않기 때문이다. 그러나 이때 테티스가 아킬레우스의 발꿈치를 잡고 강물에 담갔기 때문에 신체 중에서 유일하게 발꿈치가 그의 약점이 되었다고 한다. '아킬레스 건(腱)'이라는 말은 여기서 유래한다.

용사가 되기 위한 수행

테티스는 그밖에도 아킬레우스를 불사신으로 만들기 위해 그의 몸을 타다 남은 불에 묻기도 하고 신들의 음식을 바르기도 했다. 우연히 그 광경을 목격한 펠레우스 왕은 귀한 왕자의 몸에 대체 무슨 짓을 하는 거냐고 테티스를 비난했다. 테티스는 아무것도 모르면서 화만 내는 펠레우스가 싫어져 바다 속으로 돌아가버린다.

어머니 테티스가 떠난 후 아킬레우스는 켄타우로스 족의 케이론[1]에게 맡겨졌다. 케이론은 아르고 호 탐험대의 이아손을 비롯하여 많은 영웅들의 양육과 교육을 담당했던 현자였다.

케이론은 아킬레우스에게 예술, 의술, 전술, 무술, 달리기 등 자신이 알고 있는 모든 것을 전수했다.

여자로 길러지다

일설에 의하면 테티스의 뜻에 따라 스키로스 섬의 리코메데스 왕(영웅 테세우스를 살해한 인물)이 아킬레우스를 맡아 여자 옷을 입히고 공주들과 같이 키웠다고 한다.

아킬레우스가 트로이 전쟁에서 전사하게 될 것이라는 신탁을 받은 테티스는 그리스 군대에 들어가지 못하도록 아들이 여자로 길러지기를 바랐던 것이다.

---

1) 예술, 의술, 궁술 등에 뛰어나 많은 영웅들의 스승이 되었다.

트로이 전쟁의 시작

스파르타의 틴다레우스 왕에게는 클리템네스트라와 헬레네라는 두 딸이 있었다. 미케네의 아가멤논 왕은 클리템네스트라를 왕비로 맞이한 후 동생인 메넬라오스와 헬레네를 결혼시키자고 틴다레우스 왕에게 요청했다. 그 무렵 헬레네는 그리스의 많은 영웅들로부터 열렬한 구애를 받고 있었다. 또한 영웅들 사이에는 헬레네가 누구를 선택하든 사나이답게 온힘을 다하여 결혼이 성사되도록 도와주자는 결의가 맺어져 있었다.

어느 날 헬레네가 트로이의 왕자 파리스에게 납치되는 사건이 일어난다. 파리스의 행동을 그리스에 대한 도전으로 받아들인 아가멤논은 트로이를 공격하여 본때를 보여주고 무슨 일이 있어도 헬레네를 되찾아오겠다고 맹세한다. 그리고 아가멤논은 총지휘관으로서 직접 그리스 군대를 이끌기로 한다. 또한 헬레네에게 구혼한 그리스의 영웅들, 그리고 이웃나라의 왕과 용사들이 아가멤논의 트로이 원정에 가담하기로 한다.

트로이 원정에 참가하기로 한 영웅들 중 한 명인 오디세우스가 아킬레우스를 그리스 군대에 영입하기 위해 스키로스 섬에 찾아온다. 여장을 하고 있는 아킬레우스를 금세 알아본 오디세우스는 그를 설득하여 함께 스키로스 섬을 떠난다. 이리하여 마침내 트로이 전쟁이 발발하게 된 것이다.

아가멤논과의 불화

전투 초반, 각지에서 모여든 영웅들로 이루어져 단결력이 부족한 그리스 군은 용맹스러운 트로이 군의 상대가 되지 못했다. 아킬레우스도 총지휘관인 아가멤논과의 불화 때문에 좀처럼 전투에 집중할 수가 없었다.

그리스 군의 총지휘관인 아가멤논은 아폴론 신의 제사장의 딸인 크리세이스를 붙잡아 첩으로 삼는다. 이에 크리세이스의 아버지인 제사장은 아폴론 신에게 기도를 올려 딸이 돌아올 때까지 그리스 군 사이에 전염병이 돌게 만든다. 전염병이 돈 지 아흐레 되는 날, 아가멤논은 마지못해 크리세이스를 돌려보낸 후 아킬레우스가 가장 아끼는 노예 브리세이스를 빼앗는다. 아가멤논의 부당한 처사에 화가 난 아킬레우스는 더 이상 전투에 참가하지 않겠다고 선언한다.

그후 아킬레우스가 빠진 그리스 군은 전투마다 고전을 면치 못하게 된다.

친구 파트로클로스의 죽음

아킬레우스에게는 파트로클로스라는 절친한 친구가 있었다. 과거에 아킬레우스의 아버지인 펠레우스 왕의 도움으로 목숨을 구한 적이 있는 파트로클로스는 트로이 전쟁에 참전하게 된 아킬레우스를 곁에서 지켜주기 위해 전쟁터까지 동행했다.

아가멤논과의 불화로 아킬레우스가 전선에서 물러나자 파트로클로스도 그와 행동을 같이한다. 그러나 아군이 고전하는 모습을 보다못한 파트로클로스는 아킬레우스의 갑옷과 무기를 빌려 전쟁터로 나간다.

파트로클로스는 눈부신 활약상을 보이며 그리스 군 진영을 공격하는 트로이 군을 물리친 후 트로이 성을 향해 진군한다. 아킬레우스는 그쯤에서 전세를 관망하는 것이 좋겠다고 충고했지만, 용기백배한 파트로클로스는 내친김에 트로이 성까지 쳐들어간다.

그러나 파트로클로스는 트로이 성 앞에서 트로이의 총지휘관 헥토르의 창에 가슴을 찔려 죽게 된다.

파트로클로스의 전사 소식을 들은 아킬레우스는 트로이 군에 대한 복수를 맹세한 후 다시 전선으로 나간다.

헥토르와의 대결

아킬레우스는 대장장이의 신 헤파이스토스가 만들어준 갑옷을 입고 적진으로 쳐들어간다. 트로이 군은 아킬레우스가 이끄는 그리스 군의 기세에 눌려 성으로 후퇴하기 시작했다. 그러나 한 발짝도 뒤로 물러서지 않는 용사가 있었으니, 그는 바로 트로이의 총지휘관 헥토르였다. 드디어 아킬레우스와 헥토르의 1대1 대결이 벌어졌다. 아킬레우스의 맹렬한 공격에 아군의 진영 쪽으로 한 발 한 발 물러서던 헥토르는 결국 아킬레우스에게 죽음의 일격을 당했다. 그래도 분이 풀리지 않은 아킬레우스는 헥토르의 시체를 전차 뒤에 매달고 파트로클로스의 무덤 주위를 돌며 친구의 혼을 위로했다. 트로이의 왕은 아들 헥토르의 시체를 돌려달라고 애원했지만 아킬레우스는 눈썹 하나 꿈쩍하지 않았다. 그러나 결국 아킬레우스는 어머니 테티스의 설득으로 헥토르의 시체를 트로이 군에 넘겨준다.

아킬레우스의 최후

아킬레우스도 그리스로 살아서 돌아가지는 못했다. 헥토르가 죽은 지 사흘째 되던 날, 헥토르의 동생 파리스가 아폴론의 활로 아킬레우스의 유일한 약점인 발꿈치를 쏘았던 것이다.

이리하여 그리스 최강의 영웅 아킬레우스는 숨을 거두고 만다. 아킬레우스의 시체는 화장된 후 친구 파트로클로스의 유골과 함께 바다가 내려다보이는 무덤에 묻혔다.

[아킬레우스 가이드]

1 헥토르

헥토르는 트로이 왕의 장남으로, 트로이 전쟁의 방아쇠를 당긴 왕자 파리스의 형[1]이다.

트로이 전쟁이 발발하자 헥토르는 노왕 프리아모스를 대신하여 총지휘관으로서 군대를 이끌었다. 남자답고 용감한 헥토르는 트로이 군 최고의 영웅으로, 백성들의 열렬한 지지를 받았다.

인정 많고 상냥한 헥토르는 아내 안드로마케와 아들 아스티아낙스를 마음 속 깊이 사랑했다. 또한 파리스가 스파르타의 헬레네를 납치해왔을 때도 그 행동을 꾸짖으며 속히 돌려보내라고 타일러 그리스와의 전쟁을 어떻게든 피해보려고 노력했던 총명하고 절도 있는 인물이었다.

헥토르의 노력에도 불구하고 트로이 전쟁은 발발했다. 일단 전쟁이 시작되자 헥토르는 총사령관으로서 진두를 지휘하며 용감하게 싸웠다. 헥토르의 지휘 아래 그리스 군은 여러 차례 수세에 몰리지만, 아킬레우스의 등장으로 형

---

1) 동생이라는 설도 있다.

세가 역전되어 이번에는 트로이 군이 성으로 후퇴하게 된다. 그러나 헥토르는 "이 전쟁에서 내 지휘하에 있던 트로이의 병사들이 셀 수도 없이 죽었는데, 순순히 성으로 물러서 그들의 죽음을 헛되게 할 수는 없다"며 한 발짝도 움직이지 않았다. 헥토르는 아킬레우스의 추격 속에 성 주위를 네 바퀴나 돌며 끈질기게 싸웠다. 기진맥진한 헥토르는 결국 아킬레우스에게 죽음의 일격을 당하게 된다.

2 아가멤논

아킬레우스의 이야기에서 주인공과 대립되는 인물로 등장하는 아가멤논은 트로이 원정을 위해 딸 이피게네이아를 제물로 바친 이야기로도 유명하다.

아가멤논은 트로이 원정군을 아울리스에 집결시켰다. 그러나 아가멤논이 여신 아르테미스의 비위를 거슬린 탓에 며칠 동안 역풍이 불어 출항이 어려워졌다. 예언자는 무사히 배가 출항하려면 아가멤논의 딸인 이피게네이아를 제물로 바쳐야 한다고 말했다.

아가멤논은 고민 끝에 어쩔 수 없이 이피게네이아를 제물로 바치기로 결심했다. 그는 아내 클리템네스트라에게는 영웅 아킬레우스와 이피게네이아를 결혼시킨다고 거짓말을 하여 미케네에서 아울리스로 딸을 불러들였다.

이리하여 아가멤논은 이피게네이아를 산 제물로 바쳐 아르테미스의 분노를 가라앉히고 트로이로 원정을 떠날 수 있었다. 마침내 트로이 전쟁이 시작된 것이다.

트로이가 함락되자 아가멤논은 10년 만에 고향인 미케네로 돌아온다. 그러나 환영 연회에서 거나하게 취한 아가멤논은 아내와 그의 정부 아이기스토스의 손에 살해된다. 그후 아가멤논의 아들 오레스테스는 두 사람을 죽여 아버지의 원수를 갚는다.

3 트로이 발굴과 슐리만

하인리히 슐리만은 트로이와 미케네 문명의 발굴자로 유명하다.

슐리만은 1822년 독일의 가난한 목사의 아들로 태어났다. 철들 무렵부터 아버지가 들려준 트로이 전쟁 이야기와 호메로스의 『일리아스』『오디세이아』에 심취한 슐리만은 트로이 발굴에 인생을 걸기로 결심했다. 슐리만은 젊은 시절 온갖 고생을 다하여 재산을 모은 후 여러 나라의 언어를 익히며 차근차근 준비해나갔다. 그리고 쉰 살에 이르러서야 비로소 유적 발굴에 착수, 트로이의 유적을 발굴함으로써 이야기 속의 트로이가 실재함을 입증했다. 슐리만은 그후에도 미케네, 티륜스, 오르코메노스를 발굴하여 미케네 문명을 발견했다.

오디세우스

ODYSSEUS

오디세우스는 이타카[1]의 왕자로, 트로이 전쟁에서 목마를 이용하여 적군을 속이는 작전을 생각해낸 뛰어난 책략가인 동시에 웅변가이다. 『오디세이아』에서는 수많은 모험을 겪는 용감한 영웅으로 그려지고 있으나, 오디세우스는 단순하고 한결같은 다른 영웅들과 달리 교활함과 잔인함을 겸비한 색다른 인물이라 할 수 있다.

호메로스의 『오디세이아』는 오디세우스를 주인공으로 한 서사시로, 트로이 전쟁 이후 트로이에서 고향인 이타카로 돌아가기까지 10년이라는 긴 세월 동안 겪는 모험과 귀환 후의 이야기를 그리고 있다.

오디세우스의 결혼

오디세우스는 다른 많은 그리스의 영웅들과 마찬가지로 스파르타 왕의 딸 헬레네와의 결혼을 원했으나, 왕의 형제인 이카리오스의 딸 페넬로페에게도 관심이 있었다.

다른 영웅들은 헬레네에게 값비싼 선물을 많이 보냈지만, 재력이 부족했던 오디세우스는 어차피 눈길도 끌 수 없는 선물공세는 일찌감치 포기하기로 했

---

1) '그리스의 세계' 지도 참조.

다. 그 대신 헬레네의 아버지 틴다레우스 왕을 부추겨 누가 헬레네와 결혼하든 전쟁을 일으키지 않을 것과 일치단결하여 약혼자의 권리를 지켜줄 것을 구혼자 전원에게 맹세하게 했다. 그 덕분에 헬레네의 결혼상대가 메넬라오스로 정해졌을 때도 사소한 분쟁조차 일어나지 않았으며, 트로이의 파리스가 헬레네를 납치했을 때도 그리스의 영웅들이 각지에서 모여들어 트로이 원정에 총동원될 수 있었다.

그에 대한 답례로 틴다레우스 왕은 오디세우스와 페넬로페의 결혼이 성사되도록 이카리오스를 설득했다. 모든 일이 오디세우스의 계획대로 착착 진행되고 있었다.

오디세우스는 바라던 대로 페넬로페와 결혼한 후, 딸을 곁에 두고 싶은 마음에 셋이서 같이 스파르타에서 살자는 이카리오스의 제안은 받아들이지 않았다. 그는 페넬로페에게 남편과 아버지 중 한 쪽을 선택하라고 했고, 베일로 얼굴을 가린 수줍은 신부 페넬로페는 남편의 뜻에 따르겠다고 속삭였다.

파라메데스에 대한 원한

헬레네를 트로이의 왕자 파리스에게 빼앗긴 그리스의 왕자들과 영웅들은 트로이를 공격하기 위해 집결한다. 당시 이타카의 왕으로 있던 오디세우스에게도 트로이 원정에 참여할 용사를 모집하는 사자가 찾아간다.

그러나 전혀 참전할 의사가 없었던 오디세우스는 어떻게든 회피해볼 요량으로 정신이 이상한 척 행동한다. 오디세우스는 밭에 모래와 소금을 뿌린 후 그것을 호미로 일구기 시작했다. 그러나 그 속내를 간파한 사자 파라메데스는 오디세우스의 어린 아들을 밭 가운데 내려놓은 다음 그의 행동을 관찰했다. 아무리 교활하고 잔인한 오디세우스라 해도 자신의 아들을 호미로 내려칠 수는 없었다. 일이 이렇게 되자 오디세우스는 자포자기의 심정으로 트로이 군에 자원한다.

이 일로 파라메데스에게 앙심을 품은 오디세우스는 트로이에 도착하자 그를 함정에 빠뜨린다. 결국 파라메데스는 억울한 누명을 쓰고 돌팔매질당하는 형벌을 받게 된다.

트로이의 목마

트로이 전쟁에서 그리스는 최강의 전사 아킬레우스를, 트로이는 총지휘관 헥토르를 잃게 된다.

그리스 군대가 트로이의 함락을 눈앞에 두고 교착 상태에 빠져 있을 무렵, 오디세우스의 머리 속에 다음과 같은 기상천외한 계책이 떠오른다. 우선 커다란 목마를 만들어 그 안에 병사들을 숨겨놓았다. 그러고 나서 트로이 성을 포위하고 있는 군대를 후퇴시킨 다음 남은 병력도 모두 배에 태워 그리스로 돌아가는 것처럼 위장했다.

포위가 풀린 후 성문을 열고 밖으로 나온 트로이의 병사들의 시야에 들어온 것은 저만치 멀어져가는 그리스 군의 함대였다. 그들은 승리의 함성을 지르며 서로 부둥켜안고 기쁨을 나누었다. 그러고나서 그리스 군이 남기고 간 커다란 목마를 성 안으로 끌고들어갔다. 목마의 옆구리 부분에 아테나 신에게 바친다는 문구가 큼지막하게 씌어 있었기 때문에 트로이의 병사들은 그 목마가 신에게 바치는 제물이라 단정하고 아무런 의심도 하지 않았다.

이윽고 밤이 되었다. 승리를 자축하는 술자리에서 만취한 트로이의 병사들이 모두 곯아떨어져 있을 때 목마의 문이 슬며시 열리더니 안에 숨어 있던 그

리스 군이 하나둘 모습을 드러내기 시작했다. 그들은 재빨리 성문을 열어 밖에서 잠복하고 있던 아군을 불러들였다. 그러고 나서 잠들어 있는 적군을 모조리 죽인 다음 성에 불을 질렀다. 마침내 트로이가 함락되는 순간이었다.

귀환 여행

트로이가 함락되자 그리스의 병사들도 드디어 고향으로 돌아갈 수 있게 되었다. 오디세우스 역시 고향인 이타카를 향해 출항하지만, 거인, 괴물, 마녀와의 싸움 등 수많은 모험을 겪으면서 10년 후에나 고향 땅을 밟게 된다. 『오디세이아』의 주된 내용을 차지하는 것이 바로 이 부분이다.

1. 연꽃 먹는 사람들의 나라

폭풍우를 만나 며칠간 바다를 표류한 오디세우스의 배가 파도를 타고 흘러들어간 곳은 연꽃 먹는 사람들의 나라였다. 이 연꽃은 먹는 사람으로 하여금 모든 근심걱정이 사라지고 행복한 기분이 들게 하여 영원히 그곳에 머물고 싶다는 바람을 갖게 만드는 신비한 꽃이었다. 오디세우스의 부하 몇 사람이 주민들에게 연꽃을 대접받은 후 이타카 따위는 까맣게 잊어버린 채 그곳에 머물게 해달라고 간청했다. 오디세우스는 그들을 우격다짐으로 배에 태워 움직이지 못하도록 꽁꽁 묶은 다음 서둘러 그곳을 떠났다.

2. 키클로프스의 나라

외눈박이 거인 키클로프스의 나라에 상륙한 오디세우스 일행은 먹을 것을 찾아 어떤 동굴에 들어갔다가 폴리페모스라는 키클로프스에게 사로잡히게 된다.

폴리페모스는 끼니때마다 두 사람씩 잡아먹었다. 그러나 오디세우스는 외눈박이 거인의 비위를 맞추며 끈질기게 살아남는다. 어느 날 폴리페모스가 술에 취하여 잠이 들자 오디세우스는 곤봉 끝을 예리하게 깎아 불에 달군 다음 괴물의 눈을 힘껏 찔렀다.

다음날 아침, 오디세우스와 살아남은 부하들은 폴리페모스가 기르는 양떼의 배에 매달려 무사히 동굴을 빠져나온다.

3. 아이올로스의 섬

이번에 오디세우스 일행을 태운 배가 도착한 곳은 바람의 신 아이올로스의 섬이다. 아이올로스는 오디세우스를 후히 대접한 후 바람이 들어 있는 자루를 선물로 준다. 그 자루의 입구를 벌리면 바람이 나와 배를 쑥쑥 앞으로 나아가게 만드는 신비한 물건이었다. 그런데 어느 날 오디세우스가 잠든 사이 그것을 금화가 든 자루로 착각한 뱃사람들이 자루의 입구를 벌리자 배는 눈 깜짝할 사이에 아이올로스의 섬으로 되돌아오고 말았다.

4. 키르케의 섬

그 다음에 배가 정박한 곳은 마녀 키르케의 섬 아이아이였다. 그런데 오디세우스의 명으로 여기저기 섬을 살펴보던 부하들이 키르케의 마술로 모두 돼지로 변하게 된다. 용케 키르케의 마수에서 빠져나온 부하 한 명이 오디세우스에게 사건의 전말을 보고했다. 직접 담판을 짓기 위해 길을 나선 오디세우스 앞에 헤르메스가 나타나 키르케의 마술을 물리칠 수 있는 약초를 하사했다. 오디세우스는 키르케를 굴복시킨 다음 헤르메스의 약초로 부하들을 원래 모습으로 되돌려놓았다. 용감하고 지혜로운 오디세우스에게 반한 키르케는 일행을 극진히 대접했다. 결국 오디세우스 일행은 키르케의 섬에서 1년간이나 머물렀다.

5. 세이렌

키르케는 섬을 떠나는 오디세우스에게 세이렌[2]의 섬을 지나칠 때는 그들의 노랫소리를 듣지 말라고 충고한다. 세이렌의 노랫소리를 들은 뱃사람들은 그 아름다운 선율에 반해 바다로 뛰어들거나 방향 감각을 잃어 배가 난파된다는 것이다.

오디세우스는 키르케가 가르쳐준 대로 자신과 부하들의 귀에 밀랍을 바른 후 모두의 몸을 돛대에 꽁꽁 묶었다.

그 덕분에 오디세우스의 배는 무사히 세이렌의 섬을 통과할 수 있었다.

6. 스킬라와 카리브디스

키르케는 세이렌뿐 아니라 스킬라와 카리브디스에 대한 대처방법도 가르

---

2) '오르페우스 가이드' 항목 참조

쳐주었다.

스킬라는 상체는 어여쁜 여인이지만 하체는 여섯 개의 머리와 열두 개의 다리를 가진 개의 모습을 한 바다괴물이다. 소용돌이치는 해협에 면한 절벽의 동굴 속에서 사는 이 괴물은 배가 부근 해역을 지나갈 때마다 여섯 개의 긴 목을 뻗어 입 속에 삼중으로 빽빽이 자란 이빨로 뱃사람들을 잡아먹었다. 또한 카리브디스는 하루에 세 차례 바닷물을 마셨다가 다시 뿜어냄으로써 소용돌이를 만들어 지나가는 배를 침몰시키는 무시무시한 괴물이었다.

오디세우스는 직접 키를 잡고 카리브디스의 소용돌이를 무사히 통과했다. 그러나 다음 순간 스킬라가 여섯 개의 머리를 내밀어 노를 젓고 있던 부하 여섯 명을 덥석 물어갔다.

7. 칼립소
폭풍우에 난파된 오디세우스의 배는 바다의 님프 칼립소가 사는 오기기아 섬에 표착한다.

아름다운 님프 칼립소의 환대 속에 오디세우스 일행은 행복한 나날을 보낸다. 어느덧 7년이라는 세월이 흘러 오디세우스를 사랑하게 된 칼립소는 불사신으로 만들어줄 테니 부디 자신 곁에 있어달라고 애원한다. 그러나 오디세우스는 이젠 정말 가족이 기다리고 있는 이타카로 돌아가야겠다고 굳게 결심하고 있었다.

매일 밤 바닷가에 나와 고민하는 오디세우스의 모습을 지켜보던 제우스는 헤르메스를 파견하여 칼립소를 설득하게 한다. 처음에는 좀처럼 수긍하지 않던 칼립소도 헤르메스의 끈질긴 설득에 못 이겨 마침내 오디세우스에게 뗏목 만드는 법을 가르쳐주고 되돌아갈 차비를 해준다.

8. 파이아케스인과 나우시카

멧목을 타고 힘겨운 항해를 계속하던 오디세우스는 포세이돈이 일으킨 폭풍우에 휘말려 바다를 표류하다가 파이아케스인이 사는 섬에 표착한다.

숲 속에서 휴식을 취하다 오디세우스는 파이아케스 왕의 딸인 나우시카와 시녀들의 명랑한 목소리를 듣는다. 헐벗고 굶주린 오디세우스를 발견한 나우시카는 그에게 음식과 옷을 주고 궁전으로 초대한다.

때마침 왕이 주최한 무술대회에서 뛰어난 기량을 선보인 오디세우스는 만찬회장에서 자신의 신분을 밝힌 다음 트로이 전쟁과 그후에 겪은 모험담을 들려주었다. 왕과 왕비, 나우시카, 그리고 궁전 안의 모든 사람들은 입을 모아 오디세우스의 노고를 치하하고 위로했다.

왕으로부터 배 한 척과 뱃사람들을 하사받은 오디세우스는 드디어 이타카를 향한 마지막 항해에 나선다.

아내 페넬로페의 구혼자들

오디세우스가 이타카에 돌아와보니, 왕좌를 비운 20년의 세월 동안 궁전 안의 상황은 완전히 달라져 있었다. 트로이 전쟁이 끝나고 10년이 지나도 오디세우스가 돌아오지 않자 왕국에는 왕이 죽었다는 소문이 좍 퍼졌다. 그리고 궁전 안에서는 왕비 페넬로페에게 결혼을 신청한 1백여 명의 구혼자들이 방약무인한 태도로 생활하고 있었다.

거지로 변장하여 충실한 부하인 에우마이오스의 집을 찾아간 오디세우스는 정체를 숨긴 채 트로이 전쟁에 참전했던 크레타인이라고 자신을 소개한 다음 도움을 청한다. 그를 보자마자 예전의 주인임을 알아차린 에우마이오스의 주선으로 아들 텔레마코스와 재회한 오디세우스는 궁전에 들어가 구혼자들을 물리칠 계획을 짜게 된다.

거지 행색으로 궁전에 들어간 오디세우스는 구혼자들에게 구걸을 하며 동정을 살폈다. 바로 그때 페넬로페가 일렬로 세워놓은 열두 개의 수레바퀴를 한 개의 화살로 꿰뚫는 사람을 남편으로 선택하겠다고 발표한다. 몇몇 구혼자의 시도가 모두 실패로 돌아간 후 오디세우스가 자신에게도 기회를 달라며 앞으로 나온다. 구혼자들은 거지 따위가 나설 자리가 아니라며 이구동성으로 반대하고 나섰으나, 텔레마코스의 설득으로 오디세우스에게도 활을 쏠 기회가 주어지게 된다.

오디세우스는 활시위를 힘껏 당겨 열두 개의 수레바퀴를 단번에 꿰뚫었다. 이를 신호로 아들 텔레마코스와 에우마이오스는 검을 빼들고 혼비백산하여 달아나는 구혼자들을 모두 죽인다. 그 광경을 보고 깜짝 놀란 페넬로페 앞에 오디세우스는 자신의 진짜 모습을 드러낸다.

이리하여 왕위를 되찾은 오디세우스는 아내 페넬로페, 아들 텔레마코스와 오래도록 궁전에서 함께 살았다고 한다.

[오디세우스 가이드]

1 아이아스

다음은 오디세우스가 뛰어난 지략가이자 달변가였음을 여실히 보여주는 에피소드이다.

아킬레우스가 죽은 후 그의 갑옷을 누가 차지할 것인지를 놓고 오디세우스와 아이아스라는 용사 사이에 대결이 벌어지게 된다.

아킬레우스에 버금가는 전사라 불렸던 아이아스는 살라미스의 왕자였다. 부왕의 친구기도 했던 헤라클레스는 그에게 '독수리(아이에토스)'에서 따온 '아이아스'라는 이름을 붙여주었다. 아이아스는 거대한 바위를 조약돌처럼 자유자재로 다룰 수 있을 만큼 힘이 세고 몸집이 컸다. 그의 창은 배의 돛대로 만들어졌으며 8자형 방패는 웬만한 탑 정도의 크기였다고 한다. 말수가 적고 우직한 성격의 아이아스는 따뜻한 마음씨의 소유자기도 했다. 흉갑(胸甲)도 대지 않고 긴 다리로 전장을 누비고 다니는 아이아스의 용맹스러운 모습은 군신 아레스로 착각을 일으킬 정도였다고 한다.

헬레네의 수많은 구혼자들 중 하나였던 아이아스는 트로이 전쟁에 참전하여 적군의 총사령관인 헥토르와 1대1 대결을 벌인다. 한참 격렬한 싸움이 이어졌으나 두 영웅의 대결은 결국 무승부로 끝났다. 두 사람은 서로에게 경의를 표하며 아이아스는 붉은 허리띠를, 헥토르는 애검을 건네주고 각자의 진영으로 돌아간다.

아킬레우스가 죽자, 오디세우스는 자신을 미끼 삼아 적군을 유인했고 그 사이 아이아스는 아킬레우스의 시체를 그리스 진영으로 운반했다. 두 사람은 이 일을 두고 서로 자신이 아킬레우스의 갑옷을 물려받을 권리가 있다고 주장한다.

결국 투표가 행해지게 되었는데, 결과는 많은 용사들을 뛰어난 언변으로 설득한 오디세우스의 승리로 끝났다. 여기서 적군의 총사령관과 싸워 비길 정도의 무술실력을 자랑한 아이아스를 표로 제압한 것만 봐도 오디세우스의 지략과 언변이 얼마나 뛰어났는지를 짐작할 수 있다.

이에 격분하여 이성을 잃은 아이아스는 어둠을 틈타 그리스 진영을 습격하기로 결심했다. 그러나 그리스 군의 수호신인 아테나에 의해 정신이 이상해진 아이아스는 양떼를 그리스 군으로 오인하여 죽이는 실수를 범한다. 다음 날 아침 제정신이 돌아온 아이아스는 자신이 저지른 행동에 수치심을 느낀 나머지 적장 헥토르가 준 검으로 자살을 한다.

일설에 의하면 오디세우스가 아킬레우스의 갑옷을 차지하는 것을 보고 분함을 이기지 못한 아이아스가 이성을 잃어 아군을 죽이게 될지도 모른다는 두려움에 스스로 죽음을 선택했다고도 한다.

한편 그리스에는 아이아스라는 이름을 가진 또 한 사람의 용사가 있었다. 이 용사는 살라미스의 아이아스에 비하여 몸집이 매우 작았기 때문에 '작은 아이아스' 라 불렸다. 작은 아이아스는 달리기와 창던지기에 뛰어난 재주를 보였다.

살라미스의 아이아스와 작은 아이아스는 둘 다 트로이 전쟁에서 크게 활약했다. 그러나 작은 아이아스는 오만불손한 성격 때문에 아테나를 비롯한 여러 신들의 노여움을 사기 일쑤였다. 제우스의 벌을 받고도 잘못을 뉘우치지 않고 불손한 행동을 일삼던 그는 결국 포세이돈이 내린 벼락에 맞아 죽게 된다.

공교롭게도 아이아스라는 이름을 가진 사람은 모두 비참한 최후를 맞는 듯하다.

2 스킬라

오디세우스의 부하들을 잡아먹은 괴물 스킬라는 원래 바다의 아름다운 님 프였다.

어느 날 바다의 신 글라우코스는 바닷가로 놀러온 스킬라의 아름다운 자태를 보고 첫눈에 반하게 된다. 글라우코스는 원래 평범한 어부였으나 물고기에게 불사의 생명을 불어넣는 약초를 잘못 먹어 꼬리와 지느러미가 있는 괴상한 물고기의 모습으로 변했다. 당황하여 어쩔 줄 모르는 글라우코스를 불쌍히 여긴 포세이돈이 그를 물고기의 상처를 치료하는 바다의 신으로 발탁한 것이다.

다가오는 글라우코스의 흉측한 모습에 공포를 느낀 스킬라는 거절의 뜻을 밝힌 다음 필사적으로 도망친다. 스킬라를 포기할 수 없었던 글라우코스는 마녀 키르케를 찾아가 도움을 청한다. 오래 전부터 글라우코스를 사랑하고 있었던 키르케는 "당신의 마음을 거절하는 여인일랑 잊어버리고 당신을 절실히 원하는 여인을 사랑하세요"라고 충고한다. 자신의 말을 귀담아듣지 않는 글라우코스의 태도에 화가 난 키르케는 연적 스킬라를 무시무시한 괴물로 만들어버린다.

스킬라는 키르케의 마법으로 상체는 어여쁜 여인이지만, 하체는 여섯 개의 머리와 열두 개의 다리를 가진 개의 모습으로 변하게 된다. 게다가 각 머리의 입 속에는 삼중으로 빽빽이 날카로운 이빨이 있었다.

아이네아스

AENEAS

아이네아스(그리스어로는 아이네이아스)는 트로이 군대에서 총사령관인 헥토르에 버금가는 뛰어난 용사였다. 그의 어머니는 미의 여신 비너스(아프로디테), 아버지는 트로이의 왕족 안키세스였다. 트로이가 함락된 후 아이네아스는 아버지를 업고 이탈리아로 달아나 새로운 나라를 세웠다. 아이네아스가 이탈리아를 여행하면서 겪은 수많은 모험과 로마 건국에 관련된 이야기는 로마의 시인 베르길리우스가 지은 서사시 『아이네이스』에 자세히 묘사되어 있다.

지금까지 소개한 영웅들은 그리스의 서사시에 등장하는 인물들이었으나, 아이네아스는 로마의 서사시에서 영웅으로 그려지는 경우가 많으므로 이제부터 인명이나 신명(神名)은 이탈리아어식 독음으로 표기하도록 하겠다.

트로이 탈출

트로이 군은 목마 안에 숨어 있던 그리스의 병사들에게 불의의 습격을 당하여 전멸되고 만다. 승리의 기쁨으로 출렁이던 도시는 살육과 약탈의 장으로 일변했다.

헥토르가 죽은 후 트로이 제일의 용사로 군림했던 아이네아스. 그 역시 화염에 휩싸인 성에서 빠져나와 가족들과 부하 몇 명만을 데리고 멀리 달아나는 수밖에 없었다. 아이네아스는 다리가 불편한 아버지 안키세스를 등에 업

233

은 후 어린 아들의 손을 잡고 달렸다. 그런데 연기가 자욱한 마을을 힘겹게 빠져나온 순간 바로 뒤에서 따라오던 아내 크레우사의 모습이 보이지 않는 것이 아닌가. 아무리 눈을 씻고 찾아봐도 우왕좌왕하는 사람들의 물결 속에서 아내의 모습은 보이지 않았다. 미칠 듯한 심정으로 아내를 찾아헤매는 아이네아스 앞에 크레우사의 망령이 나타나 이렇게 애원했다. "부디 저를 찾지 마시고 아버지와 아들을 데리고 빨리 트로이를 떠나세요." 아이네아스는 힘겹게 아내에 대한 미련을 털어버리고 고향인 이다 산으로 향한다.

아이네아스 일가와 부하들 외에도 수많은 트로이의 백성들이 이다 산으로 피신한다. 그들은 아이네아스를 지도자로 선출한 다음 바다를 건너기 위해 배를 건조하기로 했다. 반 년 정도의 시간을 들여 가까스로 배를 완성한 아이네아스 일행은 돛을 올리고 정처 없는 항해를 하게 된다.

트라키아 상륙

아이네아스는 우선 트로이 왕의 막내아들 폴리도로스가 전쟁을 피하여 몸을 의탁하고 있는 트라키아에 가보기로 마음먹는다.

트라키아에 상륙한 아이네아스가 나뭇가지를 꺾자 갑자기 나무에서 피가 흘러나오며 비명소리가 들렸다. 그리고 땅속에서 폴리도로스의 목소리가 들려오는 것이 아닌가. 자초지종을 들어보니 폴리도로스는 트로이를 떠날 때 아버지 프리아모스 왕이 들려보낸 금은보석에 눈이 먼 트라키아의 왕에게 살해돼 그곳에 매장되었다는 것이다. 지하의 목소리는 아이네아스에게 이곳 트라키아는 저주받은 땅이니 다른 곳에 정착하는 게 좋을 것이라고 경고했다. 이에 트라키아를 포기한 아이네아스 일행은 다시 배를 타고 항해에 나선다.

아폴론의 신탁

아이네아스는 아폴론과 아르테미스가 태어난 델로스 섬에 들러 아폴론의 신탁을 들어보기로 한다.

아폴론은 "옛 어머니를 찾아 그곳에 정착하라"라는 신탁을 내린다. 아이네아스 일행은 '옛 어머니'라는 말을 두고 토론을 벌인다. 아이네아스의 아버지 안키세스는 옛 어머리란 예전에 트로이 민족의 선조가 뿌리내렸던 크레타 섬임에 틀림없다고 주장한다. 일행은 입을 모아 안키세스의 의견에 동의한 후 서둘러 크레타 섬을 향해 출발한다.

크레타 섬에 도착한 아이네아스 일행은 우선 밭을 경작하며 그곳에 정착하기 위한 여러 가지 준비를 한다. 그러나 당장 먹을 양식이 없어 모두가 굶주림에 시달리고 있을 때, 아이네아스는 꿈속에서 아폴론이 말한 '옛 어머니'는 크레타 섬이 아니라 헤스페리아(현재의 이탈리아)라는 계시를 듣는다. 헤스페리아 역시 트로이 민족의 선조가 거주했던 땅이었다.

이리하여 헤스페리아를 향한 아이네아스 일행의 항해가 다시 시작된다.

괴조 하피

폭풍우를 만난 아이네아스 일행의 배는 괴조 하피가 사는 스트로파데스 섬으로 흘러들어간다. 하피는 여자의 몸을 가진 새로, 아르고 호의 항해 이야기[1]에서는 북풍의 아들 제테스와 칼라이스 형제에게 쫓겨 멀리 날아갔다고 전해지고 있다.

---

1) '이아손' 편 참조.

아이네아스 일행이 식탁을 차려놓고 막 식사를 하려고 하자, 기다렸다는 듯이 하피들이 하늘에서 날아와 식탁 위의 고기를 모조리 채간다. 아이네아스와 부하들은 하피들을 쫓아버리기 위해 검을 빼들고 휘둘렀으나, 어떤 검으로도 강철처럼 단단한 그들의 몸을 뚫을 수는 없었다. 그러나 마침내 하피들도 인간들의 거센 저항에 짜증이 났는지 "굶주림에 식탁을 갉아먹는 체험을 하기 전까지는 결코 새로운 나라를 세울 수 없을 것이다"라고 아이네아스 일행의 전도가 다난함을 예언하고는 날아가버린다.

그후 기항한 시칠리아 섬에서 아버지 안키세스는 숨을 거둔다.

아프리카에서 생긴 일

아이네아스 일행은 아프리카의 어느 항구에 도착했다. 그곳에서는 디도 여왕이 새로운 나라(후의 카르타고)를 세우려 하고 있었다. 디도 여왕은 아이네아스 일행을 환영하며 극진히 대접했다.

매일 밤 그들을 위한 연회가 열렸다. 아이네아스는 트로이 전쟁에서의 무용담과 트로이의 함락 후 일행이 겪은 모험담을 디도 여왕에게 들려주었다. 트로이 사람과 그 지방 백성들이 참가하여 정정당당하게 실력을 겨루는 무술대회도 자주 개최되었다. 이러한 교류를 통해 이윽고 두 민족은 돈독한 우정을 나누는 사이가 되었고, 어느 새 디도 여왕도 아이네아스를 사랑하게 되었다. 그 무렵 아이네아스도 디도를 아내로 맞이하여 함께 새로운 나라를 다스리는 것도 차선책이 될 수 있겠다는 생각을 하고 있었다.

그 모습을 지켜본 유피테르(제우스)는 메르쿠리우스(헤르메스)를 파견하여 하루라도 빨리 '옛 어머니'인 헤스페리아 땅에 찾아가 새로운 트로이의 나라

237

를 세우라고 아이네아스를 준엄하게 타이른다.

자신에게 주어진 사명을 상기한 아이네아스는 결혼을 종용하는 디도를 뿌리치고 다시 항해 준비를 하기 시작한다.

아이네아스 일행을 태운 배가 항구를 떠날 때 저 멀리서 연기가 피어오르는 것이 보였다. 아이네아스에게 버림받은 디도 여왕이 자신의 신세를 한탄하며 스스로 불 속으로 뛰어들어 목숨을 끊은 것이다.

예언자 시비레와 황금가지

아이네아스의 배가 드디어 헤스페리아에 도착했다. 일행은 기쁨의 눈물을 흘리며 새로운 나라를 세울 땅에 발을 내디뎠다.

일행이 야영준비를 하는 사이, 아이네아스는 저승길 안내를 부탁하기 위해 시비레라는 여자 예언자를 찾아간다. 그 전날 밤 아이네아스의 꿈속에 아버지 안키세스가 나타나 일족의 미래와 새로이 건국할 나라의 운명에 관해 할 얘기가 있으니 저승으로 자신을 찾아오라고 계시했던 것이다.

시비레는 아이네아스에게 아웰누스 호수 근처의 숲 속에 있는 '황금가지'를 찾아오라고 말했다. 아이네아스는 어머니 비너스가 보내준 비둘기의 안내로 손쉽게 황금가지를 발견할 수 있었다. 이리하여 부적 역할을 하는 황금가지를 손에 넣은 아이네아스와 시비레는 곧바로 저승으로 향했다.

저승세계

저승세계와 관련된 영웅담으로는 아르고 호 탐험대의 일원이었던 음악가 오르페우스가 아내 에우리디케를 되찾으러 저승으로 내려간 이야기[2]와 테세우스가 저승의 망각의 의자에 앉아 꼼짝도 못하다가 헤라클레스에 의해 구출된 이야기3), 그리고 마지막으로 아이네아스가 시비레와 함께 아버지 안키세스를 만나러 저승으로 찾아간 이야기가 있다. 토마스 불핀치가 쓴 『그리스·로마 신화』의 아이네아스의 저승행 부분에는 저승세계의 모습이 자세히 묘사되어 있다.

불핀치에 의하면 저승의 입구 부근은 표면이 쩍쩍 갈라진 화산질 토양으로 덮여 있고 곳곳에 유황불이 타오르고 있다고 한다. 동굴 모양의 입구를 지나 지하세계로 내려간 아이네아스와 시비레는 비탄, 공포, 기아, 불안 등 인간의 불행을 초래하는 여러 망령들을 만났다. 그러고 나서 그들은 복수의 여신, 불화의 여신, 1백 개의 팔이 달린 거인 브리아레오스, 양의 몸에 사자의 머리와 뱀 모양의 꼬리가 달린 괴물 키마이라 등과 마주쳤다. 시비레는 이들과 맞서 싸우려는 아이네아스를 만류하며 걸음을 재촉했다.

저승 세계의 뱃사공인 카론4)은 "살아 있는 자는 저승에 갈 수 없다"고 호통을 치며 두 사람을 배에 태워주려고 하지 않았다. 그러나 시비레가 황금가지를 건네주자 카론은 아무 말 없이 그들을 태우고 스틱스 강을 건넜다.

두 사람이 저승문 앞에 다다랐을 때, 이번에는 저승을 지키는 개 케르베로스5)가 그들을 향해 당장이라도 달려들 기세로 으르렁거렸다. 그러나 이번에도 시비레가 수면제가 든 과자를 던져 케르베로스를 잠재운 덕분에 그들은 무사히 저승문을 통과하게 된다.

---

2) '오르페우스' 편 참조.
3) '테세우스' 편 참조.
4) '오르페우스' 편 참조.
5) '오르페우스' 편 참조.

저승세계에서는 크레타 섬의 미노스 왕이 죽은 자들을 요절한 자, 억울한 누명을 쓰고 죽은 자, 실연해서 자살한 자, 전사자 등으로 분류하는 임무를 맡고 있었다. 실연으로 자살한 자 중에는 아이네아스에게 버림받은 후 스스로 불 속에 뛰어들어 목숨을 끊은 디도 여왕도 끼어 있었다. 그녀는 금세 아이네아스를 알아보았으나 아무 말 없이 고개를 돌려 그를 외면해버렸다.

마침내 안키세스와 재회한 아이네아스를 아버지는 힘껏 부둥켜안았다. 안키세스는 아이네아스에게 인간이 어떻게 창조되는지, 또한 죽은 후 정화 과정을 거친 영혼이 어떻게 다시 인간의 육체를 얻어 환생하는지에 대해 설명했다. 그리고 아이네아스 일족은 앞으로 수많은 고난을 겪게 되겠지만, 언젠가 새로운 로마제국을 건설하여 세계를 제패하게 될 것이라고 예언했다. 아이네아스는 트로이 민족의 밝은 미래에 안도하면서 아버지에게 이별을 고한 후 다시 인간 세상으로 돌아왔다.

아이네아스는 시비레에게 감사의 인사를 한 후 일행이 기다리고 있는 곳으로 돌아갔다.

신천지에서의 전투

티베르 강가에 다다른 아이네아스 일행은 그곳에 배를 정박시킨 후 식사를 하기로 했다. 그들은 바닥에 앉아 식탁 대신 빵을 각자의 무릎 위에 얹은 다음 나무열매 등 음식을 그 위에 올려놓았다. 식사가 끝난 후 그들은 마지막으로 식탁으로 사용했던 빵까지 남김없이 먹어치웠다. 바로 그때 아이네아스는 "굶주림에 식탁을 갉아먹는 체험을 하기 전까지는 결코 새로운 나라를 세울 수 없을 것이다"라는 하피의 예언을 떠올리며, 티베르 강 유역이야말로 트로이 민족의 새로운 나라를 건설할 곳이라는 사실을 깨달았다.

당시 티베르 강 유역은 라티누스 왕이 다스리고 있었다. 그에게는 라비니아라는 아름다운 딸이 한 명 있었는데, 공주와 결혼하려는 많은 구혼자들 중에서 루툴리의 왕 투라누스를 사윗감으로 점찍고 있었다. 그런데 어느 날 "공주는 세계를 정복할 이방인의 아내가 될 운명이다"라는 신탁이 내린다. 때마침 그곳에 도착한 아이네아스야말로 진정한 사윗감이라고 생각한 라티누스 왕은 아이네아스 일행을 후히 대접했다.

그런데 아이네아스와 그 일행의 순조로운 앞길을 가로막는 훼방꾼이 출현한다. 그는 바로 트로이 민족을 미워하는[6] 여신 유노(헤라)였다. 유노는 아이네아스와 싸워 라비니아를 손에 넣으라고 투라누스를 부추겼다. 그렇지 않아도 라비니아를 이방인에게 빼앗길 수는 없다고 이를 갈고 있던 투라누스는 군사를 모집하여 전쟁준비를 하기 시작한다.

아이네아스는 파라티누스 언덕에 새로운 도시 파란테움을 건설한 아르카디아인의 왕 에우안드로스에게 지원을 요청했다. 마침내 지원병력까지 얻어 용기백배한 트로이 민족은 간단히 투라누스의 군대를 물리쳤다.

로마의 건국

전쟁이 끝난 후 아이네아스와 라비니아 공주는 결혼식을 올렸다. 그리고 아이네아스는 라비니인과 트로이인이 함께 건설한 새로운 나라인 라비니움의 왕이 되었다. 그로부터 30년 후 아이네아스의 아들 아스카니우스는 알바 롱가 시를 건설하여 수도로 삼았다. 율루스라고도 불린 아스카니우스는 율리우

---

6) '아이네아스 가이드' 항목 참조.

스 카이사르[7]의 가문을 포함한 율리아 가계의 조상으로 추정되고 있다. 따라서 율리우스 카이사르는 아이네아스의 후손에 해당된다.

그로부터 수세기 후, 아이네아스의 후손인 로물루스가 아르카디아인의 왕 에우안드로스가 건설한 파란테움에 로마를 건국했다.

---

7) 줄리어스 시저(Julius Caesar: B.C.100~B.C.44). 로마의 장군, 정치가.

[아이네아스 가이드]

1 파리스의 판정과 트로이 전쟁

유노, 아테나, 비너스 등의 세 여신은 펠레우스와 테티스(아킬레우스의 부모)의 결혼식에서 불화의 씨를 뿌리고 다니는 여신 에리스가 던진 황금사과가 서로 자신의 것이라고 우겨댔다. 그도 그럴 것이 에리스의 황금사과에는 '가장 아름다운 자를 위하여' 라는 글귀가 새겨져 있었던 것이다. 유피테르가 트로이의 왕자 파리스에게 판정을 일임하자, 유노는 전세계를, 아테나는 모든 전쟁에서의 승리를, 비너스는 세상에서 가장 아름다운 여인을 주겠다고 약속하며 파리스를 회유하려 했다. 비너스가 내건 조건에 구미가 당긴 파리스는 황금사과를 그녀에게 건네주었다. 그 이후로 비너스는 파리스의 수호신 역할을 담당하게 되었고, 유노와 아테나는 파리스와 트로이를 철천지원수로 여기게 되었다.

그런데 이 황금사과로 인해 트로이 전쟁이 발발하게 된다. 세상에서 가장 아름다운 여인은 스파르타의 헬레네 공주였기 때문에 비너스는 자신의 약속을 지키기 위해 파리스가 헬레네를 납치할 때 도움을 아끼지 않았다. 격분한 그리스의 영웅들은 아가멤논의 휘하에 모여 트로이와의 전쟁을 선포했다.

2 델로스 섬

델로스 섬은 고대 그리스의 종교 · 정치 · 상업의 중심지로, 다음과 같은 이야기가 전해내려오고 있다.

제우스에게 쫓기던 티탄 신족[1] 아스테리아가 메추라기로 모습을 바꿔 바다로 뛰어들자, 얼마 후 그 자리에 섬 하나가 떠올랐다. 당초 아스테리아(또는 메추라기를 뜻하는 그리스어인 '오르틱스'에서 따온 '오르티기아')라 불렸던 이 섬은 후에 델로스 섬으로 명칭이 변경되었다.

또한 델로스 섬은 아스테리아의 동생 레토가 제우스의 쌍둥이 자식인 아폴론과 아르테미스를 낳은 곳이기도 하다.

임신 사실을 알고 격분한 헤라에 의해 고향에서 쫓겨나 떠돌이 신세가 된 레토는 제우스의 도움으로 델로스 섬에서 무사히 아이를 낳았다.

3 로마 신화와 그리스 신화의 관계

그리스 신화와 로마 신화는 동일한 신을 주인공으로 하여 서로 대동소이한 이야기를 다루고 있다. 이것은 로마인이 로마 신화를 만들어낼 때 그리스 신화에 그들의 신화를 포함시키는 형태를 취했기 때문이다. 따라서 로마 신화에는 그리스 신화에 등장하지 않는 신들의 이야기도 들어 있으며, 물론 그러한 신들의 이름은 로마식으로 표기되어 있다.

이리하여 그리스 신화는 강대국 로마를 통해 유럽 전역으로 퍼져나갔다.

---

1) 하늘의 신 우라노스와 땅의 신 가이아 사이에서 태어난 신족. 제우스의 아버지 크로노스도 티탄 신족이었다. 그러나 티탄 신족과 적대관계에 있던 올림포스의 신들이 저승세계 깊숙한 곳에 그들을 유폐시켜버렸다.

III

성서 속의 영웅들

모세

MOSES

성서 속에도 영웅이라 불릴 만한 인물들이 다수 등장하고 있다. 그들은 무기를 들지 않고 민중을 교화시킨 위대한 정신의 소유자들이었다.

여기서는 성서 속의 영웅들에 초점을 맞춰보겠다.

이스라엘 민족을 이집트의 노예 상태에서 해방시킨 지도자 모세는 뛰어난 능력을 갖고 있으면서도 매우 겸손하고 이해심 많은 사람이었다.

모세는 구약성서 『출애굽기』부터 『신명기』에 걸쳐 주인공으로 등장한다.

이집트 왕의 박해와 모세의 탄생

이집트에서는 요셉[1]의 등장 이래로 이스라엘 민족의 인구가 폭발적으로 증가하고 있었다. 이에 위협을 느낀 이집트의 왕은 이스라엘 백성을 박해하기 시작했다.

왕은 이스라엘인들이 권력을 잡지 못하도록 강제노동을 시키는 한편 갓 태어난 사내아기들을 모두 죽여버리라고 지시했다.

그러나 산파들은 신의 노여움을 살 것이 두려워 감시를 피해 아기들을 빼

---

1) 『창세기』에 등장하는 이스라엘인. 이집트에 노예로 팔려온 후 수많은 역경을 딛고 재상의 자리에까지 오른 입지전적 인물이다.

돌리곤 했다. 그 사실을 알게 된 왕은 사내아기가 태어나면 모두 나일 강에 내다버리라고 전국에 포고령을 내린다.

상황이 이렇게 돌아가고 있을 때 막중한 운명을 짊어진 한 사내아기가 태어난다. 어머니 요게벳은 갓난아기를 차마 나일 강에 버릴 수가 없어 파피루스로 짠 바구니에 아기를 담은 다음 갈대 사이에 내려놓고 떠난다. 아기는 때마침 그곳에서 목욕을 하고 있던 왕의 딸에게 발견되어 궁정에서 자라게 되었다.

공주는 아기에게 물에서 태어났다는 뜻에서 '모세' 라는 이름을 지어주었다.

신을 만난 모세

어느 날 모세는 한 이스라엘인이 이집트인 근로감독자에게 무지막지하게 구타당하는 모습을 보고 격분하여 그 잔인한 이집트인을 죽여버렸다. 그러고 나서 이집트를 탈출한 모세는 미디안[2]으로 가서 그곳 사제의 딸과 결혼했다.

어느 날 모세는 양떼를 몰고 신의 산 호렙[3]에 올라갔다가 활활 타오르고 있는 가시덤불을 본다. 그 순간 모세는 자신을 이름을 부르는 신의 목소리를 듣는다.

신은 모세에게 이집트에서 고통받고 있는 이스라엘 백성을 이끌고 '젖[4]'과

---

2) 아라비아 반도의 북부 지역으로 아카바 만을 끼고 시나이 반도와 대치하고 있다. '모세 일행의 여정' 지도 참조.
3) 시나이 산을 가리킨다.

꿀이 흐르는 땅 가나안⁴ 으로 가라고 명령했다.

그러나 모세는 자신에게는 그럴 만한 능력이 없다고 항변하며 주어진 소명을 받아들이려 하지 않았다. 그러자 신은 모세에게 지팡이를 뱀으로 바꿀 수 있는 마력, 새하얘진 손을 원상태로 되돌릴 수 있는 마력, 나일 강물을 피로 바꿀 수 있는 마력을 내려주었다.

그래도 모세는 자신의 부족한 말솜씨로는 이스라엘 민족을 이끌 수 없다며 제발 무거운 짐을 벗겨 달라고 신에게 간청했다. 이에 신이 언변이 뛰어난 모세의 형 아론에게 자신의 대변자 역할을 맡기겠다고 약속하자, 모세도 신의 대리인으로서의 소명을 받아들일 수밖에 없었다.

이집트로 향한 모세와 아론은 민중에게 신의 계시를 전했다. 그리고 모세는 세 가지 기적을 행함으로써 자신이야말로 이스라엘 백성을 이끌 진정한 지도자임을 보여주었다.

신과 왕의 교섭

모세와 아론은 이스라엘 백성의 대리인 자격으로 이집트 왕과 협상을 벌였다.

"이스라엘 백성에게 사흘간 휴가를 주어 황야로 갈 수 있게 해주십시오. 그리고 그곳에서 우리의 신을 위해 제사를 지내게 해주십시오. 이것은 신의 명령입니다."

그러나 모세의 제안을 강제노동에서 벗어나기 위한 허튼수작이라고 단정

---

4) 가나안의 명산물인 유향(乳香 : 열대식물 유향수의 분비액을 말려 만든 수지).

지은 왕은 제안을 들어주기는커녕 이스라엘 백성을 보다 더 가혹하게 다루기 시작했다. 곤경에 처한 모세와 아론은 신에게 매달릴 수밖에 없었다.

모세와 아론은 왕에게 재차 자신의 뜻을 전달하라는 신의 지시에 따라 또다시 왕을 찾아갔다. 이때 신은 모세의 몸을 빌려 다음과 같은 기적을 보여주었다.

1. 지팡이가 뱀으로 변했다.
2. 지팡이를 던지자 나일 강이 피로 물들었다.
3. 이집트 전역을 개구리로 들끓게 만들었다.
4. 지팡이를 던지자 땅의 먼지가 모기로 변했다.
5. 이집트 전역에 등에 떼를 보냈다.
6. 역병이 돌게 하여 이집트의 가축을 모조리 죽여버렸다.
7. 아궁이의 검댕을 부스럼을 일으키는 세균으로 변하게 했다.
8. 엄청나게 큰 우박을 내렸다.
9. 메뚜기 떼가 극성을 부렸다.
10. 이집트를 암흑세상으로 만들었다.

이러한 재앙을 직접 목격하고도 왕은 눈썹 하나 꿈쩍하지 않았다.

최후의 수단으로 이집트의 모든 장자[5]를 죽이기로 마음먹은 신은 이스라엘 민족은 그 화를 면할 수 있도록 어린양의 피를 두 개의 기둥에 바른 다음 집안에서 죽인 양의 고기를 구워 '씨가 들어 있지 않은 빵'과 함께 하룻밤 안에 먹으라고[6] 명령한다.

---

5) 맏자식.
6) 이스라엘에서는 이집트에서의 탈출을 축하하는 의미에서 유월절에 아직도 이러한 행사를 하고 있다.

신의 계시대로 이집트의 모든 장자가 죽어버리자, 왕은 울며 겨자 먹기로 모세의 제안을 받아들일 수밖에 없었다.

이집트 탈출

모세는 이스라엘 백성을 이끌고 홍해에 면한 광야로 나아갔다. 이때 낮에는 구름기둥, 밤에는 불기둥이 그들의 앞길을 비춰주었다.

한편 이집트인의 노예로 마음껏 부려먹을 수 있는 이스라엘 민족을 이대로 순순히 보내줄 수는 없다고 생각한 이집트 왕은 군대를 정비하여 모세 일행을 추격하기 시작했다.

맹렬한 기세로 달려온 이집트 군이 모세 일행을 거의 따라잡았을 때, 망망한 바다가 그들의 앞을 가로막았다. 사면초가의 신세가 된 모세의 귀에 신의 목소리가 들려왔다.

"손에 든 지팡이를 바다 위로 내밀어라."

모세는 신의 말씀대로 지팡이를 든 손을 앞으로 내밀었다. 그러자 놀랍게도 바닷물이 양옆으로 갈라지기 시작했다. 이스라엘 백성은 신의 가호에 감사드리며 바다 건너편으로 달아났다. 그런데 일행의 뒤를 바짝 쫓아오던 이집트 군도 전속력을 다해 바닷길로 몰려들고 있었다. 모세는 다시 지팡이를 든 손을 앞으로 뻗었다. 그러자 갈라졌던 바닷물이 엄청난 파도를 일으키며 원래대로 합쳐지기 시작했다. 이집트의 병사들은 처절한 비명소리와 함께 모조리 바다 속에 수장되고 말았다.

이집트 군의 손아귀에서 벗어난 후, 모세는 여러 가지 기적을 행하며 이스라엘 민족을 이끌고 쉼 없이 앞으로 나아갔다. 모세 일행은 그로부터 석 달 후 시나이 광야에 도착했다.

십계

시나이 광야에 도착한 지 사흘째 되는 날, 신이 무시무시한 바람과 함께 시나이 산에 강림했다. 신은 모세를 불러 십계를 비롯한 여러 가지 규율을 내려주었다. 신과의 계약을 모두 받아 적은 모세는 그것을 이스라엘 백성에게 보여주었다.

신과의 계약서에는 가나안은 이스라엘 민족의 땅이라는 것, 그리고 가나안에서 그들이 지켜야 할 규율이 상세히 규정되어 있었다. 모세 일행은 신과의 계약을 받아들이기로 하고 신에 대한 감사의 뜻으로 번제(燔祭)⁷⁾와 수은제(酬恩祭)⁸⁾를 드렸다.

금송아지

어느 날 모세는 신의 부름으로 시나이 산에 올라갔다가 장기간의 산상 금식기도를 드리게 되었다.

모세의 부재에 불안을 느낀 이스라엘 백성은 아론에게 달려가 모세가 섬기는 신과는 다른 우상을 만들어달라고 청한다. 이에 아론은 여자들의 금귀걸이를 모아 금송아지 상을 만든다.

이스라엘 백성은 금송아지를 모셔 놓고 번제와 수은제를 드린 후 빙 둘러

---

7) 유태교에서 가축을 불살라 신에게 바치던 의식.
8) 구약시대 모세가 이스라엘의 백성이 지켜야 할 율법으로서 정해 놓은 제사. 소, 양, 산양의 지방, 간장, 신장 등을 태워 그 연기를 신에게 바쳤다. 일반적으로 번제와 함께 행해졌다.

앉아 먹고 마시며 가무를 즐겼다. 산에서 내려와 이 광경을 목격하고 그들의 얄팍한 신앙심에 격분한 모세는 금송아지 상을 부숴버렸다.

모세는 신에게 이스라엘 백성의 죄를 사해 줄 것을 간청했다. 그리고 언제든 신이 강림하여 계시를 내릴 수 있도록 신의 처소인 '만남의 성막'을 건조했다.

신에 대한 불신

다음해 드디어 이스라엘 백성은 가나안을 향해 출발했다. 그들은 구름이 성막에서 걷혔을 때 앞으로 나아가고 구름이 성막 위에 머물 때 행군을 멈췄다.

여행이 장기화되면서 처음에는 신을 믿었던 사람들조차 불만의 소리를 높이기 시작하자, 모세는 때때로 신의 기적을 보여주며 끈기 있게 그들을 설득했다. 이처럼 순탄치 못한 여정을 거쳐 이스라엘 백성은 마침내 바란 광야에 도착했다.

약속의 땅 가나안이 눈앞으로 다가오자, 모세는 그곳의 동태를 살피기 위해 열두 명의 정찰병을 파견했다. 정찰병들은 가나안은 '젖과 꿀이 흐르는' 비옥

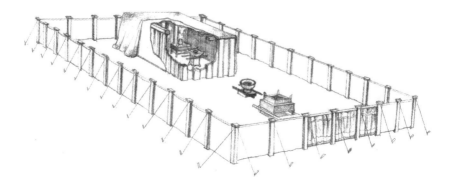

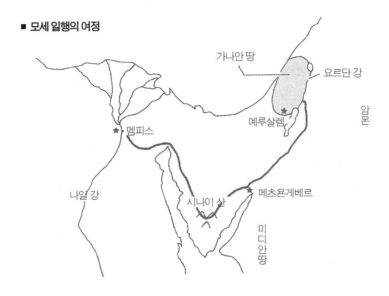

■ 모세 일행의 여정

가나안 땅

요르단 강

암몬

멤피스

예루살렘

나일 강

메츠욘게베르

시나이 산

미디안 땅

한 땅이긴 하지만, 방비가 튼튼하여 정복하기가 여의치 않을 것 같다고 보고 했다.

절망에 빠진 사람들은 모세와 아론을 원망하기 시작했다. 차라리 이집트로 돌아가 노예생활을 하는 것이 낫겠다는 회의적인 목소리도 들려왔다.

이스라엘 백성의 끊임없는 불신과 원망에 분노한 신은 이렇게 모세에게 말 했다.

"나를 믿지 않은 스무 살 이상의 자들은 모두 죽게 될 것이다. 그리고 그 자 녀들은 40년간 광야에서 양치기로 떠돌며 죽은 자들의 죄갚음을 한 후에야 가나안으로 들어갈 수 있을 것이다."

결국 대부분의 정찰병들이 죽고 갈렙과 여호수아만이 살아남아 가나안으로 들어갈 수 있었다.

이리하여 가나안을 향한 모세 일행의 여정은 40년간이나 계속되었다.

그런데 여행 도중에 모세 자신도 신의 노여움을 사는 우를 범하고 만다.

모세는 식수부족으로 고생하는 사람들을 위해 신에게 기도를 드렸다. 신은 사람들이 보는 앞에서 지팡이로 바위를 치면 물이 솟아날 것이라고 계시했다. 이때 모세는 바위를 치기 전에 우선 명령을 내리라는 신의 말씀을 거역하고 아무런 말 없이 바위를 내리쳤다. 신은 순종과 겸손의 태도를 잃어버린 모세와 아론 역시 가나안에 발을 들여놓을 수 없을 것이라고 예언했다.

모세의 죽음

가나안을 목전에 두고 결국 모세는 최후를 맞이하게 된다.

이스라엘 백성은 40년간의 방랑 끝에 모압이라는 곳에 도착했다. 모압은 요르단 강을 사이에 두고 가나안과 대치하고 있는 지역이었다. 이때 모세의 나이는 백스무 살이었다.

자신의 죽음을 예감한 모세는 사람들을 모아놓고 그때까지의 여정을 반추하며 십계명을 상기시킨 후 다음과 같이 설교했다.

"너는 마음을 다하고 성품을 다하고 힘을 다하여 네 하나님 여호와를 사랑하라."(신명기 6:5)

모세는 신의 계시에 따라 여호수아를 '만남의 성막' 안으로 불러들였다. 신은 여호수아에게 모세의 뒤를 이어 이스라엘 백성을 가나안으로 인도하는 임무를 맡겼다.

"오늘 내가 너희에게 명하는 이 말씀을 마음에 새기고 네 자녀에게 모든 율법을 부지런히 가르쳐야 한다. 그것이 곧 우리의 의로움이라 할지니라."

모세는 이스라엘 백성에게 축복의 말을 남기고 피스가 산으로 올라갔다. 그곳은 모세 자신은 결코 발을 들여놓을 수 없는 약속의 땅 가나안이 한눈에 내려다보이는 장소였다.

[모세 가이드]

1 약속의 땅 가나안

『창세기』에서 신은 아브라함의 손자이자 이삭의 아들인 야곱에게 '이스라엘'로 개명하라는 명령(창세기 35:10)과 함께 가나안(현재의 팔레스타인)을 야곱의 자손에게 줄 것을 약속했다(창세기 35:12). 그 이후 가나안은 이스라엘 민족이 신으로부터 부여받은 약속의 땅이 되었다.

● 여호수아

모세의 시종 눈의 아들인 여호수아는 『신명기』 다음의 『여호수아』의 주인공이다. 『여호수아』는 신의 계시에 따라 여호수아가 가나안을 정복하고 그 땅을 이스라엘 민족에게 분배하는 과정을 그리고 있다.

삼손

SAMSON

삼손은『판관기』에 등장하는 괴력의 주인공이다.

삼손의 충동적이고 방탕한 행동을 보면, 그는 그저 싸움을 즐기는 평범한 인간일 뿐 영웅이나 성자와는 거리가 먼 것처럼 느껴진다. 변덕스럽고 이기적인 호색한 삼손은 매우 독특한 영웅의 부류에 속한다고 할 수 있다.

판관 삼손

삼손이 태어날 무렵 이스라엘 민족은 가나안의 원주민인 필리스티아인의 지배를 받고 있었다.

모세의 뒤를 이어 이스라엘 백성을 가나안으로 인도한 여호수아가 세상을 떠난 후, 사람들은 약속의 땅을 주신 신의 존재를 망각하고 이민족의 신을 섬기고 있었다.

신은 '판관' 이라 불리는 자를 보내 이스라엘 백성을 구원하고자 했다. 판관은 본래 '사법관' 이라는 뜻으로, 밖으로는 외적의 침입에 대항하여 싸우는 전사의 역할, 안으로는 백성들의 잘잘못을 가리는 재판관의 역할을 담당했다. 삼손은 그러한 판관들 중 한 사람이었다.

판관을 파견하기로 결심한 신은 이스라엘의 한 여인에게 사자를 보내 장차 민족을 구하게 될 아기가 태어날 것이라는 계시를 내린다.

신은 여인에게 평생 아기의 머리카락과 수염을 절대로 깎아서는 안 된다고 명령했다. 머리카락과 수염은 아기에게 괴력을 부여하는 원천이었던 것이다.

열 달 후 건강한 사내아기를 순산한 여인은 아기에게 삼손이라는 이름을 지어주었다.

필리스티아인과 수수께끼

장성한 삼손은 신의 뜻에 따라 필리스티아 여자와 결혼을 하게 된다. 신은 이 불손한 민족을 공격할 기회를 노리기 위해 삼손을 필리스티아인과 결혼시킨 것이다.

그러나 이 결혼이야말로 삼손에게 있어서는 불행의 시작이었다.

결혼 피로연 자리에서 삼손은 서른 명의 필리스티아인에게 다음과 같은 수수께끼를 냈다. "먹는 자에게서 먹을 것이 나오고 강한 자에게서 단 것이 나왔다. 이것은 무슨 뜻인가?" 그것은 죽은 사자의 고기에 많은 벌이 모여들어 꿀이 쌓이게 되었다는 의미였다.

삼손은 계속해서 "수수께끼를 풀면 내가 너희에게 베옷 30벌과 나들이옷 30벌을 주고, 만일 수수께끼를 풀지 못하면 너희가 내게 동일한 물건을 줘야 한다"고 말했다.

수수께끼를 푸는 데 필리스티아인에게 주어진 시간은 일주일이었다. 필리스티아인은 나흘 동안 아무리 머리를 맞대고 고민해도 답이 떠오르지 않자, 삼손의 아내를 위협했다. 협박에 못 이긴 삼손의 아내는 울면서 남편에게 답을 가르쳐달라고 매달렸다. 삼손은 처음에는 들은 체도 하지 않았으나, 결국 마지막 이레째 되는 날 고집을 꺾고 아내에게 답을 가르쳐주고야 만다.

필리스티아인이 쉽게 답을 알아맞추는 것을 보고 모든 것을 알아차린 삼손은 그들의 얄팍한 속임수에 화가 치밀었으나, 약속한 물건을 내줄 수밖에 없었다.

삼손의 괴력

삼손이 필리스티아인에게 줄 옷을 마련하느라 동분서주하는 사이 큰 사건이 일어난다. 사위가 딸을 버렸다고 오해한 삼손의 장인이 딸을 삼손의 하인에게 시집보낸 것이다. 격분한 삼손은 여우 3백 마리를 이용하여 곡식이 무르익은 필리스티아인의 밭을 모두 태워버렸다. 이에 화가 난 필리스티아인도 삼손의 딸과 장인을 죽여버린다.

필리스티아인을 두려워했던 이스라엘 사람들은 복수를 맹세하며 동굴로 숨어든 삼손을 끌어냈다. 그리고 나서 삼손을 밧줄로 꽁꽁 묶은 다음 적의 손에 넘겼다. 그러나 신의 권능에 의해 삼손의 몸을 감고 있던 밧줄이 마치 불에 탄 베실처럼 변하더니 몸에서 스르르 흘러내렸다. 자유의 몸이 된 삼손은 나귀의 턱뼈를 움켜쥐고 필리스티아인 1천 명을 쳐죽였다.

이밖에도 삼손의 무시무시한 괴력을 보여주는 또 하나의 에피소드가 있다. 1천 명의 필리스티아인을 죽인 후 가자로 간 삼손은 한 매춘부의 집에 머물게 되었다. 필리스티아인과 마찬가지로 가나안의 원주민이었던 가자 사람들은 삼손을 살해하기 위해 마을 문 주위에 몸을 숨기고 있었다. 그런데 한밤중에 매춘부의 집을 나온 삼손이 마을 문과 두 개의 기둥을 쑥 뽑아들더니 어깨에 짊어지는 것이 아닌가. 그 광경을 보고 간담이 서늘해진 가자 사람들은 멍하니 입을 벌린 채 그 자리에 얼어붙어버렸다. 그 사실을 아는지 모르는지 삼손은 유유히 마을을 빠져나갔다.

데릴라와 삼손의 죽음

아내에게 수수께끼의 답을 가르쳐주어 곤경에 처했던 것만 봐도 알 수 있듯이 아무래도 삼손의 최대 약점은 사랑하는 여인에게는 끝까지 비밀을 지키지 못한다는 점인 것 같다. 다음 이야기는 삼손이 자신의 가장 큰 비밀을 폭로함으로써 결국 파멸을 맞이하게 되는 부분이다.

삼손은 데릴라라는 아름다운 여인을 본 순간 사랑에 빠져버린다. 그 사실을 안 필리스티아인은 삼손의 초인적 힘의 비밀을 캐내기 위해 데릴라를 매수했다.

처음에 삼손은 괴력의 원천을 캐묻는 데릴라의 질문 공세를 얼렁뚱땅 피해나갔으나, 그녀의 집요함에 견디다 못해 결국 머리카락에 얽힌 비밀을 모조리 털어놓고 만다. 다음날 삼손이 자신의 무릎 위에서 잠든 사이 데릴라는 그의 머리카락을 모두 밀어버린다.

바로 그때 데릴라의 집에 들이닥친 필리스티아인은 무력해진 삼손의 두 눈을 뽑아버렸다. 그러고 나서 가자로 끌려간 삼손은 청동족쇄를 차고 거대한 맷돌을 돌리는 노예신세가 되고 말았다. 그러나 그런 치욕의 시간 속에서도 삼손의 머리카락은 조금씩 자라나고 있었다.

필리스티아인은 그들이 숭배하는 다곤 신의 제삿날에 삼손을 웃음거리로 만들기 위해 그를 신전으로 끌고 왔다. 삼손은 그 기회를 놓치지 않고 신전의 지붕을 받치고 있는 두 개의 기둥에 몸을 기대게 해달라고 부탁했다. 그리고 "블레셋(필리스티아) 사람과 함께 죽기를 원합니다(판관기 16:30)"라고 말한 후 혼신의 힘을 다하여 기둥을 밀기 시작했다. 다음 순간 두 개의 기둥이 쓰러지며 돌로 된 지붕이 신전 안에 있던 수천 명의 사람들의 머리 위로 무너져내렸다. 이때 삼손도 필리스티아 사람들과 함께 목숨을 잃고 말았다.

[삼손 가이드]

1 판관들

『판관기』에는 삼손 외에도 많은 판관들이 등장한다. 판관들은 신의 노여움을 산 탓에 이민족의 지배를 받고 있던 이스라엘 백성을 인도하기 위해 신의 이름으로 파견된 사람들이었다. 그러나 이스라엘 백성은 판관의 구원을 받은 후에도 그가 죽어버리면 다시 신을 망각하고 악행을 일삼았다. 이에 신은 그들을 다시 이민족에게 넘겨주고 다시 판관을 파견한다. 그 판관이 죽고, 사람들이 악을 자행하고, 다시 이민족의 지배. 판관의 등장…….

『판관기』는 그러한 반복된 과정의 기록이다.

다음과 같이 『판관기』 안에 등장하는 판관은 모두 열두 명이다(등장 순).

1. 옷니엘 : 메소보다미아의 왕과 싸웠다.
2. 에훗 : 모압의 왕과 싸웠다.
3. 삼갈 : 필리스티아인과 싸웠다.
4. 바락 : 하솔의 왕과 싸웠다.
5. 기드온 : 미디안인과 싸웠다.
6. 돌라 : 23년간 이스라엘 백성의 판관이었다.

7. 야일 : 22년간 이스라엘 백성의 판관이었다.

8. 입다 : 암몬인과 싸웠다.

9. 입산 : 7년간 이스라엘 백성의 판관이었다.

10. 엘론 : 10년간 이스라엘 백성의 판관이었다.

11. 압돈 : 8년간 이스라엘 백성의 판관이었다.

12. 삼손 : 필리스티아인과 싸웠다.

이들 열두 명의 판관 중 삼갈, 돌라, 야일, 엘론, 압돈은 이름과 출생, 통치기간만 기록에 남아 있다. 이들은 판관으로 태어나긴 했지만, 그다지 눈에 띄는 활동을 하지는 않은 듯하다.

● 기드온

열두 명의 판관 중 하나인 기드온은 『판관기』에서 삼손에 버금가는 주요 인물이다.

기드온의 시대에 이스라엘 백성은 미디안인의 지배를 받고 있었다. 기드온은 이스라엘의 3백 명의 용사를 이끌고 10만여 명의 병력이 집결해 있는 적진으로 쳐들어갔다. 기드온의 3백 명의 용사들은 적을 둘러싸듯이 흩어져서 횃불을 밝힌 다음 나팔을 불고 항아리를 두들겨댔다. 이에 엄청난 수의 군대에 포위당했다고 생각한 적군은 혼비백산하여 같은 편끼리 싸우다가 결국 달아나고 말았다.

이스라엘 백성은 미디안의 군대를 물리친 기드온을 그들의 지배자로 섬기려 했으나, 기드온은 신이야말로 유일한 지배자임을 강조하며 겸손을 잃지 않았다. 그러나 기드온은 미디안인으로부터 빼앗은 금귀걸이를 모아 우상을 만드는 죄를 범하고 말았다. 이로 인해 기드온이 죽은 뒤 이스라엘 백성은 다시 이교도의 신을 숭배하게 된다.

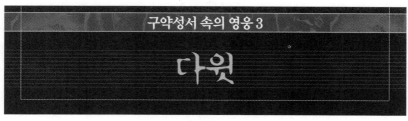

DAVID

다윗은 『사무엘서』에 등장하는 이스라엘의 제2대 왕이다.

원래 한낱 양치기 소년에 불과했던 다윗은 필리스티아의 거인 골리앗을 돌팔매질로 쓰러뜨린 후, 이를 계기로 왕위에까지 오르게 된다.

당시의 이스라엘 왕국

당시 이스라엘에서는 사무엘이 신의 예언자로서 백성들을 이끌고 있었으나, 필리스티아인에 대한 두려움 때문에 '이 나라에도 신이 아닌 왕이 필요하다'는 여론이 전국에 들끓기 시작했다. 이에 사무엘은 신의 허락을 받아 사울이라는 젊은이를 왕위에 앉혔다.

이리하여 이스라엘 왕국이 탄생했다.

사울은 몇 년간 훌륭하게 왕국을 다스리는 듯했으나, 얼마 안 있어 신의 노여움을 사는 행동을 저지르고 만다.

어느 날 신은 사울에게 아말렉[1]의 도시로 쳐들어가 그곳의 주민과 가축들을 모조리 죽이라고 명했다. 그러나 사울은 적의 왕 아각을 생포하고 질 좋은 가축들을 남겨두는 죄를 저지른다. 이러한 행위로 신과 사무엘의 분노를 산

---

1) 이스라엘 민족이 이집트를 탈출할 때 앞길을 가로막았다.

사울은 결국 왕위에서 쫓겨나게 된다.

왕이 되기 위한 길

신은 사울 때와 마찬가지로 사무엘에게 왕이 될 사람을 찾아가 향유를 부어주는 임무를 부여했다. 그의 이름은 다윗으로, 베들레헴에 사는 이새라는 양치기의 막내아들이었다.

"눈이 예쁘고 혈색 좋은 모습이 아름답더라."(사무엘상 16:12)

사무엘은 이새의 집을 방문하여 아름다운 소년 다윗에게 향유를 부어주었다.

이 무렵 악령에 시달리던(이것도 신이 주재하신 일이었다) 사울 왕은 아름다운 하프 소리를 들으면 악령이 사라질 것이라는 신하들의 권유에 따라 하프의 달인을 찾고 있었다.

어떤 사람이 궁전으로 찾아와 이새의 아들 다윗은 용감하고 싸움을 잘 하는데다 하프도 매우 잘 켠다고 말했다. 사울 왕은 지체 없이 다윗을 궁전으로 불러들여 신하로 삼았다.

거인 골리앗

당시 이스라엘은 필리스티아인과 길고 지루한 전쟁을 벌이고 있었다.

어느 날 양쪽 군대가 산 위에 진을 친 채 대치하고 있을 때, 필리스티아 진영에서 신장 6큐빗 반²⁾의 거인이 단신으로 이스라엘 진영을 향해 돌진해왔다. 청동으로 된 비늘 모양의 갑옷으로 몸을 감싸고³⁾ 청동투구를 눌러쓴 이 거인의 이름은 골리앗이었다.

거인의 위풍당당한 기세에 겁을 집어먹은 이스라엘 군. 바로 그때 다윗이 사울 왕 앞으로 나가 자신을 골리앗과 싸우게 해달라고 요청했다. 사울 왕은 크게 기뻐하며 자신의 의복과 청동갑옷, 그리고 청동투구를 다윗에게 빌려주

2) 약 3m. 1큐빗＝0.45m
3) '다윗 가이드' 항목 참조.

었다. 그러나 무장에 익숙지 않은 다윗은 민첩한 몸놀림을 방해하는 무구를 모두 왕에게 되돌려준 후, 양치기의 지팡이와 투석기[4], 그리고 돌이 든 자루만 든 채 골리앗에게 다가갔다.

다윗은 잽싸게 자루 속에서 돌 하나를 집어든 다음 투석기에 끼워넣고 골리앗의 이마를 향해 쏘았다. 방심하고 있다가 정통으로 이마를 얻어맞은 골리앗은 어리둥절한 채 바닥에 쿵 쓰러졌다. 그리고 그대로 숨이 끊어지고 말았다. 검을 갖고 있지 않았던 다윗은 골리앗의 허리에서 커다란 검을 빼들고 순식간에 거인의 목을 베어버렸다. 골리앗의 어이없는 죽음을 목격한 필리스티아의 병사들은 삼삼오오 줄행랑을 치기 시작했다. 다윗의 공로로 이 전투는 결국 이스라엘의 승리로 끝났다.

사울 왕과 다윗

사울 왕은 다윗과 함께 개선했다[5]. 이스라엘 여인들은 저마다 소고와 경쇠를 손에 들고 축하의 노래를 부르며 춤을 추었다. 그러나 다음과 같은 노래 가사가 다윗에 대한 사울 왕의 감정을 일변하게 만든다.

"사울이 죽인 자는 천이요, 다윗이 죽인 자는 만이라."(사무엘상 18:7)

다윗의 힘과 인기를 시기한 사울 왕은 그를 죽이기 위해 온갖 음모를 꾸미기 시작했다. 그러나 신의 가호로 모든 위기를 무사히 넘긴 다윗은 사울 왕의

---

4) '다윗 가이드' 항목 참조.

5) 성서의 기술에는 모순이 있다. 다윗과 사울 왕의 첫 대면이 중복되어 있다. 다윗은 왕의 악령을 쫓아내기 위해 이미 신하로 임명된 적이 있는데, 여기서는 이때 처음으로 왕을 만난 다윗이 골리앗을 퇴치한 공적 때문에 신하로 임명된 것처럼 묘사하고 있다.

딸 미갈을 아내로 맞았다. 다윗은 전쟁이 일어날 때마다 뛰어난 힘과 지혜로 혁혁한 공로를 세웠다. 그러나 다윗의 인기가 하늘 높은 줄 모르고 치솟을수록 사울 왕의 그에 대한 증오심은 깊어만 갔다.

마침내 사울 왕은 아들 요나단과 모든 신하들에게 다윗을 죽이라는 명령을 내린다. 그러나 친구 다윗을 몹시 사랑한 요나단은 어째서 다윗을 죽이려는 거냐고 아버지에게 대들었다. 사울 왕은 요나단의 설득으로 일단 살해 명령을 철회하기는 했으나 다윗에 대한 시기와 질투심을 떨쳐버리지 못했다. 결국 다윗은 사울의 손길에서 벗어나기 위해 망명길에 오른다.

사울 왕의 죽음

다윗은 망명 도중에 필리스티아의 아기스 왕에게 몸을 의탁했다. 다윗의 됨됨이와 뛰어난 능력에 반한 아기스 왕은 그를 매우 신뢰하여 둘은 절친한 친구 사이가 된다.

이 무렵 필리스티아와 이스라엘 사이에는 다시 전운이 감돌고 있었다. 필리스티아인은 군대의 일원으로 배속되어 있던 다윗의 배신을 우려하여 그를 전열에서 제외시켰다.

이 전쟁은 이스라엘의 패배로 끝났다. 요나단은 전사했고, 부상을 입은 사울 왕은 길보아 산에서 스스로 목숨을 끊는다.

사울 왕과 요나단의 전사 소식을 들은 다윗은 지금은 적이 되어버린 옛 주군과 친구를 위해 애도의 노래를 불렀다. 그러나 다윗과 이스라엘 왕가의 싸움은 아직 막을 내린 것이 아니었다.

다윗 왕 탄생

수많은 유혈극을 치른 끝에 이스라엘 측에서 먼저 다윗에게 화해의 손길을 내밀었다. 드디어 다윗 왕이 탄생하게 된 것이다. 다윗은 예루살렘을 이스라엘의 수도로 정한 후 신전을 지어 성궤를 옮겨놓았다.

왕이 된 다윗은 외교 면에서도 뛰어난 능력을 발휘한다. 이스라엘 왕국은 다윗 왕에 이르러 대제국을 건설하게 된다.

밧세바 약탈과 다윗의 최후

권력을 얻은 자가 점점 타락해가는 것은 아마도 세상의 상례인 듯하다. 이스라엘의 왕으로서 신의 선택을 받은 다윗도 예외 없이 결국 신의 분노를 사는 실수를 저지르고 만다.

이스라엘이 암몬6) 연합군과 전투를 벌이고 있을 때의 일이다.

어느 날 해질 녘에 다윗은 왕궁의 지붕 위를 거닐다가 몸을 씻고 있는 아름다운 여인을 발견했다. 그녀는 암몬과의 전쟁에 출전한 우리야라는 신하의 아내 밧세바였다. 밧세바를 손에 넣고 싶은 욕망에 휩싸인 다윗은 그녀를 궁전으로 데려와 강제로 관계를 맺는다.

밧세바의 매력에 푹 빠진 다윗은 그녀의 남편 우리야를 최전방으로 내보내 전사하게 만들었다.

남편의 죽음을 슬퍼하던 밧세바는 결국 다윗의 청혼을 받아들여 그의 아내가 된다. 이리하여 다윗은 바라는 바를 모두 이루나, 이 일로 신의 노여움을 사고 만다. 밧세바가 낳은 아기가 태어나자마자 죽고 만 것이다. 그후 두 사람 사

---

6) 현재의 암만 부근 일대. 지도 '모세 일행의 여정' 참조.

이에서 두번째로 태어난 아이가 바로 솔로몬이다. 어려서부터 다재다능했던 솔로몬은 매우 현명한 왕이 된다. 자세한 내용은 '솔로몬' 편을 참조하기 바란다.

　그후 세번째 아들 압살롬과 맏아들 암논[7]의 싸움, 압살롬의 반란 등과 같은 집안의 내분으로 곤경에 처하게 된 다윗은 솔로몬에게 왕위를 물려준 후 세상을 떠났다.

---

7) 다윗은 많은 처첩을 거느렸는데, 이 두 사람은 어머니가 다른 이복형제다.

[다윗 가이드]

1 골리앗의 복장

『사무엘서』에 묘사되어 있는 골리앗의 복장에서 알 수 있듯이 이 무렵의 병사들은 전쟁터에 나갈 때 청동으로 된 비늘 모양의 갑옷으로 무장했다.

● 투석기

투석기는 중앙에 돌을 끼워 넣는 부분이 있고 그 양쪽 끝에 끈이 달려 있다. 돌을 끼워 넣은 후 두 개의 끈을 한 손으로 쥐고 빙빙 돌리다가 원심력이 충분해졌을 때 한 쪽 끈을 놓아 돌을 날려보낸다. 사정거리가 길고 위력이 커서 당시에는 활보다 효과적으로 사용된 경우가 많았다.

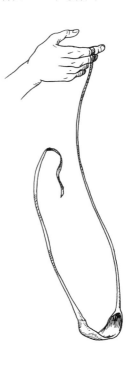

2 『사무엘서』

『사무엘서』는 판관 사무엘, 이스라엘 왕국의 초대 왕 사울, 그리고 여기서 소개한 다윗의 이야기를 다루고 있다.

사무엘의 시대에 이스라엘은 필리스티아인과 자주 접전을 벌였다. 필리스티아인은 신과 모세의 계약을 기록한 석판이 들어 있는 성궤를 강탈하는 데 성공하지만, 신의 노여움을 사 부스럼이 생기는 전염병이 돌고 쥐 떼의 피해를 입는다. 결국 신의 권능으로 성궤를 되찾은 이스라엘은 필리스티아와의 전쟁에서 승리를 거둔다.

　이스라엘 백성의 소망에 부응하여 사무엘은 사울을 이스라엘 왕국의 초대 왕으로 삼는다. 그후의 이야기는 앞에서 소개한 바와 같이 다윗의 등장과 활약, 그리고 몰락 과정에 관한 것이다.

솔로몬은 『열왕기』에 등장하는 이스라엘의 제3대 왕이다. '솔로몬의 지혜'
라는 말에서도 엿볼 수 있듯이 그는 매우 현명한 왕이었다. 솔로몬은 역사에
남을 만한 전쟁을 치른 적은 없지만, 자신의 뛰어난 지식과 지혜를 기반으로
백성들을 다스린 슬기로운 영웅이었다.

예루살렘 신전 건설

아버지 다윗 왕이 군사와 외교 면에서 뛰어난 수완을 보인 데 대해 솔로몬
왕은 내정 면에서 큰 치적을 쌓았다. 솔로몬 왕의 가장 큰 업적이라고 할 수
있는 것이 바로 예루살렘 신전의 건설이다.

솔로몬이 즉위한 지 4년째 되던 해부터 시작된 예루살렘 신전의 건설은 7
년 후에야 끝이 났다. 예루살렘 신전은 길이 60큐빗, 폭 20큐빗, 높이 30큐빗[1]
에 이르는 장대한 석조건물이었다. 『열왕기』에 의하면 모든 돌은 돌을 다듬는
곳에서 크기에 맞게 잘려진 다음 운반되었기 때문에 공사현장에서는 망치나
정 소리가 전혀 들리지 않았다고 한다.

예루살렘 신전은 그 내부장식도 매우 정교하다. 바닥과 천장에 백향목과 잣

---

1) 미터로 환산하면 길이 27m, 폭 9m, 높이 13.5m.

나무 널빤지를 촘촘히 댔는데, 모든 널빤지에는 조롱박과 꽃 모양을 아로새긴 후 그 위에 순금을 씌웠다. 신전 구석에는 성궤를 안치하기 위한 본전이 만들어졌다. 본전에는 순금을 씌운 제단과 남북으로 각각 다섯 개씩 황금촛대가 놓여졌다.

두로[2]의 왕 히람으로부터 신전건설에 사용될 백향목, 잣나무, 황금 등을 공급받은 솔로몬은 그에 대한 답례로 밀과 올리브유를 선물했다. 솔로몬은 근린제국과의 교역을 통해 축적한 부를 바탕으로 훌륭한 건축물을 잇달아 건조했다.

신전 앞에는 정교한 금속세공이 들어간 두 개의 청동기둥이 세워졌다. 그밖에 '바다'를 상징하는 원형건조물, 바퀴 달린 받침대, 대야, 단지, 부삽, 화분 등도 청동으로 만들어졌다.

왕궁과 기타 건조물 축조

예루살렘 신전을 완성한 솔로몬 왕은 자신이 거처할 왕궁을 축조했다. 왕궁은 길이 100큐빗, 폭 50큐빗, 높이 30큐빗[3]으로, 예루살렘 신전을 능가하는 대형 건조물이었다. 45개의 기둥과 그 위의 대들보는 모두 백향목으로 만들어졌다.

지혜로운 판결로 유명한 솔로몬은 재판정도 만들었다. 이때도 역시 백향목만을 재료로 사용했다. 그리고 솔로몬은 아내로 맞이한 이집트왕 바로의 딸

---

2) 지중해 연안에 위치한 페니키아의 도시.
3) 미터로 환산하면 길이 45m, 폭 22.5m, 높이 13.5m.

을 위해 웅장한 저택을 만들어주었다.

그런데 이러한 모든 건조물은 솔로몬의 출신 부족인 유다를 제외한 이스라엘의 모든 부족과 이민족의 노동력 착취를 통해 건설된 것이었다. 이처럼 가혹한 강제노동과 격심한 빈부격차는 후에 이스라엘 왕국을 분열시키는 커다란 요인이 된다.

솔로몬의 지혜

신은 솔로몬에게 '지혜와 총명', 그리고 '바닷가의 모래밭같이 넓은 마음'(열왕기상 4:29)을 주었다. 그 지혜는 '동양의 모든 사람의 지혜와 이집트의 모든 지혜보다 뛰어났다'(열왕기상 4:30). 솔로몬의 지혜를 구하는 사람들이 국내뿐 아니라 해외에서도 몰려와 예루살렘의 궁전은 그야말로 문전성시를 이루었다고 한다. 다음 이야기는 솔로몬의 현명함을 여실히 보여주는 대표적 에피소드다.

어느 날 여자 두 명이 솔로몬의 판결을 받기 위해 찾아왔다. 한 여자가 매우 억울한 듯한 표정으로 말했다.

"우리는 같은 집에 살고 있는데, 제가 출산한 지 3일째 되는 날 이 여자도 아기를 낳았습니다. 그런데 어느 날 밤 이 여자는 자신의 실수로 갓난아기를 압사시킨 후, 제 아기와 죽은 아기를 바꿔놓고 잠든 척했습니다. 아침에 일어나 아기에게 젖을 주려던 저는 곤히 자고 있던 아기가 죽어 있는 것을 보고 깜짝 놀랐습니다. 하지만 그 아기는 제가 낳은 아기가 아니었습니다."

"아닙니다. 살아 있는 아기가 제 아이입니다."

277

또 한 여자가 소리쳤다.

두 여자는 모두 살아 있는 아기가 자신이 낳은 아이라고 주장했다. 솔로몬은 검을 가져와 두 여자 앞에 놓은 후 이렇게 말했다.

"그럼 평결을 내리겠다. 이 검으로 아이를 두 동강 내서 반씩 갖도록 하라."

그러자 처음에 발언한 여자가 깜짝 놀란 얼굴로 이렇게 애원했다.

"폐하, 제발 아이를 살려주십시오. 차라리 저 여자에게 이 아이를 주겠습니다."

이에 솔로몬은 아이를 양보하려는 여자가 진짜 어머니임을 밝혀냈다고 한다.

시바의 여왕

어느 날 솔로몬의 명성을 전해들은 시바[4]의 여왕이 온갖 어려운 수수께끼를 준비하여 예루살렘에 찾아왔다. 여왕은 많은 하인들을 대동하고 엄청난 양의 향료와 보석, 황금 등을 선물로 가져왔다.

여왕은 지혜를 시험하는 난문을 차례차례 솔로몬에게 던졌다. 솔로몬은 모든 수수께끼의 정답을 잠시도 지체하지 않고 척척 알아맞혔다. 솔로몬의 뛰어난 지혜와 장대하고 화려한 왕궁, 그리고 훌륭하게 차려진 식탁과 손님을 대하는 예절에 감복한 여왕은 가져온 물건들을 모두 그에게 선사한 후 시바

---

4) 아라비아 남부에 있었다고 전해지는 나라.

로 되돌아갔다. 이때 솔로몬 왕도 여왕이 원하는 모든 것을 작별선물로 주었다고 한다.

왕국 분열

솔로몬은 많은 이민족 여성들을 사랑하여 무려 아내 7백 명, 첩 3백 명을 거느렸는데, 이것이 후에 이스라엘 왕국의 분열을 초래하는 불씨가 되고 만다.

늙어 노쇠해진 솔로몬은 처첩의 권유에 이끌려 이민족의 신을 받아들이게 된다. 이에 격노한 신은 솔로몬의 아들 대에 이르러 이스라엘 왕국은 타민족의 지배를 받게 될 것이라고 예언했다. 그리고 솔로몬의 아버지 다윗을 보아 한 부족(유다)만은 솔로몬 왕가를 위해 남겨두겠다는 약속을 덧붙였다.

이리하여 부와 영화를 누렸던 솔로몬 왕가에 먹구름이 끼기 시작했다. 솔로몬은 40년간 이스라엘 왕국을 다스린 후 세상을 떠났다.

그후 아들 르호보암이 왕위를 물려받았으나, 신의 예언대로 그의 대에 이르러 이스라엘 왕국은 남북으로 분열되었다.

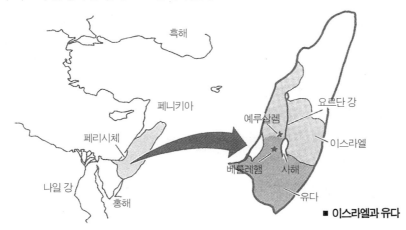

■ 이스라엘과 유다

【 솔로몬 가이드 】

1 전차의 거리, 기병의 거리

솔로몬 왕은 신전, 왕궁, 예루살렘의 성벽 등을 건조했을 뿐 아니라 전차의 거리, 기병의 거리, 창고의 거리 등을 조성했다. 그는 전차 1천4백 량을 예루살렘과 전차의 거리에, 기병 1만 2천 명을 기병의 거리에 배치했다. 전차는 이집트에서, 말은 이집트와 쿠에에서 수입했다.

2 『열왕기』

『열왕기』는 솔로몬을 비롯한 역대 이스라엘 왕과 왕국 분열의 역사를 기록한 책이다.

솔로몬의 사후 왕국은 남북으로 분열되었다.

북이스라엘 왕국의 초대 왕이 된 솔로몬의 신하 여로보암은 백성들이 남이스라엘 왕국으로 경배를 드리러 가지 못하도록 하기 위해 금송아지 상을 만들어 숭배하는 등 신을 저버리는 행동을 서슴지 않고 저질렀다. 결국 신의 노여움을 산 북이스라엘 왕국은 멸망의 길을 걷게 된다.

한편 우상을 숭배하는 등 신에 대한 배교 행위가 오랜 세월에 걸쳐 자행된 남이스라엘 왕국도 결국 바빌로니아의 침략을 받아 멸망한다. 그리고 그 백성들은 바빌론에 강제로 억류된다(바빌론 유수).

맺음말

서양의 소설, 시, 동화, 판타지 문학은 이 책에서 소개하고 있는 영웅들의 모험, 무훈, 로맨스를 바탕으로 하거나 양념처럼 차용하고 있는 것이 많다. 필자는 이 책에 그러한 서양문학의 소재가 된 영웅들의 이야기를 가능한 한 많이 소개하려 했다.

제1장에서는 시구르드를 비롯한 북유럽의 영웅들과 아더 왕을 필두로 하는 중세의 기사들, 그리고 비극적 영웅 롤랑에 관한 이야기, 제2장에서는 인간적 신(神)이라고도 할 수 있는 그리스 영웅들의 모험담을 소개했다. 그리고 마지막 제3장에서는 평소 그다지 접할 기회가 없는 성서 속의 영웅들의 이야기를 그렸다.

어떤 영웅들은 지면 관계상 그들의 모험담을 전부 소개하지 못한 경우도 있으므로, 관심 있는 독자들은 참고문헌에 소개한 책을 참조하기 바란다. 이 책은 그러한 작품들에 대한 길 안내서와 같은 역할을 담당하고 있다고 할 수 있다.

독자 여러분이 이 책을 통해 서양 영웅들이 발산하는 매력을 조금이라도 느낄 수 있다면 필자로서 더 바랄 것이 없겠다. 부디 숨가쁜 일상을 뒤로 하고 가슴 뛰는 모험과 아름다운 꿈이 있는 영웅들의 세계를 유유히 거닐어보기 바란다.

〔참고문헌〕

북유럽신화(北歐神話, 1984, 東京書籍), 菅原邦城

북유럽신화(北歐神話, 1983, 靑土社), K·크로스리이-호랜드 저, 山室靜/米原まり子 역

북유럽신화와 전설(北歐神話と傳說, 1981, 新潮社), 그렌벡 저, 山室靜 역

게르만·켈트의 신화(ゲルマン·ケルトの神話, 1989, みすず書房), 톤뉴라/로트/기랑 저,
淸水茂 역

에다와 사가(エッダとサガ, 1976, 新潮社), 谷口幸男

에다(エッダ, 1989, 新潮社), 谷口幸男 역

영국의 신화·전설—잉글랜드의 신화·전설(イギリスの神話傳說—イングランドの神話傳說,
1987, 名著普及會)

영국의 신화·전설—아일랜드의 신화·전설 I(イギリスの神話傳說—アイルランドの神話傳說I,
1987, 名著普及會)

영국의 신화·전설—아일랜드의 신화·전설 II(イギリスの神話傳說—アイルランドの神話傳說II,
1987, 名著普及會)

영국의 신화·전설—스코틀랜드의 신화·전설(イギリスの神話傳說—スコットランドの神話傳
說, 1987, 名著普及會)

아일랜드의 신화와 전설(アイルランドの神話と傳說, 1978, 大修館書店), 三宅忠明

아더 왕(アーサー王, 1983, 東京書籍), 리처드·바버 저, 高宮利行 역

아더 왕 전설(アーサー王傳說, 1983, 晶文社), 리처드·캐빈데이쉬 저, 高市順一
郞 역

아더 왕과 원탁의 기사(アーサー王と圓卓の騎士, 1972, 福音館書店), 시드니·라니아 편, 石井
正之助 역

파르지팔(パルジファル, 1988, 新書館), 리햐르트·바그너 작, 高辻知義 역

가웨인과 녹색기사(ガウェーンと綠の騎士, 1990, 木魂社), 瀨谷廣一 역

트리스탄과 이졸데(トリスタンとイゾルデ, 1985, 新書館), 리햐르트·바그너 저, 高辻知

義 역

영국 역사 지도(イギリス歷史地圖, 1990, 東京書籍)

켈트의 신화(ケルトの神話, 1990, ちくま文庫), 井村君江

아이슬란드 사가(アイスランド サガ, 1979, 新潮社), 谷口幸男 역

베오울프(ベオウルフ, 1985, 篠崎書林), 大場啓藏 역

니벨룽겐의 반지 라인의 황금(ニーベルンゲンの指環 ラインの黃金, 1983), リヒャルト・ワーグナー 저, 寺山修司 역

서양 기사도 사전(西洋騎士道事典, 1991, 原書房), グランド・オーデン 저, 堀越孝一 역

중세 기사 이야기(中世騎士物語, 1990, 岩波文庫), ブルフィンチ 저, 野上彌生子 역

그리스・로마 신화(ギリシア・ローマ神話, 1978, 岩波文庫), ブルフィンチ 저, 野上彌生子 역

그리스 신화 영웅 이야기(ギリシア神話 英雄物語, 1986, ちくま文庫), C・キングズレイ 저, 船木裕 역

그리스의 신화 영웅의 시대(ギリシアの神話 英雄の時代, 1985, 中公文庫), カール・ケレーニイ 저, 植田兼義 역

그리스 신화(ギリシア神話, 1953, 岩波文庫), アポロドーロス 저, 高津春繁 역

바다의 모험가들(海の冒險者たち, 1990, 新紀元社), 中田一太

성서의 세계 총설(『聖書の世界』總解說, 1990, 自由國民社)

만화 성서 입문(まんが聖書入門, 1991, いのちのことば社), いのちのことば社出版部 편

성서의 시대(聖書の時代, 1990, 河出書房新社), B・メッツガー/D・ゴールドスタイン/J・ファーガソン 편, 齊藤和明 역

성서지도(聖書地圖, 1967, 創元社), H・H・ローリー 저, 左近義慈 역

구약성서에 강해지는 책(舊約聖書に強くなる本, 1977, 日本基督敎團出版局), 淺見定雄

구약성서의 민간전승(舊約聖書のフォークロア, 1988, 太陽社), J・G・フレーザー

세계 역사 지도(世界歷史地圖, 1982, 帝國書院), ハンス・エーリヒ・シュティーア 외 저, 成瀬治/

尙樹啓太郎/野口洋二 역

이미지 심벌 사전(イメージシンボル事典, 1990, 大修館書店), アト・ド・フリース

이와나미 서양 인명사전(岩波西洋人名辭典, 1989, 岩波書店)

신초 세계 문학사전(新潮世界文學辭典, 1990, 新潮社)

서양사 사전(西洋史辭典, 1990, 東京創元社), 京大西洋史辭典編纂會 편

생활의 세계 역사 6(生活の世界歷史6, 1989, 河出書房新社), 堀米庸三 편

세계의 역사 2(世界の歷史2, 1989, 中公文庫), 村川堅太郎 편

세계의 역사 3(世界の歷史3, 1990, 中公文庫), 堀米庸三 편

중세의 향연(中世の饗宴, 1989, 原書房), マドレーヌ・P・コズマン 저, 加藤恭子/平野加代子 역

환수 드래곤(幻獸ドラゴン, 1990, 新紀元社), 苑崎透

환상 세계의 주민들(幻想世界の住人たち, 1991, 新紀元社), 健部伸明と怪兵隊

〔찾아보기〕